Alex,
l'enfant du projet « Mnémos »

Évelyne Mouchart

Alex,
l'enfant du projet « Mnémos »

Roman

LE LYS BLEU
ÉDITIONS

ISBN : 979-10-377-5297-0

Je dédie ce livre à mes deux petites filles Margot et Manon,
À Zaêlle, Robin et à tous les enfants du monde,
car chaque enfant est unique et extraordinaire.

Prologue

Kate allait sortir du cybercafé où depuis deux jours elle recherche l'adresse de Franck, son petit ami, le père de l'enfant qu'elle porte. Heureusement, elle les aperçoit en premier et rentre précipitamment à l'intérieur. Elle pose sa tête contre l'épaule de Francisco, son ami.

C'est un jeune gitan d'une vingtaine d'années, il est grand, les cheveux noirs et ondulés, des yeux noisette et un large sourire illumine toujours son visage.

— Ils m'ont encore retrouvée, j'ai tellement peur, pas pour moi mais pour mon enfant. Ils n'arrêteront jamais de nous traquer, j'aimerais tant que Franck soit là, à nos côtés.

Dans la rue, trois hommes scrutent les environs, à leur allure, on devine clairement que ce sont des militaires des forces spéciales.

— T'es sûre que se sont eux ? demande-t-il à la jeune fille inquiète.

Il la trouve tellement belle avec ses longs cheveux châtains, ses grands yeux presque noirs en amande, sa peau rose et veloutée. Même en ce moment, en pleine panique, elle est magnifique. Il sait que son cœur appartient à un autre, mais il ne peut s'empêcher de l'aimer.

— Oui, je reconnais celui-là, c'est le colonel Adams, le professeur Smirnoff n'est pas avec eux, mais il ne doit pas être loin, lui dit-elle en désignant le plus grand des deux hommes.

Ils vont au fond du petit café pour sortir par la porte arrière, Kate jette rapidement un coup d'œil et rentre précipitamment la tête.

— Ce n'est pas vrai, il est là avec deux autres militaires et ils approchent. Je suis coincée, dit-elle en retenant ses larmes.

— Viens, je t'ai emmenée dans ce café car il y a une autre sortie, lui répond-il en la prenant par les épaules pour la réconforter.

Il l'entraîne vers la petite cuisine où le propriétaire, un de ses nombreux cousins, prépare un plateau de tapas.

— Antonio passe-moi la clé de la petite porte de la cave, ils sont là, devant et derrière, s'ils entrent, essaie de les retenir le plus longtemps possible pour que je puisse ramener Kate au campement.

L'homme attrape un trousseau et le lui lance.

Laisse-les sur la porte, j'irai les rechercher plus tard.

Ils descendent rapidement la volée d'escaliers, Francisco ouvre une petite porte dissimulée derrière une étagère remplie de boîtes de conserve. Il allait laisser le trousseau mais se ravise, referme derrière lui et les emporte en tirant la jeune femme par la main.

— Je lui ramènerai plus tard, s'ils descendent, ils verront par où nous sommes sortis et nous rattraperons, lui dit-il en la tirant par la main et en lui lançant un clin d'œil avec un large sourire malicieux.

Ils empruntent un dédale de couloirs et se retrouvent dans le quartier voisin, à quelques rues de là où il a laissé sa moto. Dès qu'il la récupère, il l'enfourche et aide la jeune fille, enceinte de sept mois, à s'installer. Elle s'agrippe fermement à la taille du jeune homme qui démarre en trombe.

Ici, au beau milieu d'un camp de gitans, ils ne viendront pas la chercher. Personne, pas même des militaires aguerris, ne viendra se frotter à eux. Kate s'écroule sur la banquette de la caravane, essoufflée et en larmes, elle remercie ses amis pour leur aide.

Ils l'ont trouvée à Tanger, elle attendait le ferry pour traverser le Détroit de Gibraltar pour rejoindre l'Espagne et puis la France où vit Franck. Cela faisait deux jours qu'elle hésitait sur le bord de la route, avec son gros ventre, sous un soleil de plomb, par peur de tomber sur ses poursuivants, mais personne ne s'arrêtait pour l'aider. Elle commençait à perdre espoir, de ne pas atteindre son but avant la naissance de son bébé et ils sont arrivés, Francisco et sa famille. Un clan de gitan composé d'une dizaine de caravanes. Son oncle, Manolo, le patriarche, avec sa femme, ses quatre fils, leurs épouses et leurs marmailles. Sa sœur, la mère de Francisco, son compagnon et puis une bande de cousins avec leurs femmes et leurs enfants.

Ils l'ont recueilli, eux aussi montaient vers le nord, ils ont de la famille à Barcelone et du côté d'Andorre. Cela faisait maintenant plus de quatre mois qu'ils font route ensemble et qu'elle a appris à les connaître et à les apprécier, eux, les parias, les mal-aimés de la société coincée.

Quand ils ont installé le campement aux portes de Barcelone, elle leur a raconté son histoire. Elle était enceinte et fuyait depuis qu'elle avait découvert son état pour rejoindre Franck, son fiancé, en France.

Elle habitait au Texas et faisait des études universitaires pour être médecin. Un jour, un scientifique était venu donner un cours sur le cerveau et la mémoire. Il faisait des recherches sur les effets d'une drogue de synthèse qu'il avait améliorée et modifiée pour obtenir de meilleurs résultats. Elle était fascinée par ses recherches et s'était inscrite au programme, Franck, réticent, mais poussé par la jeune fille qu'il aimait, s'était inscrit également.

Au début, le médicament lui ouvrait l'esprit, elle emmagasinait plus facilement, elle ne devait lire qu'une fois ses livres de cours pour tout retenir à la virgule près.

Épaté par ses progrès, le scientifique a augmenté la dose et elle a commencé à développer des capacités cérébrales étonnantes, Franck également mais il a pris peur et a voulu qu'ils stoppent tous les deux. Pas elle, elle était trop fascinée, trop avide d'en apprendre plus sur le cerveau humain, ils se sont disputés et ils se sont séparés.

Déçu et triste, il a quitté les États-Unis pour la France où il espérait retrouver sa mère qui l'avait abandonné, enfant, à cause de son père violent.

Cette semaine-là, elle devait être réglée, mais les jours passaient et toujours rien. Ça devenait inquiétant, le mois passé, elle ne les avait pas eues non plus et elle s'était dit que c'était à cause du traitement, Franck et elle prenaient leurs précautions, elle prenait régulièrement sa pilule. Depuis un certain temps, comme c'était sérieux entre eux, il ne mettait plus de préservatif. Par acquit de conscience, elle alla acheter un test de grossesse qui s'avéra positif. Ce matin-là, elle venait de faire une prise de sang, depuis le début du protocole, elle en faisait une chaque semaine.

Et là, elle prit peur, quels effets aurait cette substance sur le cerveau de son bébé ? Il fallait qu'elle arrête pour le bien de son enfant.

Elle a essayé de récupérer l'échantillon de sang qu'on lui avait prélevé au matin en s'introduisant en douce dans le laboratoire. Mais trop tard, le professeur Smirnoff tenait les résultats en main et jubilait. Il envoya directement ses sbires au domicile de la jeune femme, cachée à quelques mètres de lui. Dès qu'ils furent tous partis, elle sortit de sa cachette et fila sans se retourner, sans dire au revoir ni à sa mère ni sa sœur.

Elle conduisait comme une folle pour rejoindre au plus vite l'aéroport le plus proche, elle allait prendre un vol direct pour la France quand elle se ravisa, ils possédaient un jet privé. Ils savaient que Franck était parti en France, c'est elle-même qui l'avait confié au scientifique. Ils y arriveraient bien avant elle et l'attendraient sur le tarmac, alors elle en prit un pour Toronto, au Canada où elle avait une amie.

Une bonne quinzaine de jours plus tard, alors qu'elle était sortie du petit appartement pour prendre de l'air, elle les vit débarquer avec leurs grosses jeeps noires. Heureusement, elle ne sortait jamais sans ses affaires, son sac à main et ses papiers. Elle reprit le chemin du petit aéroport, deux hommes patrouillaient dans les couloirs. Elle se planqua toute la journée dans les toilettes. En fin de journée, ils partirent enfin, elle pensait prendre un vol pour la Belgique ou l'Espagne, mais il n'y avait plus de place, il n'en restait qu'une dans le vol à destination de Tunis.

Elle prit une chambre d'hôtel et téléphona à sa sœur pour lui expliquer et pour qu'elle lui envoie de l'argent. Mauvaise idée, leur téléphone devait être sur écoute car quelques jours plus tard, ils débarquaient à l'accueil, là aussi, elle n'eut que le temps de prendre ses affaires et de filer par la porte des cuisines. Elle monta dans le premier bus qu'elle trouva et se retrouva dans la jolie petite station balnéaire de Tabarka.

Après quinze jours à se planquer dans un petit hôtel et espérant qu'ils avaient perdu sa trace, elle prit un vol pour Tanger. Elle y était restée un bon mois.

— Ne pleure pas Kate, demain, nous t'amènerons chez mon oncle et il te fera passer la frontière, il te conduira chez un de nos cousins qui habitent un petit village dans les Pyrénées mais du côté français. De là, tu pourras prendre un bus pour Toulouse et…

— Et après, je fais quoi ? Je n'ai toujours pas trouvé son adresse, crie-t-elle au bord de la crise de nerfs.

— Reste ici, je vais retourner chez mon cousin lui rendre ses clés et je vais les faire tes recherches, je vais bien le trouver ce Franck Delval, la rassure-t-il en lui souriant.

À la fin de la journée, le jeune homme revient enfin, avec un large sourire accroché à son visage, il l'embrasse sur la joue et lui tend un papier avec une adresse. De soulagement, elle fond en larmes sur son épaule.

Le lendemain à l'aube, ils conduisent la jeune fille dans les montagnes, ils prennent la direction de Grau Roig, un petit village de la Principauté d'Andorre où vivent un des frères de Manolo, Emilio et sa femme, Maria, native de ce petit village, quand son cancer s'est déclaré, ils s'y sont posés.

Après une journée et une nuit de route, ils atteignent la petite ferme, Emilio et Maria sont contents de les revoir et ont préparé un grand repas.

Deux jours plus tard, il est temps pour Francisco et Kate de se dire au revoir, le lendemain, Emilio la conduira de l'autre côté de la frontière.

Mais, ce jour-là, Maria est au plus mal et Emilio a peur de la laisser seule. Il n'a aucun ami au village, il est toujours considéré comme un paria, un sale gitan.

— La frontière n'est qu'à quelques heures de marche, tu dois juste suivre un petit chemin, il n'y en a pas d'autres. C'était un passage de contrebandiers et pendant la guerre, les partisans l'utilisaient pour sortir les juifs de France, si je t'indique le trajet sur la carte, pourras-tu y aller seule ? lui demande-t-il, en l'implorant.

— Oui, Emilio, je me débrouillerai, j'irai à mon rythme, ne t'inquiète pas. Je comprends, Maria a besoin de toi.

Il prend la carte et lui explique en détail le chemin à suivre, les lieux connus, les mines de Pimorent, le lac d'Estanyol et puis la petite ville de Porté-Puymorens où elle trouvera un moyen de transport. Il y a plus ou moins vingt kilomètres, ce qui lui fait cinq bonnes heures de marche dans son état. Il prépare un sac à dos avec de l'eau et de la nourriture.

Le lendemain, vers six heures du matin, elle se met en route, le paysage est magnifique et le trajet n'est pas trop ardu. Au début, elle marche d'un bon pas, mais au bout de deux heures, elle recommence à avoir de légères contractions et décide de faire une pause pour manger un peu.

Elle se repose une bonne heure et reprend sa route en marchant plus doucement, mais les contractions se font plus intenses et elle se plie de douleur à bout de souffle. Elle regarde autour d'elle et aperçoit une petite bergerie perdue à flanc de montagne. Elle arrive à s'y traîner et s'écroule sur la vieille couchette. Les contractions sont très rapprochées et douloureuses, elle sait qu'elle va accoucher d'un moment à l'autre.

Le propriétaire ne doit pas être loin car le feu est encore chaud et il y a encore la miche de pain et le fromage sur la table.

Elle crie pour demander de l'aide, mais pas réponse. En attendant, elle décide d'écrire une lettre à Franck et la dépose à côté du pain, si cela se passe mal, le berger la trouvera. Une contraction plus violente lui lacère le ventre en lui coupant le souffle et un flot de sang jaillit d'entre ses cuisses, elle s'écroule de nouveau sur le lit et hurle de douleur, elle sent que le bébé se présente mal et essaie de ne pas pousser. Mais une nouvelle contraction la plie en deux et elle ne peut retenir son cri. Un homme entre en courant et elle s'évanouit.

Le ciel est bleu et pur, l'hélicoptère stationne au-dessus de la montagne, à cette hauteur, il est invisible pour les gens au sol et sa technologie le rend silencieux. L'homme ajuste ses jumelles hyper précises et observe les deux personnes qui parlent, pas loin d'un petit garçon jouant avec son chien. La femme a un certain âge, le visage buriné par l'air vivifiant et la vie rude des gens de la terre. Il lève la tête un moment pour contempler le paysage à couper le souffle, tout est blanc, un chalet perdu au milieu des Pyrénées, un peu plus loin, un petit lac à l'eau limpide, entouré de petits bosquets qui reflètent les monts environnants, il soupire et réajuste ses jumelles, il se concentre sur le petit garçon, il sourit, enfin, ils l'ont trouvé ! Il branche sa radio.

— On l'a trouvé, c'est le gosse. Je savais qu'il fallait continuer à surveiller le père et qu'un jour, il nous mènerait à lui.

— Vous êtes sûrs ? C'est l'enfant ? lui répond une voix surexcitée et aiguë.

— Oui, général, c'est lui, le portrait craché de son père au même âge.

— Alors, chopez-les, lui et son père.

Pendant ce temps, dans le petit hameau, la femme emmitouflée dans sa grosse veste serre la main de l'inconnu. L'homme est grand et mince, il a les cheveux noirs, grisonnant légèrement sur les tempes, les yeux bleus, un menton volontaire et un front buté. Il est vêtu d'une veste en tweed et d'un pantalon brun. Il frissonne, il n'avait pas prévu qu'il ferait si froid.

— Bonjour, je suis Franck Delval, comme je vous l'ai dit au téléphone, je viens de recevoir cette lettre avec 5 ans de retard, lui dit-il en lui souriant.

— Bonjour, Nadine Dupont, mais vous pouvez m'appeler Nanou, c'est comme cela que le petit m'appelle. Je suis vraiment désolée, n'ayant aucune réponse à ma lettre, je me suis dit que vous aviez déménagé ou que vous ne vouliez pas de cet enfant. J'ai été abasourdie quand vous m'avez téléphoné.

La femme a un visage jovial, buriné par l'air de la montagne, elle est musclée avec un peu d'embonpoint, des petits yeux verts, des cheveux poivre et sel et un large sourire bienveillant.

Franck lève la tête et regarde le petit garçon qui rit aux éclats, il lui ressemble tellement, les mêmes cheveux noirs, les mêmes yeux bleus profonds et le même front buté, mais il a le sourire de sa mère. Le cœur de Franck se serre d'émotions, il revoit le visage de la jeune femme, une belle brune aux yeux pétillants, il l'aimait plus que tout, Kate, la mère d'Alex.

— Racontez-moi, demande-t-il en se tournant vers elle.

— Mon mari était parti voir les brebis, plusieurs devaient agneler, nous avons une bergerie, là-haut, dit-elle en montrant un des sommets qui les entourent. Quand il est arrivé, il a entendu des cris dans l'abri, une femme était en train d'accoucher, l'enfant se présentait mal et elle était épuisée. Pierre l'a aidée du mieux qu'il pouvait et le petit est né. Sa mère était à bout de force et faisait une hémorragie. Elle a dit à Pierre qu'il devait s'appeler Alexandre comme son grand-père et elle lui a remis une lettre adressée au père de l'enfant, celle que je vous ai envoyée accompagnée de mon petit mot. Elle était très nerveuse et apeurée, elle a fait promettre à mon mari de cacher l'enfant, que des hommes étaient à leur recherche et qu'il fallait absolument le protéger. Pierre pensait qu'elle divaguait, puis elle s'est évanouie. Il a bien essayé d'arrêter le saignement, mais c'était trop tard, la pauvrette a rendu son dernier souffle. Le petit hurlait de faim, alors il est sorti pour traire une des brebis, a fait bouillir le lait et a improvisé un biberon avec ce qu'il avait sous la main. Quand le petit fut assoupi, il s'est occupé de sa mère, elle avait une chaîne avec un cœur autour du cou, à l'intérieur, il y avait sa photo et celle du père. Tenez, le voici. Après l'avoir enterrée dans la montagne, il est redescendu avec le bébé, explique-t-elle d'une voix triste.

Franck examine le bijou, c'est bien celui qu'il avait offert à Kate pour son anniversaire, quelques jours avant son départ précipité pour la France. Il se remémore l'instant, le sourire de la jeune femme quand il lui a accroché le petit cœur au cou.

— Il m'a raconté ce que cette femme lui avait demandé, de protéger l'enfant, alors comme nous n'avions pas de réponse, nous avons gardé Alex, ici, nous avons raconté, au village que c'était un de nos petits-neveux à la santé fragile que l'on nous avait confié pour son bien. Il n'est jamais sorti du village, il ne connaît que la montagne, nous avons toujours eu peur de voir surgir ces hommes qui nous l'enlèveraient. Voilà, assez parlé du passé, il est temps que vous fassiez connaissance. Alex, viens ici ! Mon loupiot, je dois te présenter quelqu'un !

— Oui, Nanou, j'arrive, répond le petit garçon en lançant le bâton qu'il tenait en main.

Il s'approche de la vieille femme, il a 5 ans, il est vêtu d'un jean recousu aux genoux et d'une grosse doudoune bien chaude, ses cheveux noirs sont en broussaille, son regard est intelligent mais avec un brin d'insolence, un petit sourire effronté au coin des lèvres, il est toujours suivi de sa fidèle chienne « Misslady », un croisé berger des montagnes et border collie, il l'a trouvée dans la forêt, le chiot était ligoté dans un sac poubelle, voué à une mort certaine si Alex, toujours en vadrouille, n'avait pas décidé, ce jour-là, à aller à la cueillette de fraises des bois au lieu d'aller à l'école.

— Allez, dépêche-toi donc ! le sermonne-t-elle gentiment.

— C'est qui celui-là ? répond-il avec un air de défi.

— Alex, sois poli et dis plutôt bonjour !

— Bonjour monsieur, t'es qui toi ?

Nanou lui prend le visage et plonge son regard dans celui de l'enfant pour capter son attention, lui qui est toujours distrait par tout ce qui passe devant ses yeux, rien ne lui échappe, le bouquetin sur la cime, le rapace en train de chasser et même le vol d'une mouche.

— Alex regarde-moi ! Tu te rappelles, je t'ai parlé de ta maman et de la lettre qu'elle nous avait confiée ? Je l'avais envoyée à ton papa.

— Oui, je m'en souviens. Mais il a pas répondu et il n'est pas venu me chercher, répond-il d'un air boudeur.

— Il N'a pas répondu, Alex, parce qu'il ne l'a pas reçu. Quand le bureau des postes a déménagé, les employés ont retrouvé la lettre coincée derrière une table de tri. La poste a fait le nécessaire et elle est enfin arrivée, avec cinq ans de retard, chez son destinataire, ton père, que voici.

Alex reste muet et dévisage l'homme, c'est vrai qu'il lui ressemble. Le petit garçon danse d'un pied à l'autre réfléchissant à toute vitesse. Il l'avait imaginé tant de fois, ce père, cet inconnu qui n'était pas venu. Il le jauge du regard en le fixant d'un air hautain.

— Alors, c'est toi mon père ? lui demande-t-il d'un air renfrogné.

— Oui, Alex, je me présente, je m'appelle Franck Delval et je suis ton papa.

— T'habites où ? Tu fais quoi ?

— En Normandie, au bord de la mer, j'ai une écurie de chevaux de courses.

En Normandie, mais c'est loin ça ! C'est à l'autre bout de la France ! dit-il en se tenant la tête. Mille idées se précipitent dans son cerveau. Quand tout à coup, il réalise l'impact que cette rencontre va avoir sur sa vie, il se tourne vers la femme, sa mère adoptive, la seule personne qui compte dans sa vie de petit garçon.

— Je vais devoir partir avec lui ? Te quitter ? Quitter tout cela ? dit-il en montrant les montagnes qui l'entourent. Et Misslady ? Elle ne peut vivre sans moi et moi sans elle ? dit-il en se jetant au cou de sa chienne, paniqué.

— Elle peut venir avec toi ! Si elle s'entend avec les chevaux ! lui répond Franck en essayant de le rassurer.

— Ah, ça, je sais pas, elle n'a jamais vu de chevaux et moi non plus ! répond-il en imaginant la rencontre de sa chienne avec les pur-sang de son père. Mais, c'est vraiment très loin ! Nanou, c'est trop loin, je ne pourrai pas venir souvent ! dit-il en serrant contre elle.

De grosses larmes coulent sur ses joues rosies par l'émotion, son cœur s'emballe dans sa poitrine et il chancelle. Nanou le prend par les épaules, elle s'abaisse à sa hauteur et serre l'enfant contre elle.

— Ça va aller, maintenant ton papa est là, il va rester quelques jours avec nous. Vous allez apprendre à vous connaître, après, il faudra rentrer avec lui, comme tous les petits garçons et tu viendras pendant les vacances. Tu verras c'est beau la Normandie, avec tous les pommiers en fleurs au printemps, le bord de la mer, tu vas apprendre à nager et à monter à cheval, tu vas te faire de nouveaux amis, tu pourras me téléphoner quand tu veux et tu seras avec Misslady.

Son père lui caresse les cheveux, pour lui aussi, c'est un bouleversement, il vient d'apprendre qu'il avait un fils, un gamin de 5 ans qui a un sacré caractère. Dès qu'il a reçu cette fameuse lettre, il a pris la route et traversé la France pour arriver dans ce petit village perdu dans les Pyrénées, à la frontière de l'Espagne. Il ne peut le nier, Alex est bien son fils, rien qu'à le voir, il se reconnaît dans les traits de l'enfant. Pourquoi Kate, ne lui avait-elle pas dit qu'elle attendait un enfant ? Il n'aurait peut-être pas fui en France. Tant de questions lui viennent en tête.

Il allait se pencher pour le prendre dans ses bras, quand l'hélicoptère surgit.

Le militaire a observé toute la scène et même écouté toute la conversation avec son matériel sophistiqué.

— Il est temps d'intervenir, notre principal objectif, c'est l'enfant, il ne faut pas le blessé, mais nous ne savons pas de quoi il est capable, vous avez des fléchettes hypodermiques.

L'engin se met en stationnement un peu plus bas dans la vallée, la porte s'ouvre et les hommes, des militaires aguerris, lancent leur filin et glissent rapidement au sol. Alex les regarde, émerveillé, mais Franck très vite, comprend son erreur. Il les a amenés tout droit à son fils ! Il pensait qu'il en avait fini avec eux et ce « Projet Mnémos ». Mais, ils étaient bien là. Il prend Alex par les épaules et lui crie en le secouant.

— Sauve-toi ! Va te cacher, là où ils ne te trouveront pas, tu connais ces montagnes comme ta poche, pas eux ! Fonce Alex ! Ta mère ne voulait pas que ces hommes te trouvent, dit-il en montrant les hommes qui approchent rapidement. Il pousse le petit garçon, la chienne aboie nerveusement.

Directement, voyant le visage inquiet de son père et celui apeuré de Nanou, il comprend que ces hommes lui veulent du mal. Ça doit être les hommes dont sa maman parlait, ceux qui la pourchassaient et qu'elle ne voulait pas qu'ils le trouvent. Alors, Alex détale avec Misslady sur les talons, il se dirige vers les mines de Pimorent. Là-bas, dans les nombreuses galeries, ils ne le trouveront pas. Il court aussi vite que ses petites jambes le lui permettent, heureusement, il connaît tous les petits sentiers.

Il s'arrête deux minutes pour souffler, il contemple le lac de l'Estanyol dans lequel se reflètent les monts enneigés. La neige épaisse à certains endroits ralentit sa course et garde l'empreinte de ses pas, les hommes ne sont pas loin, ils sont plus lourds, alors ils s'enfoncent plus dans la neige fraîchement tombée. Il reprend sa course et décide de couper par le glacier pour remonter vers les mines. Nanou n'aime pas qu'il vienne par ici, il y a des crevasses invisibles recouvertes par la neige, mais il n'a pas le choix.

Ses poursuivants le rattrapent, ils ne sont plus très loin. Son cœur cogne dans sa poitrine, il ralentit le pas, MissLady le précède. Quand, soudain, le sol se dérobe sous elle, Alex crie et se précipite au bord du gouffre en se concentrant sur sa chienne, il fronce le front, tellement l'effort est intense. Il y arrive ! Il ralentit la chute mortelle de sa meilleure amie et la dépose, comme par magie, en sécurité à ses côtés. Tout son corps tremble, il a un peu mal à la tête qu'il appuie contre le poitrail doux et humide de la chienne qui grogne, Alex sursaute de peur. Un des militaires est tout prêt. Il reste un moment abasourdi par ce qu'il vient de voir, l'enfant a sauvé sa chienne rien que par la force de sa pensée. Il se ressaisit, lève son fusil armé d'une fléchette soporifique et le vise. Alex se relève, se retourne, fixe l'homme armé, mais trop tard, il est touché et, directement, tout se met à tournoyer. Il titube et fait un pas en arrière, trop près de la crevasse, il tombe dans le gouffre.

Les deux hommes se précipitent, le petit corps est étendu 15 mètres plus bas, ils alertent leur supérieur qui arrive rapidement sur les lieux avec Franck et Nanou qui se précipite au bord de la crevasse. Rapidement, un deuxième hélicoptère médicalisé se pose près du premier et les secours sont mis en place. Trois militaires, dont un médecin, descendent avec une civière dans le gouffre, y placent le petit garçon et le remontent au plus vite. Le médecin l'ausculte et Nanou l'informe qu'il souffre du cœur.

— En effet, il a un gros problème de ce côté-là et il a la jambe et le bras gauche en mille morceaux. Le dos et la tête n'ont pas été touchés, mais il vaut mieux l'immobiliser. Il faut absolument l'opérer du cœur avant son retour à la base scientifique, il apporte les premiers soins à l'enfant pour stabiliser son état. Ils sont tous les trois embarqués dans les engins. Deux hommes restent sur place pour s'occuper de la chienne qui se démène pour rejoindre son petit maître, pour demander à un voisin de s'occuper de la ferme de Nanou et préparer le nécessaire pour l'enfant.

Dès qu'ils décollent, le colonel Adams, l'homme aux jumelles, grand, musclé, les cheveux coupés ras, le regard dissimulé derrière ses lunettes de soleil, le portrait type du militaire, baroudeur, héros des missions les plus périlleuses, regarde sur son ordinateur portable.

— Il y a le meilleur chirurgien cardiaque à Paris, le docteur Grant, en même pas une heure nous y serons. J'appelle le général pour qu'il avertisse l'hôpital de notre arrivée.

Les deux hélicoptères prennent cette direction et dès qu'ils arrivent sur les lieux, les militaires sécurisent l'étage et Alex est, directement, emmené au bloc opératoire. Le docteur Grant, un homme sportif, cheveux châtains, yeux gris, un air sérieux, chirurgien cardiaque renommé, a très vite compris le problème. L'enfant a une malformation, le cœur et le poumon droit ont fusionné, il n'a jamais vu ça, comment cet enfant a-t-il pu vivre avec une telle malformation ? Il met tout en œuvre pour greffer le plus rapidement possible un poumon et un cœur artificiel. En même temps un de ses confrères, chirurgien orthopédique s'occupe du bras et de la jambe blessés. Après plus de douze heures d'opération, Alex est transféré dans une chambre, sous haute surveillance. Il n'y a plus qu'à attendre qu'il se réveille.

Ça fait, maintenant dix jours qu'Alex est dans le coma. Des scientifiques sont arrivés des États-Unis et se relaient à son chevet, ils ne comprennent pas pourquoi il ne se réveille pas. Le professeur Smirnoff, chef du projet « Mnémos », discute avec le colonel Adams.

— Il faut l'amener au centre de recherches, nous devons nous assurer que son cerveau n'a pas souffert de la chute. Vos hommes nous ont relaté comment il a sauvé sa chienne d'une mort certaine, il a utilisé la télékinésie, j'en suis sûr ! Sa mère était douée. Pourquoi ne se réveille-t-il pas ? clame-t-il en faisant les cent pas.

— Les médecins pensent que c'est volontaire ou un trop plein d'émotions, un choc psychologique qui l'empêche de se réveiller.

— Alors, c'est une raison supplémentaire de le ramener au centre.

— Je suis d'accord avec vous, je vais faire le point avec le chirurgien pour son transfert.

Après plus d'une heure de discussion avec le médecin qui trouve ce départ prématuré, le colonel donne l'ordre de préparer l'avion médicalisé, le docteur Grant les accompagnera pour surveiller l'état de l'enfant. Tout est rapidement mis en place pour que son transfert soit le plus confortable possible. Quand l'ambulance arrive à l'aéroport, elle s'approche d'un avion-cargo militaire, les hommes du colonel conduisent rapidement la civière à l'intérieur. Le docteur Grant n'a jamais vu un avion aussi perfectionné et équipé d'un matériel médical à la pointe des dernières technologies. Une femme assise à l'avant se précipite dès qu'il finit d'installer le petit garçon sur la couchette.

— Alex, mon loupiot, c'est Nanou ! lui dit-elle en lui caressant les cheveux.

— Vous êtes sa grand-mère ?

— En quelque sorte, c'est moi qui l'ai élevé. Ça fait dix jours que l'on nous a littéralement kidnappés et retenus prisonniers dans un hôtel proche de l'hôpital, à chaque fois que nous interrogions un de ces hommes sur l'état d'Alex, ils nous répondaient qu'on aurait bientôt des explications.

— On ?

— Oui, son père est là-bas, ils l'ont endormi parce qu'il ne voulait pas venir.

— Qui sont ces hommes ? En tout cas, ils ont les moyens, ils sont super équipés ! lui dit-il en lui montrant l'équipement médical.

Nanou n'a pas le temps de lui répondre, un homme monte dans l'avion qui se prépare au décollage.

— Madame, docteur, prenez place, nous allons décoller et je profiterai de ce vol pour répondre à vos interrogations. Ah, je vois que son père se réveille. Oui, il est attaché et menotté, mais dès qu'il arrêtera de se rebeller, nous le détacherons.

L'avion décolle et dès qu'il a pris sa vitesse de croisière, l'homme se détache et se met debout.

— Je suis le professeur Smirnoff, créateur et chercheur pour le projet « Mnémos », nous faisons des recherches sur le cerveau et la mémoire. Il y a quelques années, une drogue est apparue sur le marché, elle augmentait les capacités du cerveau et de la mémoire mais ses effets étaient trop éphémères et elle avait, également, beaucoup d'effets secondaires. Nous avons modifié les composants dont la mnémosine et amélioré la durée de son action, puis nous l'avons testé sur des étudiants universitaires, tous volontaires, bien sûr ! Kate Mac Donald, la mère de l'enfant a été rapidement conquise par les effets sur sa mémoire, elle était avide de savoir et cumulait les matières, elle faisait des études de médecine et était très intriguée par nos recherches, elle voulait en connaître plus sur ce médicament. Elle a commencé à développer des capacités en télékinésie et un peu de télépathie. Franck, ici présent, le père d'Alexandre était plus sceptique et ses progrès plus lents, il s'était surtout inscrit pour être avec sa petite amie. Il a quand même développé quelques dispositions à la télépathie et la facilité à imposer sa volonté sur une autre personne. Je crois que tout cela lui a fait peur et du coup il a voulu tout arrêter, il a demandé à Kate de le suivre, mais elle était trop captivée par ses facultés. Ils se sont disputés et il a disparu, nous avons découvert par la suite qu'il était parti en France à la recherche de sa mère qui l'avait abandonné quand il était enfant. Kate est restée un peu plus longtemps, puis elle a disparu, également, du jour au lendemain. Nous venions de lui faire une prise de sang et lors de l'examen de l'échantillon, nous nous sommes aperçus qu'elle était enceinte. Nous avons compris qu'elle l'a découvert et qu'elle a eu peur de ce que ce médicament pourrait avoir comme effet sur son bébé. Directement, nous avons tenté de la retrouver mais elle avait quitté le territoire américain. Après quelques recherches, nous avons retrouvé sa trace au sud de l'Espagne, nous en avons déduit qu'elle essayait de rejoindre son petit ami, Franck, en France. Nous avons installé une surveillance étroite du père de l'enfant, un de nos hommes a rejoint son écurie et est devenu un de ses proches collaborateurs. Nous commencions à désespérer et j'allais relever l'homme de sa mission, quand une mystérieuse lettre, disparue pendant 5 longues années, est arrivée. Franck a sauté dans sa voiture et est descendu dans les Pyrénées, notre homme nous ayant prévenu, nous avons rapidement mis en place une prise en chasse avec l'hélicoptère et vous connaissez la suite.

Ces hommes ont assisté à une démonstration étonnante des capacités télékinétiques de l'enfant qui a empêché sa chienne de tomber dans la crevasse quand la neige s'est dérobée sous ses pattes.

Le professeur fait claquer son pouce contre son index.

— En un millième de seconde, elle était là à côté de son petit maître, en sécurité. Nous avons hâte de découvrir les autres capacités de ce petit bonhomme, dit-il en désignant Alex étendu sur la couchette.

— Il n'en a peut-être pas d'autres, vous n'avez pas le droit de nous enlever ainsi ! répond son père en reprenant peu à peu conscience.

— Ah, bonjour Franck, te voilà totalement réveillé, vous enlevez, directement, les grands mots. Nous ramenons Alexandre aux États-Unis, pour l'instant, ses seuls parents connus sont américains, sa grand-mère maternelle et sa tante, la sœur de sa mère, nous ont donné l'autorisation de leur ramener leur petit-fils, répond-il d'un air narquois.

Il sort un formulaire complété et signé par Margaret Mac Donald, la mère de Kate. Il le fait lire à Franck, qui le fusille du regard. Toi aussi, tu es américain, tu as la double nationalité. Kate et toi vous aviez signé un contrat avec le projet « Mnémos », vous deviez vous présenter régulièrement pour passer des tests et examens médicaux au centre de recherches. C'est tout à fait de notre droit de t'y ramener pour voir si la mnémosine a encore des effets sur ta mémoire et ton cerveau.

Après tu seras libre de repartir. Madame Dupont nous a accompagnés volontairement, elle a élevé cet enfant et c'est normal qu'elle veuille veiller sur lui et Alexandre est le fruit du projet « Mnémos », il nous appartient en quelque sorte.

— C'est mon fils et il ne vous appartient pas ! ce n'est pas un produit de vos recherches, c'est un petit garçon ! regardez ce que vous lui avez fait, il est dans le coma à cause de vous, vous ne pouviez pas nous foutre la paix, répond Franck en colère contre ces hommes mais également contre lui-même.

— Pour l'instant, nous n'avons aucune preuve que c'est bien ton fils, dès que nous serons au laboratoire, nous pratiquerons un test ADN et après nous en discuterons. Maintenant, je vais m'entretenir avec madame Dupont, lui répond-il sèchement, mettant un terme à leur conversation.

Franck tend ses poignets liés au militaire assis à ses côtés qui lui retire les menottes puis il se tourne vers le hublot mais restant attentif à la conversation.

Le professeur va s'asseoir auprès de Nanou qui est restée silencieuse pendant tout ce temps, préoccupée par l'état d'Alex.

— Bonjour madame Dupont, c'est bien ça ?

— Bonjour, oui madame, Nadine Dupont, lui répond-elle d'un ton coupant et froid.

— C'est vous qui avez élevé Alexandre ?

— Oui, avec mon mari, il est décédé l'année passée, d'un cancer.

— Sincères condoléances, pouvez-vous me raconter comment a-t-il grandi ?

— A part son problème au cœur, il a grandi comme tous les enfants habitant à la montagne, comme une herbe sauvage.

— Il n'a jamais fait de choses bizarres ?

Nanou jette discrètement un coup d'œil à Franck qui fait un très léger signe de négation de la tête.

— Non, je n'ai jamais rien remarqué, Alex est un petit garçon gentil, espiègle et très indépendant.

— Et à l'école ?

— Très dissipé et souvent puni parce qu'il faisait l'école buissonnière et allait se promener dans la montagne.

— Il n'aimait pas beaucoup l'école, s'ennuyait-il au cours ?

— Oh non, il n'aimait pas tout simplement ! dit-elle en souriant.

La conversation continue sur des banalités concernant la petite enfance d'Alex, puis le professeur reprend sa place et note le tout dans son ordinateur. Les autres regardent un film sur l'écran, lisent des magazines mis à leur disposition ou en profitent pour dormir un peu.

L'avion se pose directement à la base scientifique du projet « Mnémos ». Alex est installé dans une pièce sécurisée, toute en verre, au milieu d'un laboratoire à la pointe de la technologie. Une dizaine de personnes assistent le professeur Smirnoff, il leur demande de lui faire une prise de sang et différents prélèvements : liquide céphalo-rachidien, moelle osseuse et autres, puis fixe les capteurs sensoriels sur sa tête.

— Je veux savoir pourquoi cet enfant ne se réveille pas ! Docteur Grant faites-lui un check-up complet, dit-il d'un ton impératif.

Le médecin soupire mais s'exécute, le professeur sort de la pièce et allume les différents écrans et ordinateurs, prêt à recevoir les premiers bilans sensoriels. Les ondes cérébrales de l'enfant ondulent sur les écrans, tout fonctionne bien.

Il examine Alex qui ne semble pas rejeter les différents implants, ce coma n'est pas dû à cela. Il est sûr que le petit garçon refuse de se réveiller, il est fasciné par toute cette histoire, depuis ce coup de téléphone de l'hôpital pour venir opérer d'urgence un enfant de 5 ans grièvement blessé. Arrivé sur les lieux, il avait été surpris que tout l'étage eût été réquisitionné et que des militaires surveillaient chaque porte et maintenant, il se retrouvait dans un laboratoire secret. Il n'était pas d'accord sur la façon de procéder de ce professeur mais d'un autre côté, ce protocole « Mnémos » et les éventuelles facultés de l'enfant l'intriguaient.

Cela fait maintenant trois jours qu'ils sont installés dans des logements du personnel à quelques pas du laboratoire. Le docteur Grant a fait plus amples connaissances avec Nanou et Franck. Lui seul est en contact avec le petit garçon et il les tient au courant de la moindre évolution de son état, une amitié est née et il les soutient du mieux qu'il peut. Ils sont très inquiets, son père s'en veut beaucoup et sa mère adoptive ne veut pas s'en éloigner. Alex ne s'est toujours pas réveillé, le professeur reste très perplexe face à ce coma, les divers examens n'ont rien donné. Il entre dans le réfectoire où ils sont tous les trois installés pour le déjeuner.

— Nous allons vous ramener chez vous, leur dit-il de but en blanc.

— Et mon fils ? rétorque Franck, offusqué par cette décision.

— Pour l'instant, il reste, sa grand-mère maternelle en a la garde et a donné son accord pour qu'il soit soigné ici.

— Vous ne lui avez pas dit toute la vérité, ce que vous allez lui faire, C'est mon fils et j'ai le droit…

Le professeur lève la main pour lui imposer le silence.

— Du calme, tu n'as aucune preuve qu'Alexandre est bien ton fils et tu n'es pas autorisé à l'approcher. Sa grand-mère ne veut pas que tu aies une relation avec lui puisque tu l'as abandonné. Donc, nous avons le droit de te mettre dehors.

— Ce n'est pas vrai, je viens juste d'apprendre son existence !

— C'est ta version ! L'avion sera prêt dans deux heures.

Le docteur Grant quitte rapidement la table et se dirige vers le laboratoire.

— Où allez-vous docteur Grant, vous pouvez également rentrer chez vous, vos patients vous attendent et nous avons un très bon médecin.

— Oui, je sais, mais je dois absolument vérifier sa greffe, m'assurer que tout est OK et expliquer le traitement à votre collaborateur, lui répond-il calmement.

— Oui, en effet, je vous laisse y aller, ne traînez pas.

Le médecin se précipite au chevet de l'enfant. Il doit lui faire une prise de sang et remettre l'échantillon à Franck pour qu'il puisse récupérer son fils. Il ne faut pas que le petit garçon reste seul, ici. Il entre dans la pièce vitrée, seule une infirmière veille sur Alex.

— Le professeur Smirnoff vous demande après je devrai vous expliquer le traitement et les divers soins à lui apporter.

L'infirmière acquiesce et sort du laboratoire, le médecin se dépêche de faire la prise de sang en essayant de ne pas se faire voir par les différentes caméras, il glisse l'éprouvette dans sa poche, s'assied sur le lit et se penche sur le petit garçon endormi.

Il prend la petite main entre les siennes et la tapote légèrement.

— Alex, il faut te réveiller, il va nous renvoyer en France, Nanou, ton père et moi. Tu ne peux pas continuer à faire l'autruche, je sais que tout cela t'effraie, mais tu ne peux pas laisser repartir ta maman adoptive sans lui dire que tu vas bien et tu n'as même pas eu le temps de parler avec ton père, il n'a pas le droit de t'approcher, lui dit-il tout bas, suppliant, espérant une réaction de sa part.

L'enfant serre les poings et ouvre les yeux, il plonge son regard bleu profond dans celui du médecin.

— Je veux rentrer chez moi ! Moi aussi je veux retourner en France, dit-il d'un ton rageur.

Alerté par l'infirmière qui revenait d'un pas précipité, le professeur, ses collaborateurs et le colonel Adams entrent dans le laboratoire, il rejoint le médecin dans le cube de verre.

— Qu'avez-vous fait, docteur Grant ? Bonjour…

Mais l'enfant, rouge de colère, lui coupe la parole.

— Je veux rentrer à ma maison et je veux voir Nanou.

— Je m'en doutais que ce coma était volontaire, tu es têtu ! Pour l'instant, tu dois rester ici, tu es malade, lui répond-il sévèrement.

— Alors, lui, il doit rester avec moi ! répond-il en désignant le docteur Grant.

— Non, il a des patients qui l'attendent et nous avons notre propre médecin.

— Non, lui seul peut me regreffer un nouveau cœur.

Étonné, le professeur l'interroge du regard.

— Que veut-il dire ? demande-t-il en regardant le médecin qui sourit de l'audace du petit garçon.

— J'ai dû parer au plus pressé quand Alex est arrivé aux urgences, le cœur que nous lui avons greffé était destiné à un adulte, il n'est pas adapté à un corps d'enfant de 5 ans, mes collègues sont en train d'en créer un. Nous avons encore des progrès à faire en ce qui concerne la chirurgie cardiaque pédiatrique. Dès qu'il sera prêt, il faudra le réopérer. En attendant, il doit rester sous surveillance constante, ne faire aucun effort physique et rester calme.

— Bon d'accord, vous pouvez rester, si cela vous convient, bien sûr. Mais ta mère adoptive doit rentrer chez elle, répond-il en espérant que le chirurgien décline la proposition d'Alex.

— Oui, je sais, elle doit s'occuper de la ferme et de ma chienne.

Se rappelant le danger qu'a couru sa fidèle compagne, il jette un regard inquiet au militaire qu'il avait reconnu.

— Comment va-t-elle ? lui demande-t-il.

— Elle n'est pas blessée, nous devrons discuter de la façon dont tu l'as sauvée, répond le professeur avant que le colonel n'ait le temps de répondre.

Alex ignore volontairement sa réponse.

— Je peux dire au revoir à Nanou ? demande-t-il en regardant toujours le militaire qui lui inspire plus confiance que ce méchant homme avec son air hautain.

— Faites venir la femme, répond de nouveau le scientifique.

Le colonel sort en souriant au petit garçon. Quelques minutes après, elle entre rapidement dans la pièce et serre l'enfant dans ses bras.

— Ça va, mon loupiot ?

— Oui, ça va aller, enfin, je crois. De toute façon, je rentrerai vite à la maison ! lui dit-il en foudroyant le professeur du regard.

— Eh bien ! Quel regard, si tes yeux étaient des mitraillettes, je serais mort ! On va te laisser cinq minutes pour que tu lui fasses tes adieux.

Tout le monde quitte la pièce sécurisée. Le petit garçon se serre contre sa mère adoptive.

— Ça va aller, Nanou, ne t'inquiète pas, occupe-toi bien de MissLady, tu sais c'est pas des adieux, je vais vite rentrer, je me sauverai, il va pas m'en empêcher, dit-il, les yeux remplis de larmes et la voix tremblante.

— Tu es très courageux, mais tu dois rester sage, faire attention à ton cœur, écoute bien, John, le docteur Grant, il est très gentil, il va prendre bien soin de toi, en attendant cette nouvelle opération. Regarde, je t'ai apporté ton doudou, Mister Bear.

Elle sort un vieil ours en peluche de son sac, il a bien vécu et est élimé à plusieurs endroits. Alex le saisit et le cache rapidement dans les draps.

— Merci Nanou, lui répond-il en lui souriant bravement.

Il se serre un bon moment contre elle, pleins de questions fourmillent dans sa petite tête, combien de temps seront-ils séparés, la reverra-t-il ?

— Madame, il faut y aller, dit un militaire accompagné du professeur.

Après avoir séparé l'enfant des bras de sa mère adoptive, le jeune homme ressort avec elle, il la soutient pour rejoindre l'avion, elle est en larme et Franck vient la soutenir. Le scientifique se rapproche du lit pour consoler le petit garçon effondré sur son oreiller, mais dès qu'il approche sa main, Alex se raidit et évite le contact en le toisant du regard.

— Ne me touchez pas, je veux voir mon père ? crie-t-il.

— Malheureusement, je ne peux le permettre, ta grand-mère maternelle, ta tutrice, ne veut pas que tu le voies, il n'y a aucune preuve qu'il est bien ce qu'il prétend être et il n'a pas revendiqué ses droits pendant cinq ans.

— Il ne savait pas que j'étais né ! Vous savez très bien qu'il est mon père ! Je vous déteste et cette grand-mère aussi ! Je l'ai jamais vue ! dit-il en colère et essayant de se lever.

Pendant que le professeur discute avec Alex, essaie de lui faire entendre raison et de le calmer, le docteur Grant s'éclipse et rejoint rapidement Franck avant qu'il n'embarque dans l'avion.

— Tiens, j'ai fait une prise de sang à Alex, fais un test ADN, comme cela tu pourras prouver que c'est ton fils et le ramener chez vous. En attendant, je vais veiller sur lui et surveiller ce professeur Smirnoff, il ne m'inspire pas confiance. Courage, j'y retourne avant qu'il se rende compte de mon absence.

— Merci John et ta carrière ? Tu n'es pas obligé de…

— Ne t'inquiète pas, je peux la mettre entre parenthèses pendant quelques mois, c'est du provisoire, dès qu'il sera réopéré, vous serez réunis et tout rentrera dans l'ordre. Ma secrétaire à mon numéro en cas d'urgence, lui répond-il optimiste en lui serrant l'épaule pour le rassurer.

Il embrasse Nanou sur la joue et la serre dans ses bras pour la réconforter, il serre la main de Franck et leur fait un signe de la main quand l'avion s'engage sur la piste.

Quand il revient dans le laboratoire, il trouve qu'il y fait chaud. Le professeur sort du cube pour faire descendre la pression, Alex est anéanti par le départ de sa mère adoptive et de son père qu'il n'a même pas pu voir, il se jette dans les bras du médecin et fond en larmes.

Au bout de quelques minutes, le docteur Grant s'écarte et recouche le petit garçon.

— Allez, il faut te reposer, maintenant, je vais rester là, près de toi, jusqu'à ce que tu t'endormes.

Alex soupire, se tourne sur le côté et serre son ours contre lui. Après quelques échanges avec ses collaborateurs en étudiant les premiers résultats sur ses écrans, le professeur revient dans la pièce et regarde le bambin aux joues ruisselantes de larmes.

— Demain, nous commencerons les tests, passe une bonne nuit.

Le docteur Grant allait répliquer mais, le professeur lui impose le silence, il s'approche du lit et remarque l'ourson en peluche.

— Ben dit donc, qu'est-ce qu'il est laid et pas très propre, ce machin, il risque de te refiler des bactéries et des microbes et d'infecter tes plaies. Donne ! je vais l'installer sur l'étagère.

Alex serre un peu plus sa peluche, mais l'homme s'en saisit, malgré le regard suppliant de l'enfant et l'incompréhension du médecin et le dépose à l'autre bout de la pièce. Il sait qu'Alex ne peut pas se déplacer avec sa jambe blessée.

— Venez, sortons et laissons-le se reposer, dit-il en ignorant les supplications du petit garçon. Le docteur Grant pose sa main sur son épaule pour le réconforter et sort.

Il les regarde s'éloigner, le docteur Grant n'a pas l'air content et le fait savoir au chercheur, dès qu'il est sûr que ce méchant homme ne reviendra pas, il se concentre sur son ours qui se retrouve rapidement, comme par magie, dans ses bras, il le cache soigneusement dans le lit et épuisé par toutes ces émotions, s'endort.

Le lendemain, après que le médecin aidé par l'infirmière a prodigué les soins nécessaires, donné son traitement et son déjeuner à Alex, le professeur Smirnoff entre à son tour.

— Bonjour Alexandre, j'en étais certain que tu te servirais de la télékinésie pour récupérer ton ours, je viens de visionner les films, cette pièce est au centre du laboratoire et surveillée par plusieurs caméras, dit-il en les désignant au petit garçon.

Deux scientifiques viennent installer des capteurs sensoriels sur sa tête, le professeur soulève les draps et attrape la peluche avant qu'il ait le temps de réagir et la redépose sur l'étagère.

— Maintenant, si tu veux ton jouet, recommence !

— Non !

— Si tu ne le fais pas, je le prends et le jette dans l'incinérateur.

Alex le foudroie du regard, il serre les poings et devient tout rouge de colère, la température monte dans la pièce, mais leur attention est portée sur le petit garçon et personne ne le remarque. Ils se jaugent du regard, le temps reste en suspens, puis convaincu des intentions du professeur, il se concentre sur son doudou qui en un clin d'œil se retrouve dans ses bras, il le cache derrière son dos.

— Voilà, tu vois ce n'est pas compliqué d'obéir directement. Ce n'est pas la première fois que tu fais cela ? Pourtant, ta mère adoptive m'a dit qu'elle n'avait jamais rien remarqué ! M'a-t-elle menti ? lui demande-t-il, suspicieux.

Alex regarde le professeur, les dents serrées et le regard noir, mais se méfiant de cet homme qui pourrait faire du mal à Nanou, il lui répond.

— Non, Nanou ne le savait pas ! Seul Pilou le savait mais ne lui a pas dit.

— Son mari ?

— Oui, il m'avait surpris plusieurs fois, alors que je m'amusais à faire voler mes jouets dans ma chambre et un jour, je lui ai subtilisé son beau canif qu'il gardait dans sa poche pour l'amener à l'école. L'institutrice me l'a confisqué, j'ai eu une punition et elle lui a rendu quand il est venu me rechercher. Je me suis fait engueuler et Pierre m'a interdit de me servir de mon don magique.

— La télékinésie, Alexandre, c'est la faculté d'agir sur des objets sans avoir de contact avec eux, de les déplacer par la pensée, ce n'est pas de la magie ! Je suppose que tu as entendu ce que j'ai dit à propos de tes parents et de la mnémosine ?

Alex hoche la tête.

— Au départ, c'était une drogue puissante, les personnes qui en prenaient développaient leur capacité mémorielle ce qui leur permettait de faire des choses incroyables, mais les effets se dissipaient très rapidement et les dégâts sur leur cerveau étaient irréversibles. Nous avons réussi à prolonger les effets sur la mémoire et à supprimer ou du moins diminuer les répercussions sur le cerveau. La plupart des gens ne peuvent utiliser plusieurs zones de leur encéphale en même temps. Généralement, on en utilise qu'une ou deux simultanément, il n'y a que lors d'une crise d'épilepsie que toutes les zones fonctionnent en même temps. Ta mère avait un quotient intellectuel très élevé, elle a rapidement développé des attitudes télékinétiques et une mémoire prodigieuse, c'était notre meilleur élément. Depuis un certain temps, nos recherches stagnent, nous ne parvenons pas à reproduire ces effets sur d'autres personnes, à comprendre pourquoi ça a fonctionné avec ta mère et surtout comment ça marche avec toi qui n'as jamais pris de mnémosine et de quelles autres capacités tu es capable de réaliser.

— Ben moi, je veux pas être votre rat de laboratoire, je veux rentrer chez moi ! le coupe-t-il d'un air boudeur.

— Pour l'instant, tu es incapable de te déplacer, tu dois d'abord te remettre de tes blessures et de ces greffes, on vient de te transplanter un cœur, un poumon, un avant-bras et une rotule artificielle, ton corps doit s'adapter. Nous allons te donner tous les soins nécessaires pour te remettre sur pieds en contrepartie, tu vas sagement collaborer avec nous !

Le petit garçon n'a plus la force de répliquer, il repose sa tête sur l'oreiller et soupire de désespoir. Le médecin tâte son pouls et regarde le professeur.

— Tu es fatigué et encore très fragile, ce sera tout pour aujourd'hui. Il te faut du repos. Demain matin, nous ferons des tests pour mesurer tes capacités en télépathie. Sais-tu ce que c'est ?

Alex secoue négativement la tête.

— C'est communiquer par la pensée, lire les pensées d'une autre personne. Peux-tu le faire ?

L'enfant lève les épaules.

— Je n'sais pas ! J'ai jamais essayé !

— Nous verrons cela demain.

Il se dirige vers la porte, mais après un petit temps de réflexion, revient sur ses pas.

— Ah oui, j'oubliais, cet ours vient avec moi, il est vraiment dégueulasse et risque de t'apporter de l'infection, je vais le déposer là-bas sur l'étagère, en dehors du cube.

Le petit garçon tend son bras valide et supplie le professeur.

— Non, non, rendez-le-moi ! je vous déteste, vous aller le regretter ! dit-il en essayant de se lever, il est rouge de colère et se débat comme un beau diable, malgré ses blessures, contre le médecin et l'infirmière qui essaient de le maintenir dans son lit. La température ambiante augmente encore.

— Qu'il fait chaud ici ! Il y a un souci avec le chauffage ? demande le professeur en sortant avec la peluche sous son bras, il la dépose bien en vue du petit garçon et lui adresse un clin d'œil ce qui ravive la colère de l'enfant. Le docteur Grant n'a pas d'autre solution que de lui administrer un léger calmant. Il sort rapidement et rattrape le professeur.

— Pourquoi le mettre dans cet état ? À quel jeu jouez-vous ? C'est un tout petit garçon et blessé en plus, vous êtes un malade !

— Pour le booster, docteur Grant, juste le booster, la colère augmente les effets de la mnémosine, si elle fait partie de son ADN, je suis sûr que cet enfant va nous épater, quand je vois avec quelle facilité, il utilise la télékinésie, ça promet ! pour le bien de l'enfant, restez à votre place, docteur, il a confiance en vous et vous êtes son repère dans cet univers inconnu et hostile, il serait dommage qu'il doive vous voir partir également, répond-il d'un ton sec et menaçant.

Ils se jaugent du regard mais le médecin repensant à la promesse qu'il a faite à Franck, Nanou et même à l'enfant, se calme et sort prendre l'air.

Le lendemain, les scientifiques préparent Alex pour une série de tests, quand il est prêt, le professeur les rejoint.

— Bonjour Alexandre, aujourd'hui, nous allons voir si tu as hérité de ton papa, les mêmes capacités télépathiques. Mon assistant va regarder des cartes, il va se concentrer sur les figures dessinées et toi, tu vas essayer de les deviner, de lire ses pensées. Tu es prêt ?

— Non !

— Bon, je vois que tu m'en veux encore pour ton doudou, si tu fais le test jusqu'au bout sans râler, je le fais nettoyer et je te le rends, d'accord !

Alex réfléchit, regarde le docteur Grant derrière la vitre et sur le pauvre Mister Baer, avachi sur son étagère, il soupire, ferme les yeux et dans un souffle, lâche un « d'accord » du bout des lèvres.

— Parfait, je te laisse te concentrer, je vais m'installer derrière mes ordinateurs. Un enregistre tes ondes cérébrales et l'autre affiche les connexions entre les différentes zones de ton petit cerveau buté. À toi de jouer !

Alex regarde le jeune homme installé en face de lui qui lui sourit et prépare la pile de cartes sur la table installée entre eux. Il est jeune, les cheveux ébouriffés, il a de grands yeux bruns rieurs dissimulés derrière de grosses lunettes, une barbe naissante couvre ses joues sur lesquelles des traces d'acné juvénile apparaissent encore.

— On peut commencer, je vais regarder la première carte ? lui demande-t-il d'une voix douce et calme.

— Il y en a beaucoup !

— Une petite centaine, tu es prêt ?

L'enfant acquiesce de la tête et se concentre sur le regard du jeune assistant. Elles défilent assez rapidement, dès qu'il les a regardées, l'enfant donne sa réponse et il les dépose en une seule pile. Après la dernière, le professeur revient dans le cube de verre. Il relève les constantes de l'enfant sur le moniteur branché, les battements cardiaques sont un peu élevés et Alex transpire sous l'effort fourni.

— Docteur Grant pouvez-vous l'ausculter, s'il vous plaît ?

Le médecin entre et examine le petit garçon, il lui enlève sa veste de pyjama et écoute son cœur et sa respiration, il lui sourit et reboutonne sa veste. Pendant ce temps, le professeur s'entretient avec son collaborateur.

— Et alors ?

— Que de bonnes réponses et il n'a jamais hésité ! répond-il en montrant la pile de cartes.

— Bien, très bien, nous recommencerons demain. Bravo, Alex, une parole est une parole, je vais amener ta peluche à la blanchisserie, tu la récupéreras à la fin de la journée. Maintenant, repose-toi, c'est assez pour aujourd'hui. Nous devons analyser tous ces résultats.

Alex ferme les yeux, soulagé de récupérer Mister Baer et épuisé par cette longue séance de concentration. Après un léger repas, il s'endort pour une bonne partie de l'après-midi. Comme promis, il récupère sa peluche pour la nuit.

Tous les soirs, John profite de son jogging dans le parc pour téléphoner à Nanou qui appelle Franck pour le tenir également au courant de l'état de santé du petit garçon et de l'avancement des recherches. Nanou est très inquiète et craint de plus en plus de ne jamais revoir son petit loupiot. Elle était contente d'avoir retrouvé son père, mais savoir qu'il avait aussi une grand-mère et une tante qui étaient ses tutrices légales, changeait beaucoup de choses. Qui était-elle pour lui ? Une parfaite inconnue ! Elle en a beaucoup discuté avec John et Franck qui ont bien essayé de la rassurer, mais plus ce professeur avance dans ses recherches, moins il sera disposé à leur rendre Alex.

Après quelques jours et une batterie de tests, le professeur Smirnoff annonce qu'il doit s'absenter pendant 3 jours et que pendant ce temps-là se sera son collègue, le professeur Thomas, pédopsychiatre qui lui fera passer un examen psychologique et des tests pour déterminer son quotient intellectuel. Alex sourit ravi de ne plus voir cette sale bête de professeur Smirnoff et marmonne dans ses dents en serrant son cher ours.

— Bon débarras, je l'aime pas celui-là !

— Hé là, jeune homme pas d'insolence, tu ne veux pas être puni, ton petit ours pourrait, de nouveau, se retrouver sur l'étagère ! lui dit-il d'une grosse voix.

Le petit garçon s'enfonce dans ses draps, les joues rouges de honte d'avoir parlé trop fort, Nanou lui a toujours dit que sa voix portait et que ça lui jouerait des tours.

— Que je n'apprenne pas que tu as été difficile et récalcitrant ! lui dit le professeur en le fixant droit dans les yeux et en le menaçant de son index. Alex baisse le regard et serre un peu plus son doudou contre lui.

Les trois jours se passent très bien, Alex répond avec bonne volonté et enthousiasme aux différents tests imposés par le professeur Steve Thomas, c'est un homme jovial, tout en rondeur, très calme qui explique chaque test clairement. Il a une petite quarantaine d'années, des cheveux et des sourcils bruns et épais, des yeux brun-vert, un regard vif qui scrute la moindre réaction du petit garçon.

— Ces tests vont permettre de mesurer tes capacités à apprendre, comprendre des problèmes simples et de plus en plus complexes, de former des concepts et de traiter des informations reçues. Nous pourrons voir si tu es un petit garçon surdoué ou pas.

Admiratif des résultats obtenus par un enfant si jeune, le pédopsychiatre pousse chaque jour un peu plus son intellect et Alex, avide d'apprendre, se prend au jeu et relève haut la main tous les exercices et défis. Le docteur Grant est lui aussi épaté par les capacités de son petit patient, étant lui-même un scientifique, il comprend l'impatience, la fougue et les attentes de ses confrères.

Dès le retour au centre de recherche du professeur Smirnoff, son collègue lui remet ses résultats d'analyse et son rapport. Il les relit plusieurs fois et est également surpris et admiratif des résultats obtenus.

— C'est dingue, vous vous en rendez compte, c'est l'être humain le plus intelligent, ce petit garçon nous surclasse tous !

Il relit une dernière fois le rapport n'en croyant pas ses yeux. La mnémosine combinée aux hormones de grossesses a eu des effets prodigieux lors de l'évolution du fœtus, au moment de la conception du cortex cérébral. Les deux scientifiques se mettent directement au travail pour décortiquer et analyser les différents résultats.

À la fin de la journée, le docteur Grant interrompt leur travail.

— Professeur Smirnoff, je peux vous parler ?

— Alexandre ?

— Non, il va bien, fatigué, mais cette journée de repos, sans tests, lui a fait du bien, il se repose en regardant un peu la télé, je sais que vous n'aimez pas, mais il commence à s'ennuyer et il a besoin de se changer les idées.

— Oui, bien sûr !

— Pour vous, ce n'est qu'un sujet d'étude, mais ce n'est qu'un petit garçon de cinq ans, même si c'est le plus intelligent du monde !

— Vous avez raison, docteur Grant, j'y penserai à l'avenir. De quoi vouliez-vous me parler ?

— Je vais devoir partir pour quelques jours, j'ai une intervention prévue de longue date et qui ne peut plus être reportée, la santé du patient se dégrade. Je vais en profiter pour voir où en sont mes collaborateurs sur la création du cœur et du poumon adaptés à la morphologie d'Alex, je ne veux pas trop traîner à les lui greffer, ceux-ci risquent de déformer sa cage thoracique comme il est en pleine croissance. J'en profite pour vous remercier pour le budget que vous avez consacré à la fabrication de ces organes, cela va nous permettre d'évoluer dans la chirurgie cardiaque pédiatrique.

— Parfait, l'avez-vous déjà annoncé au gamin ?

— Non, j'attendais votre retour.

— Bon, il va falloir lui dire, il ne va pas être content de vous voir partir, il s'est beaucoup attaché à vous.

— Oui, en plus il ne pense qu'à ça, rentrer chez lui !

— Je sais, j'ai visionné les bandes d'enregistrements, il discute avec son ours et ébauche des plans d'évasion pour rentrer en France.

— Soyez vigilant, c'est un petit garçon têtu, déterminé et rusé.

— Comment voulez-vous qu'il s'évade de cette base ? Ce n'est quand même qu'un petit garçon de cinq ans !

— Ne le sous-estimez pas, professeur ! je vais aller lui annoncer mon départ demain matin. Dès que mon patient ira bien, je reviens !

Le professeur acquiesce et le docteur Grant rentre dans le cube en craignant la réaction de l'enfant en apprenant ce départ impromptu.

— Alex, il faut que je te parle, je peux m'asseoir près de toi ?

Appréhendant la nouvelle, il le regarde intensément en essayant de lire les pensées du médecin, mais en vain.

— Demain matin, je dois partir pour quelques jours, je dois aller opérer une personne gravement malade.

— Non, non, tu ne peux pas me laisser tout seul, ici, avec le professeur Dingo ! dit-il, buté.

— Alex, le professeur Smirnoff n'est pas dingo, il n'est pas si terrible que ça, lui répond-il en souriant.

— Il m'a kidnappé, il a torturé Mister Baer et je suis prisonnier dans un cube de verre, répond-il en fronçant les sourcils.

— Il n'a pas torturé ton ours, il l'a mis à la lessive, maintenant il est tout beau et tout propre.

— Ne change pas de sujet ! dit le petit garçon en tirant le médecin par le pull. Tu m'abandonnes et moi, je suis le prisonnier d'un savant fou !

Les larmes ruissellent sur ses joues pâles, il serre les poings sur sa poitrine oppressée, il manque d'air, le médecin l'oblige à se détendre en le recouchant.

— Allez, Alex, ça ne sert à rien de te mettre dans cet état, je n'ai pas le choix, je dois y aller, je fais au plus vite.

— Alors, emmène-moi ! Ramène-moi à la maison ! hurle-t-il en s'accrochant au pull du médecin. La température de la pièce monte d'un coup, le verre posé sur la table va s'écraser sur la vitre en face. Deux hommes entrent et aide le médecin à recoucher le petit garçon qui se débat comme un beau diable, la température continue à grimper, un des hommes est projeté à l'autre bout de la pièce et s'écrase sur la vitre en renversant l'armoire contenant les différents soins et médicaments. Alertés par le fracas, le professeur Smirnoff et le colonel Adams entrent à leur tour dans le cube. Maintenus de force sur le lit par quatre hommes, il ne peut plus bouger, le professeur Smirnoff prépare un puissant sédatif et lui injecte. Rapidement, son corps se détend, tout se met à disparaître dans un brouillard et il s'endort.

Ils le recouchent et se ruent sur les écrans pour visionner les films des caméras, ils dissèquent image par image.

— J'ai préparé ce médicament en cas de crise de cette envergure, il permet de mettre son cerveau complètement au repos et de reprendre le contrôle de la situation. Je suis stupéfait par sa performance, difficile de croire que c'est ce tout petit garçon malade et fragile qui envoie valser un soldat habitué au combat, juste par la force de son esprit. Qu'il fait intenable dans cette pièce ! Vous avez vérifié le chauffage ? Ou alors, c'est lui, il provoque cette élévation de la température à chaque fois qu'il s'énerve, une forme de pyrokinésie ?

Le professeur vérifie le thermostat et revisualise les bandes, il tourne en rond en réfléchissant à toute allure, analysant la performance, la vitesse d'exécution du gamin.

Le lendemain à son réveil, le plateau du déjeuner et son traitement l'attendent sur la tablette à côté de son lit, mais il n'y touche pas et se tourne vers le côté opposé à la porte du cube. Au moment où le professeur franchit celle-ci, il lui envoie le plateau en pleine figure, sans même lui avoir jeté un coup d'œil ni même avoir bougé le petit doigt. L'homme ravale sa colère en épongeant un peu sa veste avec son mouchoir de poche, il doit éviter de mettre le gamin en colère et de s'en faire un ennemi, la situation est déjà trop tendue.

— Alexandre, je vois que la télékinésie est bien acquise, comment savais-tu que c'était moi ?

— Le reflet, répond-il en montrant du menton l'image du professeur dans la vitre en face.

— Bien visé, en tout cas ! je vais te faire apporter un autre plateau et l'infirmière vas surveiller que tu prends sagement ton traitement. Je vais aller me changer, quand je reviens, nous discuterons de ta performance d'hier.

— Pas envie !

— Écoute, Alexandre, je sais que tu es en colère et que cette situation est compliquée, mais ton comportement ne fait que prolonger le temps que tu passeras ici.

— Je m'en fous, je vais retourner chez moi !

— Et comment penses-tu procéder ?

— J'suis pas idiot, je vais pas vous l'dire !

— Je NE suis pas et je ne vais pas ! Il serait temps de reprendre l'école et de revoir la règle sur la négation.

— Alors, ramenez-moi chez moi et je pourrai y aller à l'école !

Devant l'entêtement du petit garçon, le professeur soupire, baisse les bras et quitte la pièce.

— Je te laisse méditer sur ton comportement et sur ton plan d'évasion, je vais me changer mais nous devrons discuter que ça te plaise ou pas !

Quand le professeur est sorti du laboratoire, Alex essaie de se lever pour pouvoir s'échapper, il s'assied sur le rebord du lit, se laisse glisser pour atteindre le sol et pose son pied droit pour prendre appui sur sa jambe valide, il attend un moment que la pièce arrête de tanguer, ça fait un moment qu'il ne s'est pas levé.

Quand il se sent prêt, il essaie de faire un pas. Heureusement, il a bien fait tous les exercices prescrits par le kiné, du coup sa jambe ne flanche pas et se sentant rassuré, il fait le tour du cube de verre. L'infirmière arrive avec l'autre plateau.

— Veux-tu bien te recoucher, tu n'es pas sensé te promener, allez ouste, au lit !

Elle l'aide à s'installer pour manger et surveille qu'il avale bien son traitement. À peine est-elle sortie qu'Alex se remet debout et observe les différents écrans de l'autre côté de la paroi de verre. Il étudie les lieux et le comportement des différents chercheurs qui travaillent sur les ordinateurs. Il voit le professeur Smirnoff revenir dans le laboratoire et discuter avec un de ses collaborateurs. En même temps, lui observe le petit garçon debout derrière la vitre. Ils se jaugent du regard, le rouge empourpre les joues pâles de l'enfant qui appuie ses deux mains sur la vitre froide. Celle-ci se met à vibrer. La température de la pièce monte rapidement. Ses yeux bleus, presque noirs, restent accrochés aux yeux bruns du chercheur, un petit sourire narquois se dessine sur ses lèvres. Toutes les vitres du cube vibrent de plus en plus fort. Tout à coup, Alex hurle de rage et elles volent en éclats. Le professeur n'a que le temps de se jeter au sol en se protégeant le visage. Un morceau de verre se fige dans son bras droit et il serre les dents sous l'effet de la douleur. Il se redresse et voit Alex courir vers la porte du laboratoire, malgré sa jambe blessée. Il se relève prestement et enclenche l'alarme. Le colonel et ses hommes entrent en force, empêchant le gamin de s'enfuir. Il le saisit par la taille et l'immobilise. Alex se défend, mord et donne des coups de pied, il se tortille dans tous les sens, mais les bras qui l'enserrent sont puissants et il s'épuise vite. Le professeur attrape une seringue remplie de son savant mélange et coinçant son bras, lui plante l'aiguille dans le cou pour le lui injecter. Immédiatement, il s'écroule dans les bras qui le retiennent. Le professeur regarde le militaire avec l'enfant endormi dans les bras. Il tremble un peu sous l'effet de la douleur et de la stupéfaction.

— Je ne m'attendais pas à ce qu'il fasse voler les vitres en éclats, des vitres blindées et en plus à une de ces vitesses ! Cet enfant est prodigieux et dangereux ! Il n'a pas pensé aux autres personnes, il ne voyait que moi. Il savait qu'il allait les faire céder. Je revois son regard, son petit sourire narquois et son air de défi, dit-il d'une voix saccadée par l'effroi.

Examinant le petit garçon endormi, sa colère retombe et il se radoucit.

— Attendez, je vais vous donner une couverture, il ne faut pas qu'il prenne froid et son ours. Je vais envoyer une infirmière, il a une coupure à son pied.

S'assurant qu'il est bien sonné pour un bon moment, le colonel le porte dans une des chambres sécurisées du bâtiment adjacent du laboratoire, il l'enveloppe dans la couverture chaude et coince le petit ourson sous son bras, il l'emporte dehors, le vent violent soulève ses cheveux noirs découvrant son front buté. Le militaire sourit, comment un si joli petit garçon, si léger et fragile peut-il contenir une telle fureur. Ces vitres sont le summum du blindage, il faut tirer au moins une dizaine de balles au même endroit pour qu'elles se fissurent, mais lui il les a pulvérisées juste avec sa force mentale, ça promet ! Il entre dans le second bâtiment et se dirige vers l'aile sécurisée. Il couche le gamin sur le lit, le borde et installe la peluche à ses côtés, il ne peut s'empêcher de caresser le visage pâle d'Alex.

— Comment tout cela va-t-il se finir, mon petit bonhomme ? Tu ne l'aimes pas ce professeur Smirnoff !

L'infirmière entre, il l'aide à soigner la coupure, puis vérifie s'il n'y a rien avec lequel il pourrait se blesser ou attenter à sa vie, ainsi que la sécurité de la porte. Après s'être assuré qu'Alex était bien installé, il rejoint le professeur resté sur place pour aider ses collaborateurs et vérifier l'état de son matériel.

— Comment va-t-il ? demande le scientifique, inquiet par la dépense d'énergie utilisée qui pourrait avoir des conséquences sur son cœur fragile.

— Ça va, il va dormir un bon moment, vous n'avez pas lésiné sur la dose. J'ai posté deux hommes derrière la porte, deux autres surveillent les écrans de surveillance et quatre dans la salle de repos. Et ici, comment ça se passe ?

— Une de mes collaboratrices est gravement blessée, l'hélicoptère va arriver pour la conduire aux urgences, pour les autres, quelques coupures sans gravité, deux de mes ordinateurs ont bien morflé ainsi que trois écrans.

— Vous allez pouvoir sauvegarder et visionner les images d'aujourd'hui ?

— Je l'espère, même si j'étais au premier rang, je veux pouvoir analyser ces films. Dommage qu'il ne portât pas les capteurs sensoriels, je serais curieux de visionner ses courbes cérébrales quand il libère une telle colère même si elle est dirigée contre moi, dit le professeur en réajustant ses lunettes pour se donner de la contenance.

— Et maintenant ?

— Il faut battre le fer tant qu'il est chaud ! Cette nuit, nous l'installerons dans le deuxième cube et nous l'équiperons directement avec les capteurs. Bien sûr, nous l'attacherons fermement au lit, il a posé ses mains sur les vitres pour les briser, de son lit ça lui sera impossible, je suppose que la situation décuplera sa colère mais j'espère qu'il n'arrivera pas à les pulvériser. Le but est d'enregistrer ses ondes cérébrales et les zones de son cerveau utilisées. Je vais en profiter pour les enregistrer pendant son sommeil, on ne l'a pas encore fait.

Ils installent Alex, toujours KO par le puissant somnifère, dans le deuxième cube de verre et posent les capteurs sur son front, ses tempes et sur son crâne recouvert d'un filet pour maintenir le tout. L'infirmière branche également le moniteur enregistrant ses signes vitaux.

Le lendemain, le professeur attend son réveil, il est prêt derrière ses écrans, dès que les ondes commencent à s'amplifier, il se lève et se tourne vers Alex qui commence à s'agiter sur son lit.

— Bonjour Alexandre, je t'avais dit que nous devions discuter de ce qui s'est passé ces deux derniers jours.

— Et vous deviez m'attacher pour ça !

— Ben, tu n'as pas été très sage et coopératif, tu as cassé tout mon laboratoire.

— Bien fait ! Na ! Mais vous en avez un autre, comme je vois.

— Donc, puisque tu as cassé mes jouets, j'ai décidé de te confisquer le tien.

Il sort « Mister Bear » de sa veste, ce qui, il s'en doutait, fait monter d'un cran la colère du gamin et la température dans la pièce.

— Que dirais-tu si je le cassais aussi ? Je vais peut-être lui couper une oreille puisque tu m'as coupé au bras !

Alex s'agite sur son lit, il se débat contre ses liens comme un beau diable.

— Non, non, ne lui fais pas de mal ! Je te déteste !

Sentant qu'il n'arrivera à rien en s'agitant de la sorte, il ferme les yeux et essaie de calmer les battements de son cœur qui bat la chamade. Il les rouvre, ses iris sont bleu-nuit, presque noirs, il serre les poings et se concentre sur le professeur, les écrans s'emballent, la pièce est surchauffée, les ondes cérébrales oscillent très vite, toutes les zones de son cerveau sont actives, le professeur n'en revient pas, l'enfant devrait être en pleine crise d'épilepsie, mais, non, il reste calme, il se concentre de plus en plus fort sur le visage de son ennemi, les vitres blindées se mettent à vibrer et tout à coup, se brisent en mille morceaux. Le professeur n'a pas bougé, continuant à le fixer, protégé par un écran en plexi glace renforcé.

En nage, épuisé par l'effort et l'énergie utilisée, Alex s'évanouit, le moniteur cardiaque, qui à l'instant s'affolait, devient linéaire et le bip s'éteint. Le professeur active l'alarme et court vers le lit.

— Non, non, Alex, qu'est-ce que tu me fais ?

Il commence un massage cardiaque et dès que le médecin entre, lui passe le relais et prépare le défibrillateur. Au troisième essai, le cœur artificiel repart, Alex est toujours inconscient, mais rassuré sur son état, le colonel le ramène dans la chambre sécurisée et le médecin reste à son chevet.

Le professeur vient régulièrement prendre de ses nouvelles, Alex dort paisiblement, il remet son ours dans ses bras et relève une mèche sur son front, il lui laisse également une surprise. Il dort pendant 24 heures.

Le lendemain, vers midi, il commence à se réveiller, quelque chose d'humide et de froid se glisse dans son cou et achève de le tirer du sommeil. C'est Misslady qui est installée sur le lit, elle le regarde en remuant la queue, il ne peut contenir sa joie et lui saute au cou.

— Ma belle, mais qu'est-ce que tu fais ici ?

Il regarde autour de lui et remarque toutes ses photos et posters qui garnissaient son ancienne chambre, elles sont collées sur les murs de béton gris. Sur la table, il y a la photo de Nanou et Pierre et une autre plus récente de Nanou et lui, il y en a même une de son papa avec un de ses chevaux. Il saute en bas du lit et fait le tour de la chambre s'arrêtant devant chaque poster, des images de ses montagnes sous différentes saisons, il se tourne vers sa chienne et joue avec elle, ils remontent sur le lit et commencent à sauter, son rire résonne dans toute l'aile du bâtiment. Les hommes du colonel sourient de l'entendre, ce qui détend l'atmosphère après tous ces jours de tension.

Le professeur entre dans le salon où le colonel et ses hommes discutent d'Alex.

— Eh bien, il a l'air en forme, le petit garnement ! Après la frayeur qu'il nous a faite, je préfère comme ça.

— Je crois que la surprise lui fait plaisir ! répond le colonel en souriant.

Ils se dirigent vers la porte, le professeur appréhende quand même la réaction de l'enfant en le voyant, mais quand il entre, Alex lui sourit.

— Merci, pour Misslady, je suppose que c'est vous ? dit-il en montrant les murs.

— À moi et au docteur Grant, il m'avait proposé l'idée et j'ai accepté. J'ai téléphoné à madame Dupont, Nanou, si tu préfères pour qu'elle les prépare et avant de revenir, le docteur Grant est passé les récupérer.

— Il est revenu ? demande-t-il, impatient de revoir son ami et de lui demander des nouvelles de Nanou.

— Oui, il est arrivé très tard, dans la nuit est se repose encore.

Alex se remet à sauter sur le lit.

— Ce n'est pas vraiment prévu pour ça, ce genre de lit ! rétorque le professeur, exaspéré devant son comportement puéril, oubliant qu'Alex n'est en fin de compte qu'un petit garçon.

Alex s'arrête immédiatement et s'asseyant, s'excuse.

Tiens je t'ai apporté des vêtements plus chauds, elle a besoin de sortir, ta bête !

— Moi aussi, je peux sortir ? demande-t-il tout excité par cette bonne nouvelle.

— Oui, mais à la première tentative d'évasion ou de bêtise, le chien repart en France.

Alex le jauge du regard, mais sachant que le professeur en est capable, il laisse tomber. Pour l'instant, il veut juste profiter de sa chienne et de sa liberté retrouvée, même sous haute surveillance. Il s'habille rapidement et accompagné du professeur, du colonel et d'une dizaine d'hommes armés de fusils à fléchettes soporifiques, il sort dans le parc entourant le laboratoire et ses nombreuses annexes. Il court et joue avec sa chienne, mais il se fatigue rapidement et l'excitation qui l'anime depuis ce matin a épuisé toute son énergie, il titube et le professeur le rattrape à temps avant qu'il ne s'écroule. Il le prend dans ses bras et le ramène dans la chambre. Il fait appeler le docteur Grant qui le rejoint et l'ausculte scrupuleusement malgré qu'Alex n'arrête pas de remuer et de l'interrompre pour lui poser une multitude de questions. Il l'oblige à se recoucher.

— Il faut te reposer, nous aurons tout le temps de bavarder quand tu te réveilleras, il prépare une seringue.

— C'est pourquoi la piqûre ?

— C'est un très léger sédatif pour te détendre, tu es très énervé, tout simplement.

— Je veux pas retourner dans le laboratoire, dit-il en essayant de retenir la main du médecin

Le professeur Smirnoff intervient.

— Non, Alex, rassure-toi, les tests c'est fini pour l'instant. Maintenant, tu dois absolument te reposer et te détendre car dans une bonne quinzaine de jours, le docteur Grant devra t'opérer, après tu iras te reposer deux mois chez ta grand-mère maternelle et ta tante qui ont hâte de te rencontrer. Tu reviendras à la rentrée pour refaire quelques tests et commencer les cours avec des professeurs particuliers.

Il réfléchit et analyse toutes ces informations.

— Voilà, vous avez tout décidé ! Quand vais-je rentrer chez moi ? demande-t-il en prenant un air triste et en baissant les épaules.

Le calmant commence à faire de l'effet et Alex se recouche, le professeur le regarde s'endormir sans lui donner de réponse à sa question. Il évite également le regard interrogateur du médecin. Pendant la soirée, John s'éclipse pour l'annoncer à Nanou qui voit ses craintes se confirmer et éclate en sanglots. Il est secoué par le chagrin de sa nouvelle amie qui a tout perdu, son mari et maintenant son fils adoptif, sa raison de vivre. Inquiet, il appelle Franck pour lui relater la conversation d'Alex avec le professeur. Celui-ci se met en colère et promet à John d'aller le plus rapidement possible auprès d'elle.

Les jours suivants s'écoulent doucement, le professeur se fait oublier pour le laisser récupérer avant l'intervention et n'ayant pas envie de répondre à ses interrogations concernant son avenir.

Quant à Alex, il garde un air morose et passe son temps à se reposer ou à lire. Il adore lire, il a appris avec Pilou. Ensemble, ils lisaient le journal ou des magazines sportifs, son père adoptif avait été épaté par sa rapidité à apprendre. John lui a ramené des livres en français, mais il se débrouille de plus en plus avec ceux écrits en anglais. Le professeur a bien essayé de le faire parler, mais il en est hors de question.

Il a aussi un nouveau passe-temps, observer les hommes du colonel qui jouent à la console dans le salon ou font du sport dans le parc. Quand il se concentre sur l'un d'eux, il voit des images de leurs pensées.

Le professeur qui garde toujours un œil discret sur lui, est intrigué par son manège et ne peut s'empêcher d'intervenir.

— Alexandre, viens ici, un instant.

— Ah Professeur ! Vous n'avez pas répondu à ma question ! dit-il en approchant et en le toisant du regard.

— Plus tard, Alex ! Dis-moi, que fais-tu à observer ces hommes ?

Il hésite à répondre n'ayant pas envie de repartir dans une batterie de tests, mais d'un autre côté, il aimerait savoir s'il possède le même don que son papa. Alors, il répond au professeur.

— Quand je me concentre sur leur visage, je vois des images de leurs pensées. Celui-là, Enrique, quand il joue à la console, il pense à son fils, il y a déjà un moment qu'il ne l'a pas vu, il a 14 ans, des cheveux crépus, la peau un peu plus mate, il est très grand et mince. Il joue au même jeu. Celui-là, Lucas, c'est un tireur d'élite, parfois il revoit ses missions, je ressens ce que lui a ressenti au moment crucial, quand il va appuyer sur la gâchette, l'adrénaline qui monte, son rythme cardiaque qui s'accélère et le tir net et précis.

— La télépathie, ton père avait les mêmes capacités, lire et agir sur la pensée des autres, leur imposer sa volonté.

— Avec vous, ça marche pas ! C'est dommage comme ça je saurais quand vous allez me lâcher !

— N'y compte pas et je préfère comme ça, mes pensées je me les garde pour moi.

— Le colonel et le docteur Grant, ça marche pas non plus !

— Ça ne marche pas, Alexandre ! Vivement que les cours reprennent, tu vas retravailler ta grammaire.

Le petit garçon s'éloigne en l'imitant d'une grosse voix.

— Ça ne marche pas, Alexandre !

— Très belle imitation ! Tu ne dois pas aller à ta séance de natation prescrite par le kiné ? lui demande-t-il en le retenant par l'épaule.

Alex se dégage vivement.

— J'aime pas l'eau ! En plus, elle est trop froide ! répond-il, bougon.

— Je N'aime pas, Alex ! je vais aller me renseigner sur sa température, mais j'y pense, si elle est trop froide, tu sais comment faire pour la réchauffer, de cela aussi nous devrons en discuter, quand tu reviendras en septembre, la pyrokinésie !

Le petit garçon le regarde en fronçant les sourcils.

— C'est quoi la pyro… je sais plus ?

— Pyrokinésie, Alex, utiliser son esprit pour allumer des feux ou augmenter la température d'une pièce ou de la piscine, mais laissons ça pour plus tard, je dois te laisser. Je vais passer par la piscine pour prévenir Éric que tu ne viendras pas aujourd'hui parce que l'eau est trop froide et que tu n'aimes pas. Bon, je te laisse à ton petit jeu. Je vais quand même avertir le colonel pour qu'il prévienne ses gars que tu les espionnes.

— Je ne les espionne pas ! répond-il en retournant s'installer dans le fauteuil.

Au même moment, Le portable du colonel sonne.

— Mon général !

— J'ai absolument besoin de vous et d'une partie de vos hommes, je vous ai envoyé une vidéo.

Le colonel fait le tour de la table et ouvre son ordinateur, tout doucement, Alex change de place pour voir l'écran.

— La fille du président a été enlevée par cet homme, il ne veut pas révéler où il la retient prisonnière. Vous êtes mon meilleur élément, mon plus fin limier, je vous attends.

Le colonel raccroche et revisionne la vidéo. Alex se rapproche sur la pointe des pieds et se concentre sur l'écran, quand le militaire s'aperçoit de sa présence, il referme l'ordinateur.

— Non, coupez pas, il ment, le type ! C'est pas lui qui détient la fille du président, c'est son complice.

Le colonel le regarde sceptique mais rappelle son supérieur et lui pose la question.

— Non, il travaille seul, il est connu de nos services, il n'a pas de complice, pourquoi cette question ?

Le colonel ayant mis le haut-parleur, Alex entend la réponse.

— Si, il a un complice, il vous ment, il fait diversion pour gagner du temps, c'est pas une rançon qu'ils veulent, c'est un moyen de pression. Le général s'énerve derrière son écran.

— Vous n'avez quand même pas montré la vidéo à l'enfant ?

— Non, il était dans la pièce et rien ne lui échappe.

Le professeur Smirnoff les rejoint.

— Écoutez, Général, Alex est télépathe comme son père, je dirais même plus que son père. Remontrez-lui la vidéo. Le militaire hésite, mais intrigué par les capacités du petit garçon, il acquiesce.

Alex se concentre sur le type et écoute l'échange avec son interrogateur.

— Il ment, j'en suis sûr, mais c'est pas facile à travers l'écran.

Le général réfléchit et au bout de quelques secondes, leur annonce.

— D'accord, colonel, venez avec l'enfant et le professeur, faites vite, on vous attend.

Alex n'en croit pas ses oreilles, mais en même temps, il est terrifié par ce qu'on va lui demander, sera-t-il capable de rentrer dans la tête de cet individu pour sauver la fille du président ? Il est perdu dans ses pensées, alors le docteur Grant doit lui passer sa veste et le tient par la main pour rejoindre les deux gros engins ailés.

Quelques minutes plus tard, ils foncent vers leur destination.

Dès leur arrivée, des militaires les conduisent auprès du général.

— Colonel Adams, professeur Smirnoff, Alexandre et ?

— Docteur Grant.

— Ah oui, le chirurgien, dit-il en se remémorant le rapport de son subalterne. Le prisonnier est dans l'autre pièce avec un miroir sans tain. Colonel vous mènerez l'interrogatoire, voici des oreillettes.

Le professeur pose des capteurs sur les tempes d'Alex qui le foudroie du regard.

— Je sais, j'avais dit plus de tests, mais là c'est toi qui t'es porté volontaire, lui dit-il avec un petit sourire narquois.

— Pour aider le colonel et la fille ! Pas pour vos expériences !

— Concentre-toi ! lui dit-il en lui tapotant la joue, geste qui l'énerve un peu, mais il fixe son attention sur le miroir. Le colonel s'installe face au prisonnier, ça va commencer. Il ferme les yeux et respire profondément, il les rouvre et se rapproche du miroir, il demande au colonel.

— Vous m'entendez ?

Dans l'autre pièce, celui-ci lui fait un léger signe de la tête.

Demandez-lui pour son complice !

Le militaire s'avance sur sa chaise, pose les coudes sur la table et pose la question au type assis devant lui.

— Parle-moi de ton complice, c'est lui qui retient la fille ?

L'homme s'agite sur sa chaise et pense rapidement à l'autre, celui qui a mis en place l'enlèvement. Alex visualise l'image d'un homme chauve avec un tatouage dans le cou, en forme de poignard.

— Je n'ai pas de complice, j'agis seul et je ne vous dirai rien tant que vous me retiendrez, ici, elle va crever seule dans son coin ! répond le malfrat, d'un air goguenard.

Le colonel attend que l'homme se calme. Alex est sûr de lui, ce type a bien un collaborateur et c'est même l'autre qui est le cerveau de cet enlèvement.

— Demandez-lui s'il a un tatouage en forme de poignard.

Le truand nie toujours l'existence d'un complice mais pense au tatouage de son ami, il l'avait vu en entier, en prison, ils y étaient ensemble. Alex visualise cette pensée et sourit, voilà une révélation intéressante.

— Ils ont été prisonniers en même temps, donnez-moi une feuille et un crayon.

Alex dessine précisément le tatouage et le visage du complice pendant qu'un des militaires fait des recherches dans la base de données. Avec l'aide du dessin, il trouve rapidement son identité. Alex le dit au colonel qui pousse un peu plus l'interrogatoire. Le truand s'agite de plus en plus, il se sent coincé.

— Maintenant, demandez-lui où il la retient, dit-il, de plus en plus confiant en lui et a sa faculté de lire dans l'esprit du truand.

L’homme nie connaître l’endroit, mais Alex visualise un petit chalet au milieu d’une forêt. Il pose la question au militaire assis derrière son ordinateur.

— Cet homme au tatouage, a-t-il des propriétés dans une forêt ? Ou un membre de sa famille ?

— Il y en a beaucoup par ici, je fais une recherche.

Au bout de quelques minutes.

— Bingo, un de ses oncles possède une cabane dans la forêt de « Greenwood »

— Colonel, parlez-lui de la forêt de green… « Greenwood », dit Alex en relisant la note du jeune militaire.

L’homme s’agite encore un peu plus sur sa chaise et essaie de se libérer de ses menottes, ne comprenant pas comment cet homme peut en savoir autant, mais il ne peut s’empêcher de repenser à la petite cabane de bois où il a accompagné son ami plusieurs fois pour préparer leur coup.

— C’est là ! crie Alex avant que le professeur le bâillonne de sa main.

Le colonel les rejoint, ils sont tous stupéfaits par la prouesse d’Alex, le professeur euphorique leur dit.

— Je vous l’avais dit ! Mieux que son père mais il dépasse toutes les espérances que j’avais fondées sur le projet « Mnémos », on n’a pas fini d’en explorer les capacités.

— Colonel, prenez le commandement des opérations et allez délivrer la fille du président, soyez prudent ! Docteur Grant, je crois que votre petit patient a besoin de repos, dit le général en désignant le petit garçon qui avait fermé les yeux et posé son front trempé de sueur sur le miroir glacé.

— Il y a une infirmerie au bout du couloir, il pourra se reposer au calme, confirme le jeune militaire en refermant son ordinateur.

Le médecin le prend dans ses bras et l'y conduit pour l'allonger sur la civière. Un militaire leur apporte de l'eau et de quoi le rafraîchir.

— Repose-toi ! Tu as fait du bon boulot !

Il l'ausculte et rassuré sur son état, le couche et le couvre de sa veste. Alex s'endort rapidement, épuisé par cet énorme effort mental. Le professeur consulte les résultats des capteurs, il analyse les courbes cérébrales, puis referme son ordinateur, satisfait des résultats et excité par les futures découvertes qui le feront progresser dans ses recherches.

Quatre heures plus tard, le colonel revient.

— La fille du président est saine et sauve, elle a rejoint son père. Pressé par ses questions, je lui ai parlé d'Alex et de son aide pour retrouver très rapidement sa fille, du coup, il veut le voir, dit le colonel en appréhendant la réaction de son supérieur et surtout celle du professeur.

En effet, ils ne sont pas très contents que le président soit mis au courant du projet « Mnémos », mais, ils n'auraient de toute façon pas pu lui cacher son existence très longtemps. Donc, autant qu'il le soit pour valider la garde d'Alex sur le sol américain. Le colonel vient avertir le docteur Grant qui prend l'enfant endormi dans ses bras pour rejoindre les hélicoptères.

Quelques instants plus tard, ils arrivent en vue de la « Maison blanche », Alex est réveillé et n'en croit pas ses yeux, il sourit au colonel qui lui fait un clin d'œil. Il s'interroge en le regardant s'émerveiller au fur et à mesure qu'ils approchent, comment ce petit bonhomme, avec ses réactions de petit garçon de 5 ans, peut-il avoir de telles capacités ? L'interrogatoire a été un jeu d'enfants. Les engins se posent discrètement dans le parc et tout le monde entre dans la belle villa sécurisée, ils sont conduits dans un des salons, Alex regarde partout et s'arrête tous les deux pas pour admirer un objet ou un tableau, le professeur est obligé de le tirer par sa manche pour le faire avancer et le canaliser, ce qui fait sourire les deux militaires. Alex est curieux de tout et pose mille questions auxquelles personne ne répond. Arrivés dans le petit salon, une employée leur sert une boisson et des petits sandwichs puis s'éclipse discrètement. Alex, affamé, les dévore en commentant chaque bouchée. Quelques minutes plus tard, le Président des États-Unis entre dans la pièce, il est seul, il salue tous les adultes et se dirige vers Alex qui inspecte la bibliothèque, il aime les beaux livres et les caresse de son doigt en lisant les titres.

— Bonjour, tu dois être Alexandre ?

Il se redresse et examine l'homme, directement, il le reconnaît, il l'a déjà vu à la télévision, il est impressionné par son charisme et répond timidement.

— Bonjour, euh… Monsieur le Président, mais moi, c'est Alex, j'aime pas quand on dit Alexandre.

Le professeur Smirnoff le regarde en fronçant les sourcils. Il rougit et se reprend.

— Je n'aime pas que l'on m'appelle Alexandre. Et se retournant vers le professeur.

— C'est bon comme ça ?

— Est-ce correct, Professeur, serait plus approprié ! Veuillez l'excuser, Monsieur le Président, mais Alexandre aime me provoquer.

Le président continue en anglais, son français n'étant pas parfait.

— En effet, je remarque que ce petit bonhomme ne manque pas d'audace. Peut-on continuer en anglais, vous lui traduirez la conversation ?

— Pas de souci, Alexandre comprend parfaitement l'anglais, il lit des livres, des magazines, regarde la télévision et écoute même nos conversations, sans difficulté, une autre de ses facultés, même s'il refuse obstinément de le parler. N'est-ce pas Alexandre ?

Le petit garçon le foudroie du regard en haussant les épaules et reporte son attention sur le chef d'État qui l'observe.

— Alex, je voulais te remercier personnellement pour ton aide, ma fille est saine et sauve et se remet de son kidnapping. Nous n'avons pas encore découvert les raisons, mais nous continuons à les interroger, lui dit-il lentement.

Mais Alex lui répond directement en français, ayant parfaitement compris.

— Ils ont un chef qui voulait quelque chose de vous, elle devait servir de moyen de pression.

Le colonel, parfaitement bilingue, traduit pour le chef d'État.

— Une rançon ?

— Non, autre chose, mais l'homme, le prisonnier, il n'est pas au courant. Alors, je ne sais pas exactement ce que leur chef voulait.

— Ne t'inquiète pas, nous le découvrirons ! le principal, c'est que Maya soit en sécurité et c'est grâce à toi. On m'a raconté que tu es un petit garçon étonnant et maintenant j'ai une dette envers toi !

Alex saute immédiatement sur l'occasion.

— Ben, vous pouvez la payer tout de suite, dites-leur de me ramener chez moi, en France, ils devront obéir, vous êtes le président !

— Mais, ça, malheureusement, je ne peux pas te l'accorder, lui répond-il en le prenant par les épaules. Alex prend un air boudeur et va s'asseoir sur le canapé, les bras croisés.

— Je m'en doutais que vous alliez me répondre ça ! pourtant, j'ai été kidnappé moi aussi et retenu prisonnier dans un laboratoire secret, dans une cage en verre, mais, moi j'ai tout cassé, mais j'ai pas réussi à m'échapper, le colonel, il est trop fort ! dit-il en toisant le professeur.

Le président les regarde d'un air interrogateur et attend de connaître le fin mot de l'histoire.

— Oui, le centre de recherches a quelque peu souffert des exploits d'Alex ! lui répond le professeur et il explique tout sur le projet « Mnémos » et les évènements depuis l'instant où ils l'ont retrouvé dans ses montagnes et l'explosion des deux cubes de verres dans le laboratoire. Le président écoute et est admiratif et intrigué par le récit. Pendant ce temps, connaissant déjà l'histoire, il retourne près de la bibliothèque et ayant choisi un livre commence à le feuilleter. Les hommes continuent de discuter de son cas, lui se concentre sur son livre, au bout d'un moment, les mots dansent devant ses yeux et les voix deviennent un brouhaha inaudible, il pose sa tête sur son bras replié sur un des petits coussins douillets et s'endort. À la fin de leur conversation, tous les regards se posent sur le petit garçon endormi et tous pensent la même chose : quel sera l'avenir de ce petit bonhomme si exceptionnel ?

Il est temps de repartir à la base de recherche, le professeur craignant une réaction négative d'Alex qui n'a pas obtenu du président, son billet de retour pour la France, préfère lui administrer un léger sédatif pendant son sommeil. Le président lui caresse la joue, il a validé les recherches du projet « Mnémos », la garde et la surveillance de l'enfant sur le sol américain, son existence doit rester, le plus longtemps possible, secrète.

Arrivés à la base, le docteur Grant l'emmène dans sa chambre, lui passe son pyjama et le borde, la chienne, contente de retrouver son petit maître, saute sur le lit pour se coucher à ses pieds, il lui caresse la tête et installe l'ours en peluche dans les bras de l'enfant qui ronchonne, se retourne et plonge dans un sommeil profond.

Quelques jours plus tard, il est temps de partir pour l'hôpital le plus proche du laboratoire pour la transplantation. Les organes artificiels y sont arrivés la veille. Le docteur Grant ne veut rien négliger et fait passer à Alex, une batterie d'examens en vue de l'opération délicate, le professeur Smirnoff, très inquiet, repasse avec lui tout le processus.

Le lendemain, à l'aube, Alex est amené dans la salle d'opération et est rapidement endormi, l'intervention est compliquée et durera 14 heures avec des moments intenses. À plusieurs reprises, il frôle la mort, mais à chaque fois, le docteur Grant et son équipe se battent, il est soulagé quand il referme la cage thoracique d'Alex. Les heures suivantes vont être cruciales pour la santé du petit garçon, son corps doit accepter ces nouveaux implants. Le professeur tourne en rond en attendant son retour dans la chambre, le médecin vient le rassuré, lui dit qu'il va rester aux soins intensifs, sous surveillance, jusqu'au lendemain, si tout va bien, il reviendra dans sa chambre en fin de journée, il lui conseille d'aller se reposer.

Alex se réveille vers 11 heures, il a soif mais il est intubé, averti par l'infirmière, le docteur vient l'ausculter et vérifie qu'il respire bien tout seul. Rassuré, il retire le tube et humidifie ses lèvres.

— Il faut attendre encore un peu avant de boire, si tu as mal, n'hésite pas à me le dire, tes mouvements vont être douloureux pendant un bon moment. J'ai dû écarter très fort ta cage thoracique, mais maintenant tout est bien en place. Tu t'en doutes, au fur et à mesure que tu vas grandir, il faudra te réopérer. Il faut te reposer, quand tu te réveilleras, tu auras le droit de boire et de manger un peu.

Chaque respiration est douloureuse, Alex n'ose pas bouger, il essaie de se détendre et ferme les yeux, mais ne peut se retenir de gémir quand il fait un petit mouvement pour tourner la tête, le médecin libère un peu d'antidouleur dans la perfusion pour le soulager, Alex lui sourit péniblement, ses lèvres desséchées craquellent, il repasse le linge humide sur la petite bouche.

À la fin de la journée, les infirmiers le redescendent dans sa chambre où le professeur fait les 400 pas.

— Ah, je suis content de te voir, lui dit-il, soulagé.

Il allait lui envoyer une réponse cinglante, mais le médecin l'en empêche.

— Non, non, tu restes tranquille, nous allons te garder une bonne quinzaine de jours pour surveiller si tu ne fais pas de rejet. Il faut bien prendre tes médicaments et rester très calme pour guérir. Après, si tout va bien, tu iras passer ta convalescence chez ta grand-mère qui a hâte de faire ta connaissance. Nous t'y accompagnerons. Tu vas adorer, elle habite un magnifique ranch avec des chevaux.

— Je connais pas les chevaux ! rétorque-t-il maussade.

Il jette un coup d'œil au professeur qui ouvre la bouche pour le reprendre.

— Je voulais dire, je Ne connais pas les chevaux ni cette grand-mère ! Je peux aussi me reposer chez moi, près de Nanou ! Et après ? dit-il en sentant la colère monter en lui.

— Tu connais la suite, Alex ! Allez, ne t'énerve pas, il faut dormir, maintenant, chaque chose en son temps, d'abord aller mieux !

Il soupire et ferme les yeux, une larme coule sur sa joue, bien sûr qu'il connaît la suite. Il voudrait tellement que Nanou soit là pour le cajoler. Sentir son odeur d'air frais, de foin et de fleurs des champs, ses mains rugueuses sur ses joues et son souffle chaud dans son cou. Quand il avait du chagrin, elle le prenait sur ses genoux, sortait son grand mouchoir de sa poche et l'obligeait à s'y moucher avant qu'il ne s'essuie du revers de sa manche. C'est le docteur Grant qui vient lui essuyer ses larmes et l'embrasser sur le front, en même temps il libère un peu de sédatif dans la perfusion et attend qu'Alex s'endorme. Ils sortent de la chambre.

— Professeur, il serait mieux pour Alex que vous ne veniez pas pendant ces quinze jours, la tension néfaste entre vous nuit à sa convalescence. Il est très fragile et perturbé de ne pas avoir sa mère adoptive près de lui, c'est déjà un énorme stress à gérer.

— Je comprends, mais tenez-moi au courant régulièrement sur son état de santé, je vais préparer sa venue chez sa grand-mère.

Ils se serrent la main et le docteur Grant laisse échapper un soupir de soulagement, son petit patient va pouvoir récupérer en paix.

Le lendemain, dès que le professeur est reparti pour son laboratoire, John appelle Nanou et entre dans la chambre où Alex vient de se réveiller et lui passe le portable, puis il s'éclipse pour les laisser seuls un moment. Il les laisse discuter une bonne demi-heure puis rejoint l'enfant pour l'ausculter, lui donner son repas et son traitement. Alex est plus détendu et un large sourire illumine son visage.

Les quinze jours passent très vite, tous les jours, il discute avec Nanou et même avec son père. Il se remet très bien de son opération, mais son moral décline au fur et à mesure des jours qui passent et après un dernier examen se prépare pour quitter l'hôpital le lendemain. Il est de plus en plus triste de ne pas pouvoir rentrer chez lui, mais Nanou se montre forte pour deux et lui dit qu'il va passer de belles vacances chez sa grand-mère.

Les hélicoptères survolent les vastes plaines du Texas, le docteur Grant, assis en face, avec le professeur Smirnoff, commente le paysage à Alex qui coincé entre le colonel et un de ses hommes s'est réfugié dans le mutisme et garde un air boudeur depuis le départ de l'hôpital, appréhendant certainement la rencontre avec sa tante et sa grand-mère.

Inquiet et agacé par son manque de curiosité et sa mauvaise humeur, le professeur lui demande.

— Qu'est-ce qu'il y a, Alexandre, tu n'as pas desserré les dents depuis notre départ ?

— Je Ne voulais pas venir ici ! Je veux rentrer chez moi, en France, je pouvais très bien me reposer chez Nanou !

— Alexandre, nous en avons assez discuté ! Ta grand-mère a hâte de faire ta connaissance et pour l'instant tu es sous notre responsabilité !

Il allait répondre, rouge de colère, mais se ravise et soupire, il essaie de retenir les larmes qui lui monte aux yeux, mais ne pouvant y arriver et complètement démoralisé, il cache son petit visage dans le manche du colonel qui comprenant la détresse de l'enfant, lui pose la main sur la cuisse pour l'encourager. Le professeur se tracasse sur son état psychologique, depuis quelques jours, il mange à peine et a perdu son air enjoué, il craint qu'il finisse par faire une dépression. Il interroge du regard le médecin qui lui répond d'un haussement d'épaules en signe de découragement, le militaire passe son bras autour des frêles épaules.

— Allez, Alex ! tu vas voir, tu vas t'amuser, regarde Misslady elle a hâte de quitte cet hélicoptère pour gambader avec toi dans les vastes prairies texanes. Tu vas apprendre à monter à cheval, à lancer le lasso comme un vrai cow-boy.

Il joint le geste à la parole et mime le lancement du lasso, ce qui fait sourire le petit garçon.

— C'est mon père qui devait m'apprendre à monter ses chevaux de courses ! J'ai même pas eu le temps de parler avec lui, répond-il en foudroyant d'un regard noir, le chercheur assis en face de lui. Sentant l'orage arrivé, il fait diversion.

— Regarde, on arrive, tu vois là-bas, c'est le ranch de ta famille. Tout le bétail qui l'entoure lui appartient aussi. Elle possède une très belle et grande propriété, il faut plusieurs jours à cheval pour en faire le tour. Le ranch voisin appartient à ton grand-père paternel, il n'est pas aussi vaste que celui-ci…

— J'ai un grand-père paternel ! s'exclame-t-il curieux.

— C'est une longue histoire que ton père te racontera un jour !

— Oui, un jour, quand j'aurai le droit de le voir, quand les poules auront des dents ! répond-il avec un air insolent.

— Alexandre Delval, pas d'insolence, nous allons atterrir et je veux que tu sois poli et gentil avec ta grand-mère et ta tante.

Le gronde le professeur en fronçant les sourcils, ils se jaugent du regard, la température monte à l'intérieur de l'habitacle, l'hélicoptère fait un écart, sentant le danger, le colonel pose fermement sa main sur son épaule. Il le regarde et rougit en baissant les yeux face à son air autoritaire. Ils descendent, l'autre engin se pose un peu plus à l'écart. Pendant que le professeur et le docteur Grant, tenant Misslady en laisse, accompagne Alex, il va donner ses ordres à son équipe pour sécuriser le ranch.

Les deux femmes viennent au-devant de leurs visiteurs et observent le petit garçon, il ressemble énormément à Franck, mais sa bouche et son menton volontaire sont ceux de Kate, surtout son petit air boudeur. Sa grand-mère ne parle pas couramment le français, la conversation se poursuit en anglais. Elle le regarde et lui demande dans un français approximatif.

— Bonjour Alexander, comment vas-tu ?

— Bonjour et je m'appelle Alex !

— Bonjour Alexander, je suis ta tante Betty et voici ta grand-mère Margaret, nous préférons t'appeler comme ton grand-père, Alexander, tu t'y habitueras, tu es encore petit.

— Non ! Mon nom c'est Alex ! c'est comme ça que Nanou et Pierre m'appellent !

— Le prénom que ta mère t'a donné, c'est Alexandre, comme son père et toi tu dois t'habituer à dire ton prénom en entier, pour elle.

— Je vous déteste, moi je n'voulais pas venir ! C'est l'autre-là qui m'a obligé ! Il défie le professeur du regard. Sa tante, outrée par son comportement rebelle, le prend par le bras.

— Alexander, cette femme ne t'a pas appris la politesse et le respect, nous allons devoir remédier à cela !

Il essaie de se dégager de la poigne de sa tante.

— Nanou m'a très bien élevé, je ne te permets pas de la critiquer, tu la connais pas ! crie-t-il, hors de lui.

Le professeur allait le reprendre sur ses fautes de grammaire quand le petit garçon décoche un bon coup de pied dans le tibia de sa tante qui le lâche, surprenant tout le monde, il détale comme un lapin, le docteur Grant, surpris par l'élan de la chienne pour suivre son petit maître, lâche la laisse. L'homme du colonel qui venait de les rejoindre se met à le poursuivre, Alex jette un coup d'œil pardessus son épaule et entre en collision avec le colonel Adams et ses hommes. Un des militaires le retient par son bras pendant que le colonel le ceinture et qu'un autre rattrape la chienne qui essaie de les mordre pour le protéger. Il se débat comme un beau diable mais le colonel, le tenant fermement par la taille, le somme de se calmer. Il est tout rouge, en larme et en sueur, son cœur bat la chamade, il est à bout de souffle et il tremble de tout son corps.

— Eh là, ça suffit ! Que s'est-il passé pour te mettre dans cet état ? lui demande-t-il.

— Je m'appelle Alex et je veux rentrer chez moi ! Impuissant, face aux bras musclés, il éclate en sanglots et se serre contre l'épaule du colonel qui relâche un peu son étreinte et lui caresse ses cheveux moites, il avance, le professeur vient vers lui, mais voyant le gamin si bouleversé, ne dit rien et tout le monde entre dans le salon. Sa tante veut le prendre dans ses bras mais il résiste et reste le visage caché dans l'épaule rassurante du militaire en pleurant de plus belle. Le docteur Grant lui parle calmement et le prend, il se laisse faire. Il demande où se trouve sa chambre, Betty l'accompagne à l'étage. Il l'installe sur le lit et lui injecte un léger sédatif, sa tante s'assied près de lui, désolée de le voir dans cet état.

— Alex, je ne voulais pas te blesser ni dire du mal de Nanou, je suis désolée. Nous sommes partis sur une mauvaise base, alors recommençons, tu veux bien ? dit-elle en lui caressant les cheveux et le dos.

Il renifle et la regarde, elle ressemble à sa maman, elle a les cheveux plus longs et plus blonds, ses yeux sont bleus, elle lui sourit timidement, il hausse les épaules.

— D'accord ! dit-il en hoquetant.

— Bonjour Alex, je suis ta tante Betty, dit-elle en lui tendant la main.

— Bonjour tante Betty, je m'excuse pour le coup de pied, lui répond-il en bâillant.

— Bon, maintenant tu vas te reposer et te détendre, lui dit le médecin en le mettant en pyjama, il l'ausculte, écoute un moment les battements précipités du nouveau cœur artificiel de l'enfant, il soupire et referme la blouse sur la cicatrice à peine refermée, il remonte les draps, passe un gant de toilette humide sur le petit visage barbouillé de larmes et de sueur. Les paupières d'Alex deviennent lourdes, ses yeux picotent, maintenant, il a mal aux côtes et peine à reprendre son souffle. Le professeur entre avec Misslady et Mister Baer, la chienne saute immédiatement sur le lit, sa tante allait la chasser mais le docteur Grant lui fait un geste de négation, le chercheur glisse l'ourson dans le lit. Alex lui adresse un petit sourire contrit.

— Je m'excuse pour…

— Ce n'est pas grave, nous en reparlerons plus tard, repose-toi !

Il aide le médecin à placer les capteurs et branche le moniteur cardiaque, ils attendent qu'il sombre dans un sommeil profond.

— Comment va-t-il ? demande-t-il inquiet.

— Ça peut aller, beaucoup trop d'émotions pour son état de santé, il va lui falloir plusieurs jours de calme et de repos complet pour évacuer toute cette tension.

Laissant un homme dans la pièce accolée à la chambre, ils descendent pour discuter avec sa grand-mère et sa tante. Le professeur leur explique ses recherches, sans entrer dans les détails et en leur dissimulant une partie de la vérité. Le médecin leur parle de son état de santé encore très fragile et la nécessité de ne pas le contrarier inutilement.

Le lendemain, dès qu'il émerge, il l'ausculte et lui fait prendre son traitement, il l'aide à se préparer.

— Tout le monde t'attend pour déjeuner, après tu pourras visiter le ranch et les écuries avec ta tante, si tu veux ?

Alex hésite, il ne se sent pas en super forme, ses côtes le font souffrir et il a un peu peur d'elle et de son air sévère. Mais, comprenant qu'il doit faire un pas vers elle, il s'habille en conséquence et descend. Il s'assied à côté de sa grand-mère qui l'embrasse sur la joue.

— Bonjour Alex !

— Bonjour grand-mère, bonjour tout le monde ! répond-il en souriant timidement, les hommes lui répondent et commencent à manger. Alex chipote mais le médecin fronce ses sourcils et il fait un effort pour tout avaler. Après le repas, le professeur lui annonce qu'il a une surprise pour lui et qu'il doit s'absenter toute la journée pour aller la chercher. Alex est intrigué par cette annonce inattendue. L'adulte lui sourit.

— Ce n'est pas ton anniversaire dans quelques jours ?

— Si, je vais avoir 6 ans le 27 juillet. C'est un cadeau pour mon anniversaire ?

— Oui, en quelque sorte.

— Des billets de retour pour la France ? demande-t-il en soutenant le regard du chercheur.

— Alex, ne gâche pas tout, non, nous en avons déjà discuté, ton retour en France n'est pas à l'ordre du jour !

— Désolé, ça coûte rien d'essayer, répond-il en levant les épaules de dépit.

— Ça Ne coûte rien ! Tu le fais exprès pour m'agacer ou tu as vraiment un problème avec la négation ? Le régler, ça c'est prévu pour le mois de septembre, jeune homme !

Tout le monde sourit sauf Alex qui prend son air buté.

— Allons, allons, tu ne vas pas te mettre à bouder, je te dis qu'une belle surprise t'attend.

Il se déride et achève de boire son verre de lait qui lui laisse une belle petite moustache blanche, il est impatient et curieux de voir cette fameuse surprise. Sa tante lui essuie sa bouche et le prend par la main.

— Tu viens voir les chevaux avec moi ? Alex hésite, un peu craintif, il ne les connaît pas.

— Tu ne peux mal, ils sont gentils.

Il jette un regard au docteur Grant qui le rassure d'un clin d'œil.

— Je vous accompagne, j'aime bien les chevaux.

Ils sortent tous les trois accompagnés du colonel et de deux de ses hommes, les autres reprennent leur surveillance. Ils entrent dans les écuries, sa tante charge la brouette de foin et avance dans le couloir, les chevaux hennissent de contentement, elle les nomme et explique leur tempérament ou leur histoire. Il s'arrête devant un des box, occupé par un magnifique cheval pie noir et blanc à la crinière blonde et aux yeux vairons.

— Qu'il est beau ! dit Alex en s'approchant de l'animal.

— C'est Jasper, le cheval de ta maman, elle l'avait reçu en cadeau d'anniversaire avant de disparaître, il vient aussi d'avoir 6 ans, elle avait aidé sa mère à le mettre au monde et notre mère lui a offert quand il a eu 6 mois. Elle en était folle.

Il tend la main et lui caresse le chanfrein, son regard plonge dans les yeux bicolores de l'animal qui se rapproche. Il lui caresse la tête puis la longue crinière soyeuse, Alex sent une connexion se créer entre le fier animal et lui.

— Je peux le monter.

— Euh, non, non, tu n'es pas assez en forme, il faut d'abord te remettre de cette opération, lui répond le médecin très inquiet, tout à coup, en imaginant son petit patient sur le dos de l'imposant étalon. Ce qui fait rire tante Betty et soupirer l'enfant.

— On va peut-être attendre quelques jours que tu sois plus costaud et commencer par un poney, nous en avons un adorable, il s'appelle Bounty, il est tout brun avec une jolie crinière toute blonde.

— Non, c'est lui que je veux monter, il ne me fera pas tomber. Hein que tu seras gentil avec moi ? Tu sais, je suis malade, j'ai un cœur et un poumon en plastique, dit-il en caressant le cheval qui semble l'écouter.

— Artificiel, ne veut pas dire en plastique, Alex, le reprend John en riant.

— Han, d'accord, artificiel, alors ! reprend-il en souriant et en prenant Jasper comme complice.

Sa tante continue de nourrir les autres et Alex reste à contempler son nouvel ami. Un peu jalouse que son maître ne s'occupe pas d'elle, Misslady jappe et aboie, ce qui les fait tous hennir et s'ébrouer dans leur box.

— Alex ! Va un peu promener ta chienne, elle les énerve, lui demande tante Betty en s'énervant contre la chienne.

— Allez vient, on va faire un tour ma belle, dit-il en tirant sur la laisse. Le docteur Grant est en train d'aider sa tante et ils papotent et rigolent, ce qui le fait rire.

— Ben, il n'y a plus que nous, deux, mon colonel !

— Oui, je crois bien, je te suis ! dit-il en lui souriant.

— Ben, vous avez pas trop le choix, vous devez me surveiller !

— C'est un fait ! Où veux-tu aller ? lui répond-il en riant de la faute grammaticale qui aurait agacé ce pauvre professeur.

— Je sais pas c'est tout pareil, ici, c'est beaucoup plus beau chez moi !

— Ben, c'est très beau ici aussi, regarde, il y a une jolie rivière là-bas, tu veux qu'on y aille ?

L'enfant glisse sa petite main dans celle du colonel et ils prennent la direction du petit cours d'eau, la chienne sur leurs talons. Il marche lentement au rythme du petit garçon qui lui parle de ses montagnes, arrivés, sur la berge, il est essoufflé et en nage. Il a peut-être surestimé ses forces, inquiet, il lui demande.

— Ça va, Alex ? Assieds-toi sur cette pierre plate à l'ombre.

Il s'y assied et ferme les yeux en essayant de reprendre son souffle.

— Ça va passer, il fait un peu trop chaud, ici, il n'y a pas d'air, dit-il mélancolique.

— Tu veux tremper tes pieds dans l'eau fraîche, elle va te rafraîchir. Il acquiesce et le colonel lui retire ses chaussures et ses chaussettes, il plonge ses petits pieds dans l'eau.

— C'est froid, mais ça fait du bien.

Il reste un moment, les yeux fermés, assis au bord de l'eau à écouter son murmure. Le militaire retire sa casquette et la dépose sur sa tête parce que le soleil se fraie un chemin parmi les feuilles.

— Il ne faudrait pas que tu attrapes une insolation en plus.

Un peu plus loin, trois hommes de l'équipe s'amusent à faire des ricochets sur la surface de la rivière, Alex, amusé les observe et s'approche.

— Je peux essayer ?

— Oui, regarde !

Un des hommes prend un galet et le lance à plat, il fait quatre rebonds avant de couler.

— À toi maintenant !

Il se saisit du caillou que l'homme lui tend, il se concentre en soupesant la pierre dans sa main et lance, le galet coule directement en faisant un gros plouf. Il le regarde déçu.

— Non, tu dois l'envoyer plus à plat, d'un petit coup de poignet.

Il prend son bras et accompagnant le geste, envoie la pierre qui rebondit deux fois. Alex, content, applaudit, il en reprend une et s'appliquant, il l'envoie. Elle rebondit cinq fois, il crie de joie et le colonel et ses hommes applaudissent en riant. Le docteur Grant, guidé par les éclats de rires et de voix, rejoint le petit groupe. Il les voit tous, les pieds dans l'eau en train de faire un concours de ricochets. Alex perfectionne son lancer à chaque fois et devient un des meilleurs, il est très fier de lui et son petit visage est rayonnant de joie. Il les rejoint et se plante devant lui.

— Mon colonel, il est temps de rejoindre la base pour le repas.

— C'est moi, docteur ! dit-il en relevant la casquette trop grande.

— Oh, désolé, où est-il dans cette bande qui s'amuse comme des gamins ?

Le colonel remet ses bottines et aide le petit garçon à faire de même puis le soulève et l'assoit sur ses épaules en répondant au médecin.

— Je crois qu'il était parti faire un petit tour, cette parenthèse a fait du bien à tout le monde, allons manger.

— En avant, soldats ! crie Alex de son perchoir.

Et toi, comment vas-tu, là-haut ? lui demande-t-il.

— Un peu fatigué, mais ça va, lui répond-il en baillant.

— Je vois ! Après le repas, une bonne sieste et je ne veux pas de discussion !

Dès qu'il a avalé son repas, il lui fait prendre ses médicaments et l'aide à se mettre au lit, il écoute les battements du petit cœur et branche le moniteur. Alex était vraiment très fatigué et s'est déjà endormi, il reboutonne la veste de pyjama et le borde, il ferme le volet pour que la clarté et la chaleur ne le dérangent pas.

Deux heures plus tard, il va le voir, mais il dort toujours profondément, il rejoint Betty sur la terrasse.

Vers 16 h 30, Alex se réveille, il fait très chaud dans sa chambre, alors il se lève, se rhabille et va se rafraîchir le visage et la nuque dans la salle de bain. Il joue un moment avec l'eau fraîche puis sort de la chambre. Tout est calme dans la vaste demeure, il furète dans le couloir, regardant les tableaux, touchant les objets, un vase chinois, une pendulette, une statue de bronze, caresse les beaux meubles. Il regarde par les trous de serrure, la chambre de tante Betty, celle de sa grand-mère et la dernière porte ouvre sur un grand bureau. Poussé par la curiosité, il y pénètre, il y règne une vieille odeur de pipe froide, il y a beaucoup de sculptures en bronze de chevaux et de taureaux. Sur le mur, en face de l'entrée, trône un tableau représentant son grand-père avec sa grand-mère, plus jeunes avec deux adorables fillettes, il reconnaît sa tante et sa mère. Il se concentre sur le visage de son aïeul, il était très charismatique, bel homme avec son Stanton et ses moustaches. Alex pense directement à la série préférée de Nanou, il ressemble très fort au héros, Magnum, ce qui le fait sourire. Il s'approche de l'imposant bureau et s'assied dans le fauteuil de cuir et ouvre un à un les tiroirs. Dans le dernier, il trouve des photos de sa mère avec Franck, son père, il les examine et choisi la plus belle qu'il glisse dans la poche arrière de son pantalon et remet les autres en place. Il se dirige vers la belle bibliothèque dans l'autre partie de la pièce et la tête de travers, lit les titres. Au bout d'un moment, il a mal au cou et s'étire, il ouvre les portes du bas et découvre des albums photos, il s'installe confortablement sur le tapis moelleux et commence à les feuilleter. Sa grand-mère, ayant remarqué la porte entrouverte, s'approche, elle sourit en voyant le petit garçon, couché sur le ventre, les pieds en l'air, la tête appuyée sur une main en train de tourner les pages de leur album de mariage. Dans un français approximatif, elle lui demande.

— Ça va, Alexander, ici, c'était le bureau de ton grand-père, c'est notre mariage.

Il la regarde en souriant.

— Alex grand-mère, A-L-E-X !

— Oh, yes ! Alex, OK ! répond-elle en lui lançant un clin d'œil et s'asseyant sur le divan, elle tapote la place à côté d'elle pour l'inviter à la rejoindre.

— Please Alex !

Il se relève et prenant le gros album, il s'assied, elle passe son bras autour des frêles épaules et les passe en revue, celui de leur mariage, la naissance de Kate, celle de Betty, leurs différents voyages et ceux des chevaux. Ils y passent tout le reste de l'après-midi. Le docteur Grant et le colonel, inquiets de ne pas voir l'enfant se lever, se rendent dans la chambre déserte. Le sang du militaire ne fait qu'un tour, où est-il passé ? Ils commencent à chercher dans les différentes pièces et finissent par le bureau, ils poussent un soupir de soulagement en le voyant sagement installé près de sa grand-mère, un album posé sur ses petites jambes. Il lève la tête et leur sourit. Quand un hélicoptère se fait entendre, il bondit sur ses deux pieds, le dépose sur la petite table basse et passe entre les deux hommes en leur criant.

— C'est certainement, le professeur avec ma surprise !

Il court dans le couloir et se précipite dans l'escalier, le colonel n'a que le temps de la rattraper par le poignet avant qu'il ne dégringole toutes les marches de marbre, la tête la première.

— Eh là ! Doucement, Alex, tu vas te rompre le cou, on ne court pas dans un escalier de marbre en chaussette !

— Aie mon poignet !

Il le prend par la taille et l'assied sur la dernière marche pour lui remettre ses bottines. Dès qu'il le libère, il détale vers l'engin qui vient de se poser. Le professeur descend, il est accompagné d'un autre homme. Il s'arrête un bref instant et reconnaissant son père, il se remet à courir pour lui sauter dans les bras. Franck est ému, par le geste d'affection de son fils, le chercheur le regarde, satisfait de l'effet de sa surprise, il lui demande.

— Tu as été sage ?

— Oui, j'ai aidé tante Betty à donner du foin aux chevaux, j'ai fait des ricochets avec des galets sur la rivière, là-bas, et j'ai regardé de vieilles photos avec ma grand-mère. Ah oui, j'ai fait la sieste aussi.

— Super !

— Tu as bien voulu que mon papa vienne ici ? demande-t-il, étonné par la décision du chercheur.

— Oui, nous en avons discuté avec ta grand-mère et ta tante et avons trouvé que c'était bien pour toi, pour ton moral.

— Alors, je vais rentrer en France, après ! crie-t-il fou de joie.

— Non Alex. Qu'est-ce que je t'ai déjà dit une bonne dizaine de fois ?

— Que rentrer en France n'était pas au programme de ces vingt prochaines années !

— Ce n'est pas tout à fait ce que je t'ai dit !

Il ne répond pas et niche son visage dans le cou de son père pour ne pas montrer les larmes qui lui monte aux yeux. Le professeur, confus, pose sa main sur le petit dos.

— Allez, Alex, tu ne vas pas pleurer, profite des instants qui te sont accordés avec ton papa.

Il soupire et essuie ses yeux humides d'un revers de la main, il lui sourit, ils ont atteint la porte d'entrée et dans un anglais parfait, son père salue Margaret et Betty qui l'embrasse sur la joue. Elle présente des excuses pour leur erreur d'avoir pensé qu'il avait abandonné volontairement l'enfant de Kate. Il dépose Alex et lui caressant les cheveux.

— Il faut que je discute un instant avec ta grand-mère et ta tante Betty. Tu veux bien aller jouer avec ta chienne, je n'en ai pas pour longtemps.

Franck, les deux femmes et le professeur Smirnoff entrent dans le salon. Il leur explique ce que Nanou lui a raconté quelques mois plus tôt. Ils discutent aussi du projet « Mnémos », des facultés du petit garçon mais ne parlent pas de son avenir incertain, à la suite de la décision du président de le garder sur le sol américain.

Pendant ce temps, le colonel lui prend la main et suivi du docteur Grant, ils s'éloignent pour lui montrer les veaux, il leur caresse la tête et l'un d'eux lui suce les doigts.

— Beurk ! C'est dégoûtant ! dit-il en secouant sa main pleine de bave.

Le médecin le conduit à la cuisine pour les lui laver.

— Ce n'est pas le moment de choper des microbes.

Il retourne jouer avec sa chienne en attendant que les adultes terminent de discuter. Une bonne heure plus tard, son père et les deux femmes rejoignent la terrasse, tante Betty a passé son bras autour de la taille de Franck et ils sourient en reparlant du temps de leur enfance, ils s'asseyent et Alex s'installe sur ses genoux, il lui raconte ce qui les amusait. Ils étaient voisins et passaient beaucoup de temps ensembles, toujours à cheval par monts et par vaux, à suivre les adultes qui regroupaient le bétail.

L'employée de maison sert l'apéritif, du champagne, tante Betty se lève et regardant tout le monde.

— Comme maman ne parle pas très bien le français, je vais le faire pour elle. Je porte un toast à Alex, son petit-fils, mon neveu, retrouvé, à notre famille qui se recompose autour de lui, à Franck et à Kate qui nous manque tellement, mais au moins, maintenant, nous pouvons faire notre deuil, nous savons qu'elle repose en paix dans tes belles montagnes grâce à ton père adoptif, à Pierre et à Nanou qui t'as élevé et aimé autant qu'aurait pu le faire Kate. Alex est content qu'ils soient réconciliés, espérant ainsi rentrer très vite en France et retrouver Nanou qui lui manque terriblement.

Tout le monde lève son verre et son père lui dépose une goutte de champagne derrière l'oreille en lui disant que cela porte bonheur. La soirée se passe dans la bonne humeur, les adultes discutent entre eux, le docteur Grant se rapproche de tante Betty et lui parle à l'oreille, elle glousse en rougissant et en battant des cils, ce qui fait rire le petit garçon, son père le regarde, interrogatif, Alex lui raconte dans le creux de l'oreille. La soirée se prolonge, il fait un temps splendide, le ciel est constellé d'étoiles, Alex rêvasse, bercé par le murmure des voix, tout doucement, il s'assoupit, dans son sommeil, il frissonne, le médecin le désigne du menton.

— Il faut le rentrer et le mettre au lit, il vaut mieux qu'il ne prenne pas froid.

Son père se lève sans le réveiller et ils le montent dans sa chambre. En le déshabillant, il remarque son poignet bleui et enflé, le médecin le tâte et il gémit dans son sommeil.

— Aie, je crois qu'il est cassé, demain, il va falloir aller faire des radios et lui mettre une attelle.

— Comment est-ce arrivé, il ne s'est pas plaint de toute la soirée ?

— Je crois que c'est quand il a entendu l'hélicoptère arrivé, il a failli tomber dans l'escalier et Jim l'a rattrapé in extremis par le bras, son côté gauche reste fragile, il faudra penser à lui faire des examens sur sa densité osseuse.

— Des effets de la mnémosine ?

— Peut-être, la calcification est trop lente pour un enfant de son âge.

Il bande le petit poignet blessé et lui administre un léger antidouleur, il ne peut pas lui donner un médicament qui pourrait interagir avec son traitement ou qui ne respecterait pas le protocole du projet « Mnémos », qui est très strict, ou avoir des effets sur son cerveau.

En redescendant, Franck lui résume la conversation qu'il a eue un peu plus tôt et il l'interroge sur le colonel et le professeur.

— Le colonel Adams, Jim de son prénom et son équipe sont gentils et ne sont pas d'accord avec les méthodes de Smirnoff, mais ce ne sont que des militaires et ne peuvent qu'obéir. Alex les apprécie, les hommes jouent avec lui, le font rire et surtout l'écoute, il est très copain avec le plus jeune, Ben. Il s'est rapproché de Jim, je crois qu'il l'admire, comme le feraient tous les petits garçons de cet âge-là. Smirnoff c'est autre chose, il le déteste, il se referme comme une huître dès qu'il tente de s'en faire un ami. Ils sont toujours en train de se jauger, lui répond John en pensant au petit garçon.

Dès qu'ils arrivent sur la terrasse, le médecin prend à part le professeur et le colonel pour les mettre au courant au sujet du poignet probablement cassé.

— Oh ! C'est ma faute ! J'ai trop serré quand il a failli tomber dans l'escalier.

— Il vaut mieux un poignet cassé qu'un petit cou rompu, répond le professeur en réfléchissant.

— Il ne s’est pas plaint de toute la soirée, c’est quand même très douloureux, reprend-il en s’interrogeant sur cette nouvelle particularité de l’enfant.

C’est vrai qu’il ne l’a jamais entendu se plaindre malgré ses graves blessures comme l’auraient fait n’importe quels enfants si jeunes.

— En effet, Alex gère très bien la douleur. Lors de l’opération, nous avons dû écarter très fort sa cage thoracique, il devrait s’en ressentir beaucoup plus et ne devrait pas être capable de lancer les galets comme il le faisait à la rivière.

Le professeur analyse l’information et décide de lui poser les capteurs sensoriels pendant les examens médicaux demain à l’hôpital.

À l’aube, l’hélicoptère est prêt. Son père et le docteur vont le réveiller, Alex gémit au moindre mouvement et se retourne pour continuer à dormir. Ils décident de l’emmener en pyjama, ils l’enroulent dans sa couverture et son père l’emporte.

Il passe une série de radios et un scanner, les résultats confirment la crainte du médecin, il a une déficience osseuse, à son âge, sa jambe et son bras devraient être mieux consolidés, il est en pleine croissance, il désigne plusieurs endroits sur les radios pour l’expliquer au professeur et à Franck.

— Vous pensez que c’est dû à la mnémosine, comme sa malformation cardiaque ?

— Peut-être ! Il faudra pratiquer des examens au centre de recherches. Maintenant, il faut de nouveau l’opérer pour poser une broche.

— Pas d’autres solutions ? Encore une anesthésie.

— Oui, ça en fait beaucoup en peu de temps, mais je ne vois pas d’autres moyens, je ne pense pas que l’hypnose fonctionne sur Alex.

— Je ne pense pas non plus. Allons-y.

Après deux bonnes heures d'opération, il le ramène au ranch et le surveille. Le professeur avait posé les capteurs dès leur arrivée à l'hôpital et les a laissés en place, il analyse les courbes sur ses écrans, il a déjà localisé la zone du cerveau qui gère la douleur, la mnémosine permet-elle de bloquer les connexions neuronales vers cette zone ou de les diminuer ? Certaines personnes arrivent à la gérer par leur force mentale et celle d'Alex est très impressionnante pour un enfant de cet âge.

Il se réveille et réclame un peu d'eau, le docteur l'ausculte et retire tous les capteurs, il lui explique qu'il a dû opérer son poignet. Il regarde son bras emprisonné dans une attelle.

— Oh, non ! Papa devait m'appendre à monter à cheval, ça allait j'avais pas trop mal !

— C'est pour ça que tu n'as rien dit ? Mais ce n'est pas une bonne idée, c'est beaucoup trop tôt, les os de ta jambe et de ton bras gauche, ainsi que tes côtes, sont fragilisés, ils ne se sont pas encore assez consolidés pour monter à cheval. Peut-être l'été prochain !

Alex soupire, mais se rend compte que le médecin a raison, il sent bien que ses os sont fragiles et lui font parfois très mal, même s'il ne le montre pas pour éviter les examens contraignants imposés par le professeur dingo. Il referme les yeux et se laisse bercer par une douce torpeur due à l'anesthésie et à la chaleur ambiante, il n'est pas tout à fait endormi ni réveillé et écoute les bruits et les voix qui viennent de la terrasse et des écuries.

Après quelques jours de repos forcé, il peut enfin se lever et quitter sa chambre, il accompagne son père et sa tante Betty aux écuries pour sortir un peu les chevaux et aller se promener.

— Je peux aller avec vous ? Allez, tante Betty !

Il a du mal à sortir le mot en les voyant sur le point de départ.

— Papa ? Je peux aller avec toi ?

Son père se met à sa hauteur et le prend par les épaules.

— Alex, c'est impossible, tu risques de te faire très mal, tu as entendu ce que John a dit, peut-être l'été prochain.

— Mais, je vais pas monter tout seul, je vais là, sur le cheval avec toi ! insiste-t-il en montrant le devant de la selle.

— Je Ne vais pas, Alex ! le reprend le professeur qui avait entendu ses supplications.

— Quand ton père reviendra de sa promenade, il fera un petit tour avec toi, son cheval sera plus calme, d'accord ! Lui dit le professeur en essayant de le prendre par les épaules.

Il essaie de croiser les bras et prend son air boudeur.

— J'en ai marre, marre d'avoir mal partout, marre de ne pouvoir rien faire, marre d'être cassé de partout, c'est ta faute, laisse-moi ! crie-t-il en se dégageant nerveusement.

Il ne peut retenir ses larmes plus longtemps et part en courant vers la maison, claque la porte d'entrée et se précipite dans sa chambre pour se jeter sur son lit. Il pleure de douleur et de rage, inondant son coussin de larmes, tout son petit corps est secoué par le chagrin. Son père entre dans la chambre et s'étend contre lui, il lui caresse les cheveux et le dos pour le réconforter, mais rien n'y fait, il faut que ça sorte. Au bout d'un moment, les larmes s'estompent, il se relâche, ses muscles crispés se détendent et il relève la tête pour regarder son père.

— T'es pas parti te promener ? lui demande-t-il d'une voix enrouée.

— Je n'allais pas laisser mon petit garçon tout seul avec son chagrin.

Alex se blottit contre lui, la peine et la douleur sont encore tellement présentes, ils ne parlent pas et se serrent l'un contre l'autre, laissant faire le temps. Après de longues minutes, la respiration du petit garçon est plus calme, il s'est endormi. Le médecin monte et l'aide à le coucher. Quand ils rejoignent le rez-de-chaussée, tout le monde est morose, ils ont tous entendu le cri de désespoir de l'enfant. Le professeur a toujours des craintes pour sa santé mentale, ce n'est pas évident d'accepter cette situation quand on va avoir juste 6 ans, Alex devrait être en train de faire les 400 coups avec ses copains d'école, profiter des vacances dans ses belles montagnes et pas passer son temps à se remettre d'opérations et subir des tests intellectuels. Il en discute avec le médecin et les membres de la famille. Ils sont tous d'accord qu'il faut égayer les vacances d'Alex et tante Betty propose d'organiser un pique-nique près de l'étang à l'extrémité de la propriété. La proposition est acceptée à l'unanimité.

Le lendemain, elle part faire des courses en prévision et avec l'aide de Franck et de John, met tout en place pour le lendemain, en fin de journée, elle lui révèle la surprise. Alex, triste et déprimé, a passé la journée dans sa chambre, à se reposer et à lire quelques bandes dessinées, sous la surveillance du professeur ou du colonel, ils ont bien tenté de le dérider et de le faire sortir, mais rien n'y a fait, il n'a même pas voulu s'occuper de sa chère Misslady. À l'annonce de ce pique-nique, la joie brille dans ses grands yeux bleus et un sourire se dessine sur ses lèvres, il se lève et va embrasser sa tante pour la remercier, il a hâte d'être le lendemain.

Vers 9 heures, les chevaux pour tante Betty, John qui en a fait dans sa jeunesse, le colonel et deux de ses hommes, Franck et Alex, sont prêts. Sa grand-mère, le professeur et le reste de l'équipe prendront les jeeps chargées du pique-nique. Franck monte sur Jasper et le colonel aide Alex, équipé d'une bombe et de protections, à se glisser sur le devant de la selle. Il est content que John et le professeur aient changé d'avis pour qu'il puisse faire la balade avec son papa.

Au début de la promenade, il est un peu tendu, il craint une réaction de Jasper, mais le jeune étalon reste calme, alors, il se détend et profite pour observer le paysage, mais ce sont d'immenses prairies à perdre de vue, avec quelques buissons épars. Parfois, ils passent près d'un cours d'eau ou d'une mare d'où s'envolent des canards sauvages. Déçu, il soupire.

— Ça va Alex ? lui demande son père.

— Oui, ça va, Jasper est très gentil et toi, tu montes très bien !

— Merci, alors comment trouves-tu la propriété de ta grand-mère ?

— Ben, c'est pas très joli, c'est juste de grandes prairies avec des vaches, je préfère chez moi, dans les montagnes, il y a pleins de fleurs de toutes les couleurs, d'animaux, des bouquetins qui sautent sur les parois et des rapaces, un petit vent frais qui descend des sommets, un grand lac et des forêts.

— Attention, tu vas vexer tante Betty, ici aussi, il y a des fleurs, des animaux et même des rapaces.

— Je n'en ai pas vu beaucoup ou ils ont eu peur de nous. C'est encore loin ? demande-t-il en grimaçant de douleur.

— Non, on va bientôt arriver.

Son père l'aide à se redresser pour qu'il soit un peu mieux installé sur le devant de la selle.

À la fin de la matinée, ils arrivent au bord du bel étang, la promenade fut agréable mais chaude, le professeur aide Alex à descendre, il grimace de douleur et peine à rester debout, deux heures à cheval et d'immobilité ont mis à rude épreuve sa jambe. Avec l'aide du chercheur, il fait quelques pas.

— Pour le retour, il vaut mieux que tu le fasses en jeep !

— Oh, oui ! Ça fait trop mal, le cheval ! répond-il en grimaçant et en boitillant.

Son visage s'attriste et il soupire, de nouveau, démoralisé par ces douleurs qui déchirent son petit corps.

— Allez, Alex, dans quelques mois, ce ne sera plus qu'un mauvais souvenir, il faut le temps que ton corps se répare.

— Oui, peut-être ! répond-il les larmes au bord des cils.

Le professeur s'abaisse au niveau du petit garçon, plonge son regard dans les yeux bleus brouillés de chagrin et lui ébouriffe la chevelure noire.

— J'en suis sûr, il faut de la patience et du repos. Regarde, ta grand-mère et ta tante ont presque fini de préparer le pique-nique, va les aider à terminer, moi je vais aider les autres pour le barbecue.

Le professeur le regarde s'éloigner, cette fois, il n'a pas rejeté son aide et ne s'est pas braqué. Il sourit de cette avancée, en espérant qu'il y en aura d'autres.

Ils s'amusent et rient autour de la table de bois, trinquent et mangent les bonnes côtes à l'os préparées par Margaret et Betty. Elles ont mariné dans une bonne sauce sucrée-salée et sont accompagnées de plusieurs légumes : des tomates juteuses, des petits épis de maïs, de la salade de pommes de terre et des haricots verts. Tout le monde se régale.

Après le repas et une bonne sieste en dessous des arbres qui bordent l'étang, les hommes et tante Betty se mettent en maillot et se jettent dans l'eau fraîche. Seuls Alex et sa grand-mère restent sur le bord à les regarder nager et s'éclabousser comme des enfants.

— Allez, Alex, viens t'amuser avec nous, elle n'est pas froide, tu sais, lui lance-t-elle en essayant de lui envoyer un peu d'eau.

Il recule en faisant non de la tête, son père sort et s'approche.

— Viens, je vais t'aider à te déshabiller et je te porterai pour entrer dans l'eau tout doucement.

Alex, terrifié, se laisse faire, son père lui retire ses vêtements, c'est la première fois qu'il voit les grandes cicatrices qui balafrent le corps de son fils et reste un peu interdit devant ce triste spectacle. Alex est un peu gêné par le regard insistant et montre son petit bras.

— Et mon poignet ? L'attelle va être toute mouillée.

Franck jette un coup d'œil vers John qui les rassure.

— On la changera et on la fera sécher, il y en a une autre dans ma trousse, dans la jeep.

Au moment où son père allait le porter pour entrer dans l'eau, il se dérobe, pétrifié par la proximité de l'eau.

— Non, je préfère pas y aller, je vais rester près de Grand-mère.

— Tu as peur de l'eau ? Tu ne sais pas nager ?

— Non, non j'ai pas peur ! répond-il en relevant le menton.

Son père essaie de lui prendre la main, mais il la cache derrière son dos en reculant.

— Non, je veux pas y aller ! J'aime pas nager ! dit-il d'une voix tremblante, les larmes, de nouveau, lui montent aux yeux.

— D'accord, je n'insiste pas, ne pleure pas, ce n'est pas grave, remets ton t-shirt et ta casquette pour le soleil.

Il dépose un baiser sur la joue pâle et caresse l'épaisse toison noire et va rejoindre les autres dans l'eau. Margaret l'aide à repasser son vêtement et le réconforte. Le professeur Smirnoff est intrigué par cette peur de l'eau, ce n'est pas la première fois qu'il refuse d'aller se baigner, le kiné n'a jamais réussi à lui faire faire ses exercices dans l'eau, ce qui lui aurait fait beaucoup de bien. Il faudra qu'il trouve l'explication à cette phobie.

Vers 17 heures, ils se mettent en route pour le retour vers le ranch, Alex s'installe confortablement dans la jeep, entre sa grand-mère et le professeur, il ne tarde pas à dodeliner de la tête et à sommeiller, bercé par les cahots du véhicule. Il a passé une excellente journée qui lui a fait énormément de bien, mais il ne peut s'empêcher de penser à Nanou et à ses chères montagnes, ici ce n'est pas aussi beau que chez lui, il soupire et s'endort.

Quelques jours plus tard, c'est son anniversaire, sa grand-mère et sa tante organisent une grande fête, elles ont invité quelques amis et voisins pour leur présenter le petit garçon qui est tout excité par cette réception en son honneur. Nanou n'avait pas les moyens et les connaissances de sa grand-mère, mais elle lui fêtait toujours avec un beau gâteau maison et un joli cadeau.

Il est le centre d'intérêt de toutes ces personnes inconnues qui lui posent plein de questions auxquelles il ne peut répondre. Bien sûr, hors de questions de parler du projet « Mnémos » et de raconter les circonstances réelles de son arrivée. Le professeur et le colonel ont mis en place une histoire cohérente pour tous ces curieux, ce qui le met très mal à l'aise, il n'a jamais été très fort pour mentir. Lassé par ce tohu-bohu autour de sa petite personne et se sentant oppressé, il s'éclipse dans le bureau de son grand-père, il aime beaucoup cette pièce et s'y sent en sécurité. Seul, le colonel qui ne le quitte pas une seconde du regard a vu où l'enfant s'est réfugié et vient le chercher au moment où sa tante l'appelle pour souffler les bougies posées sur l'imposant gâteau.

— Alex, viens, il faut souffler tes bougies.

— Il y a beaucoup de monde, c'était mieux avec Nanou, on était bien tranquille tous les deux !

— Je n'aime pas trop la foule, moi non plus, mais ta grand-mère voulait te faire plaisir et…

— Je sais pas, j'ai l'impression d'être une bête curieuse qu'elle voulait montrer à tout le monde.

— Je ne crois pas, elle est simplement contente d'avoir retrouvé son petit-fils, allez, descendons !

Il prend le petit garçon par la main et ils rejoignent l'assemblée, sa grand-mère lui sourit tendrement, il s'installe à sa place et sa tante apporte l'immense gâteau surplombé de 6 belles bougies musicales, tout le monde chante.

Inquiet par la taille du gâteau, il lance un regard paniqué au docteur Grant qui se penche pour le rassuré.

— Je vais pas pouvoir souffler si fort ! lui dit-il tout bas.

Son père, assis à ses côtés, passe son bras autour de ses frêles épaules.

— On va t'aider.

En chœur, ils soufflent et toutes les bougies s'éteignent, Alex sourit à son père et au médecin.

— Tu as fait un vœu ? lui demande-t-il tout bas.

— Oui, mais je peux pas l'dire sinon il ne va pas se réaliser.

Après avoir mangé une belle part, il reçoit pleins de cadeaux dont une belle montre à sa grand-mère, un roman d'aventures au colonel Adams, une tablette au professeur Smirnoff, un nécessaire pour dessiner au docteur Grant et à sa tante, un magnifique poulain pie.

Mais le plus beau, c'est son père qui lui offre, il lui tend son téléphone.

— Il y a quelqu'un qui a très envie de te parler !

Il se saisit du portable et son père l'aide à activer la caméra. C'est Nanou, il file dans sa chambre et discute un long moment. Il lui raconte tout depuis son arrivée au ranch et demande des nouvelles de la ferme. Il est tellement content de l'entendre et de la voir qu'il en oublie la réception de sa grand-mère. Les invités sont repartis, le calme revient, la fatigue de la journée commence à se faire sentir. À force de fixer le petit écran, ses yeux picotent et il bâille, Nanou lui dit qu'il est temps de se coucher et qu'il faut se dire au revoir. Alex n'a pas envie, il essaie de prolonger l'instant, elle lui promet de retéléphoner plus tard. Alex pose le portable sur sa table de nuit et cache son visage dans son bras replié, rapidement, il s'endort tout habillé sur son lit. Ne le voyant pas redescendre, Franck et John montent et le regardent attendris, il sourit dans son sommeil, heureux d'avoir entendu et vu sa mère adoptive.

— Ça lui a fait du bien !

— Oui, c'est certainement le plus beau cadeau qu'il ait reçu.

Franck regarde son fils endormi, il relève une mèche de cheveux noirs et lui caresse la joue. Comme il aimerait le ramener auprès d'elle !

— Demain matin, je vais devoir lui dire que je dois rentrer. J'ai des chevaux à préparer pour le « grand prix », les propriétaires comptent sur moi. Tout cela est tellement soudain et déstabilisant que je ne sais pas quoi faire, où est ma place. Smirnoff a été très clair, si je veux avoir une relation avec Alex, je ne peux en aucun cas m'interposer dans les décisions prises par le président et lui. Et toi, reprends-tu ta carrière à la rentrée ? Alex s'est beaucoup attaché à toi ?

— Aie, il ne va pas être content, le mois d'août risque d'être moins paisible. C'est vrai que la situation est compliquée. Non, je crois que je vais rester encore un moment avec lui, son état de santé m'inquiète, sa fragilité osseuse, puis je l'ai inscrit sur la liste d'attente pour une greffe de poumon ou un cœur naturel, ce serait mieux vu son jeune âge. J'en ai discuté avec Smirnoff et le Général Belmont qui en a parlé au président et ils sont d'accord avec ma décision, je recevrai le même salaire qu'un médecin de l'armée et puis je suis nourri et blanchi, ça me suffit, dit-il en riant pour détendre l'atmosphère.

Franck est soulagé par la décision de son ami. Les deux hommes déshabillent le petit garçon profondément endormi, lui enfilent son pyjama sans le réveiller, le bordent, puis regagnent le salon pour aider Betty à ranger.

Après le déjeuner, Franck emmène son fils au bord de la rivière, Alex lui montre comment faire des ricochets. Le colonel et ses hommes restent un peu à l'écart pour les laisser seuls.

— Alex, il faut que je te parle.

— Oui, papa, tu as l'air triste ? lui dit-il en frottant sa main sur sa joue rugueuse.

— Ce soir, je vais repartir, mon avion décolle à 21 h.

— Tu repars en France ? Ramène-moi avec toi ! crie-t-il en se jetant dans ses bras.

— Malheureusement, tu sais que ce n'est pas possible, j'aimerais le faire, te ramener auprès de Nanou, mais je ne peux pas, je suis désolé. Je te promets que tu rentreras chez toi, chez nous, je fais tout pour que ce soit rapidement possible ! Mais pas aujourd'hui, pas maintenant !

Alex s'écroule sur l'épaule de son père et éclate en sanglots.

— C'est pas juste ! dit-il en hoquetant.

— Non, ça ne l'est pas, mais si je te ramène avec moi, ce serait un enlèvement, ta grand-mère est toujours ta tutrice légale, je risque d'aller en prison et je ne pourrai plus jamais te ramener, peut-être même ne plus te voir. Je dois faire ça dans les règles, selon la loi.

Alex se serre contre son père et pleure un long moment.

— On va devoir rentrer, je dois terminer mes bagages.

Il se relève en gardant le petit garçon dans ses bras et remonte vers la villa. Arrivés sur le proche, le professeur Smirnoff les rejoint et essaie de prendre l'enfant par les épaules.

— Allez, Alex, il faut laisser ton père se préparer.

— Tout ça, c'est à cause de vous, je vous déteste.

Il se dégage des mains de l'adulte et se cramponne à son père, le professeur comprend sa frustration et se prépare à une nouvelle période de conflits, la trêve est terminée. Le docteur Grant arrive à leur rescousse et prend Alex des bras de son père.

— Viens, Alex, ça ne sert à rien de te mettre dans cet état et cela fait de la peine à ton père, il n'a pas le choix, il doit repartir. Mais tu peux encore profiter de la compagnie de ta tante et de ta grand-mère ! Tu n'es pas bien ici ?

— C'est aussi leur faute ! je ne veux plus les voir ! crie-t-il d'un air rageur, rouge de colère mais aussi de honte, sachant pertinemment qu'elles ne sont pas responsables.

— Ce n'est pas gentil !

Il se dégage des bras du médecin et se sauve dans sa chambre en claquant la porte. Il y reste tout l'après-midi à bouder. Vers 17 h, son père le rejoint.

— Voilà, je m'en vais, je te téléphone dès que j'arrive à la maison.

— Pars pas ! reste avec moi, alors ! lui demande-t-il d'une toute petite voix.

— Ce n'est pas possible, j'ai des obligations. Dès que je le peux, je viendrai te voir à la base de recherches.

Alex se serre très fort contre son père, l'embrasse et le regarde quitter la chambre. Il se jette sur son oreiller et fond en larmes, sa chienne gémit et se colle à lui pour le réconforter, il lui caresse la tête.

— Je m'en fous, je vais rentrer en France, tout seul, avec toi, ma belle ! On va s'échapper d'ici.

Pendant deux jours, il reste cloîtré dans sa chambre et met en place son plan d'évasion en se servant de la tablette reçue à son anniversaire.

À la fin de la semaine, tout est prêt. En douce, il a préparé un sac à dos avec ses médicaments qu'il a volé dans la chambre du docteur Grant, des vêtements, de la nourriture pour lui et pour Misslady et un peu d'argent qu'il a subtilisé à sa grand-mère, il sait que ce n'est pas bien, mais il n'a pas le choix.

Il n'y a plus qu'à attendre le bon moment. Il se tient à carreau, erre comme une âme en peine dans le ranch et fait tout ce qu'on lui demande, sans rechigner. Le colonel est un peu troublé par son comportement, il pensait qu'Alex serait plus perturbé par le départ de son père. Mais devant son comportement de petit garçon bien sage, il relâche un peu son attention. Alex surveille tous ses gardiens et étudie les roulements de garde.

Cette nuit, c'est Ben et Pedro qui sont de surveillance dans la pièce de contrôle. Il sait que vers minuit, quand tout le monde dort, le jeune Portoricain descend se faire un casse-croûte, il a toujours faim quand il est de garde la nuit.

Alex se couche tôt et fait semblant de dormir, il attend. En effet, à minuit cinq, il entend ses pas sur le parquet qui se dirigent vers la cuisine. Il se lève et sans bruit, il rejoint Ben dans la pièce d'à côté. Le jeune homme se retourne et Alex le regarde fixement, ses paupières deviennent lourdes et il tombe endormi. Il est surpris d'y arriver si facilement, le professeur Smirnoff l'a poussé dans ses retranchements, alors, maintenant il sait se servir de ses facultés et autant qu'elles servent à ses fins. Il file dans sa chambre, enfile un jogging sur son pyjama, prend son sac à dos et met la laisse à sa chienne et sort par la porte d'entrée. Dehors tout est calme. Il court jusqu'à l'écurie, prend Jasper et grimpant sur un tonneau, il saute sur son dos. Doucement, il se dirige vers la sortie de la propriété. Dès qu'il s'est éloigné suffisamment, il part au galop vers la petite ville du comté qu'il a repéré sur sa tablette. Il sait que Pedro va donner l'alarme, alors il pousse le cheval à accélérer tout en se rassurant que Misslady n'est pas distancée. Il arrive à l'arrêt d'autobus, le véhicule est toujours là à attendre l'heure du départ. Alex caresse Jumper et le relâche, le cheval va rentrer directement à son écurie. Il monte dans le bus, regarde fixement le chauffeur qui démarre. Il est fatigué et Alex n'a aucune difficulté à lui imposer sa volonté, l'homme ne lui a même pas posé de question.

Il est seul dans le bus, il en profite pour passer des vêtements en surveillant le chauffeur du coin de l'œil, mais celui-ci ne pense qu'à rejoindre l'arrêt suggéré par le petit garçon.

À la villa, après avoir pris tout son temps pour déguster son en-cas, Pedro remonte à l'étage et trouve Ben profondément endormi sur la console de contrôle, il jette un œil sur les écrans, la chambre de l'enfant est vide. Directement, il appuie sur le bouton rouge et déclenche l'alarme qui résonne dans toute la maison. Le professeur Smirnoff et le colonel Adams se précipitent dans la chambre vide, puis se rendent dans la pièce d'à côté, le professeur secoue Ben qui ne se réveille pas. John lui prend son pouls, mais il est normal. Il prend le jeune homme par les épaules et à force de le secouer comme un prunier, Ben émerge, mais ne se souvient pas avoir vu Alex. Ce n'est que quelques minutes plus tard que ses souvenirs refont surface, il se souvient de Pedro qui descend et que tout de suite après, le petit garçon est entré dans la pièce, mais il n'a pas eu le temps de lui demander ce qu'il faisait là, il s'est senti très fatigué et puis plus rien. Pendant ce temps, le colonel a appelé les pilotes des hélicoptères qui arrivent rapidement.

Le professeur n'arrête pas de jurer, fâché contre lui-même d'avoir baissé sa garde face au comportement angélique de l'enfant. Ils décollent et prennent la direction de la ville. Ils repèrent Jasper qui revient calmement vers le ranch.

— Il a fait le chemin à cheval, donc ça doit faire un moment qu'il a rejoint la ville. Ils se posent sur la place et cherchent le petit garçon. Un des hommes se rend au dépôt des autobus et revient en courant.

— Il y a un quart d'heure, trois bus ont quitté le dépôt, ils ont pris trois directions différentes.

Le professeur regarde la carte et essaie de deviner quelle direction a bien pu prendre Alex.

— Là, il y a un aéroport à Dallas, il va essayer de prendre un avion vers la France.

Ils remontent à bord et se dirigent dans cette direction. Mais Alex avait anticipé cette réaction du professeur et a pris un des 2 autres bus.

Dès qu'ils arrivent, ils le recherchent partout, mais aucune trace.

— Il n'est pas ici ! Où est passé ce fichu gosse ! s'énerve le professeur.

Le temps passe et chaque seconde perdue, l'éloigne de l'enfant, il essaie de se mettre à sa place mais ce n'est pas évident de penser comme une personne extraordinaire, un petit garçon de six ans, doté d'une intelligence hors-norme. Ils reprennent leur carte et étudient les itinéraires des 2 autres bus et repèrent le petit aéro-club.

— Là, il a certainement suggéré à un des pilotes de l'emmener en France ! Ou dans un autre aéroport ?

Ils se dépêchent de regagner leurs engins et rebroussent chemin vers ce nouveau lieu.

Pendant ce temps, dans la ville de « Hollidays », Alex prend sa carte et repère le petit aéro-club qu'il avait trouvé sur le Net. Arrivé sur les lieux déserts, il se dirige vers le hangar abritant les petits avions. Il monte à bord et étudie le tableau de bord, il se sent nerveux, va-t-il y arriver ? Il a bien regardé quelques tutos, mais il n'a que 6 ans, sera-t-il capable de faire démarrer cet engin et encore plus de le piloter ? Il respire un bon coup pour calmer les battements de son cœur. Il reprend de l'assurance. Il démarre le moteur et se dirige vers la piste. Son cœur bat à tout rompre, il essaie de rester calme et prend de la vitesse, il tire sur le manche et l'avion décolle directement, il souffle, fier de lui. Il prend la direction de l'aéroport de Dallas en espérant que ses poursuivants soient partis dans une autre direction pendant ce temps.

Le vol se passe sans accroc, quand la tour de contrôle prend contact, il prend une voix plus grave et ferme et leur suggère qu'il doit se poser en urgence ayant une personne malade à son bord. L'agent lui dit de se poser sur la 5e piste. Il appréhende l'atterrissage, c'est beaucoup plus compliqué que le décollage, il retient sa respiration, ralentit, pousse le manche doucement, la première fois qu'il touche la piste, le petit avion rebondit, il ralentit davantage et repousse très délicatement, cette fois, il roule sur le macadam, il ralentit encore et stoppe le moteur dès que l'engin s'immobilise. Il laisse échapper un petit cri de joie puis prend Misslady et son sac et quitte très rapidement les lieux pour se cacher derrière un talus, avant que l'ambulance et autre secours ne s'arrêtent à côté du petit avion. Il reste un moment, tenant fermement sa chienne l'obligeant à rester couchée près de lui. Quand tout le monde a quitté les lieux, il court vers l'aéroport et entre dans le hall, il se dirige vers les écrans à la recherche d'un vol vers l'Espagne, il y en a un dans une demi-heure, il se dirige vers le lieu d'embarquement.

Pendant ce temps, les hélicoptères arrivent et se posent sur la piste du petit aéro-club, ils se dirigent vers le hangar pour constater que la porte est ouverte et un des petits avions est manquant, rapidement, ils se rendent chez le propriétaire de l'aéro-club qui habite juste à côté.

— Un de vos pilotes a-t-il décollé ?

— Non, ils sont tous partis en vacances, répond l'homme en bâillant, tiré de force de son lit.

— Pouvez-vous vérifier s'il vous manque un avion ? demande Jim en lui montrant le hangar ouvert.

Il les accompagne et directement se met à jurer, il lui manque son petit appareil monomoteur avec lequel il donne ses cours de pilotage. Le professeur et le colonel se regardent, interloqués.

— Il n'a quand même pas piqué cet avion et décollé tout seul ! dit le professeur en donnant un bon coup de poing dans la porte du hangar.

— Je vous avais prévenu de ne pas sous-estimer Alex, ce n'est pas un petit garçon de six ans, c'est la personne la plus intelligente de cette planète et la plus déterminée à rentrer chez lui, souligne John en s'inquiétant de plus en plus pour son jeune patient.

— Et en plus, il a une fameuse paire de couilles ! ajoute Ben en se grattant la tête.

Le téléphone du propriétaire sonne, il regarde son écran.

— C'est l'aéroport de Dallas.

Il décroche et écoute, éberlué.

— Ils viennent de retrouver mon avion sur leur piste Numéro cinq, il n'y avait personne à bord.

Le professeur est furieux et redonne un bon coup de pied à la porte.

— Nom de dieu ! Il va nous faire devenir chèvre, dépêchez-vous, aux hélicos !

Alex est arrivé à l'aire d'embarquement, il se glisse entre un homme d'affaires pressé et désagréable et une femme enceinte. L'hôtesse demande son billet à l'homme qui lui tend sans la regarder, il ne quitte pas son portable du regard et se dirige prestement vers la porte. Alex le suit.

— Hé toi, là-bas, ton billet ! les chiens ne sont pas admis !

Alex la regarde franchement et lui imposant sa volonté, il lui répond.

— C'est mon père qui l'a. Quel chien !

L'hôtesse se tourne vers la femme enceinte et s'occupe d'elle, ayant déjà oublié avoir vu un petit garçon avec un chien.

Il souffle de soulagement et de plus en plus confiant en ses capacités de télépathie. Comme il l'avait prévu, l'homme s'installe en classe affaires, il s'installe juste devant.

— Misslady, cache-toi ! dit-il en la faisant se coucher à ses pieds.

Il croise les doigts et espère que ses poursuivants ne sont pas trop près, mais l'avion décolle peu de temps après, il peut enfin respirer et se reposer un peu, il est complètement lessivé par toute cette tension accumulée depuis qu'il a quitté sa chambre. Il espère que sa grand-mère et sa tante ne lui en voudront pas trop d'être parti comme un voleur. Il ferme les yeux et s'endort rapidement.

Revenus à l'aéroport, le professeur consulte les écrans, l'avion pour Paris décolle dans 10 minutes, le colonel appelle rapidement le général pour retarder le départ. Ils peuvent souffler et se dirigent vers le lieu d'embarquement, ils entrent dans l'appareil et examinent toutes les allées, mais de nouveau, pas de trace du gamin et de sa chienne, le professeur est hors de lui. Le colonel regarde la liste des départs.

— Professeur, un avion vient de décoller pour Madrid.

— La petite crapule, il a vraiment anticipé tous nos mouvements ! Attends quand je vais te retrouver, tu ne pourras pas toujours te cacher, garnement !

Le colonel rappelle le général qui réquisitionne un des jets privés stationnant sur l'aéroport. Ils décollent très vite. Le petit jet étant beaucoup plus rapide que l'avion de ligne, ils arrivent avec une longueur d'avance à l'aéroport espagnol. Ils ont largement le temps de préparer leur piège.

Quand l'avion d'Alex se pose, il attend que tout le monde soit descendu, espérant passer discrètement avec Misslady. Au moment où il allait se diriger vers la sortie, le professeur s'avance vers lui. Alex le regarde, interdit. Ça, il ne l'avait pas prévu, comment ont-ils fait pour arriver avant lui ?

— Alexandre, tu nous as fait courir ! lui dit-il en fronçant les sourcils.

Il se rassied, déçu, il ignore le professeur et s'adresse au colonel.

— Où est-ce que je me suis trompé ? demande-t-il, déçu.

— Tu n'as pas pensé que le Général a aussi quelques pouvoirs, celui d'avoir des contacts et l'autorité. Nous avons emprunté un jet privé beaucoup plus rapide qu'un avion de ligne.

— Alexandre, nous avions un pacte ! dit le professeur en s'avançant doucement vers lui.

— Non, moi je n'ai passé aucun pacte, répond-il en secouant la tête. J'y étais presque ! dit-il d'une petite voix triste.

— Je dois reconnaître que je suis impressionné, je t'ai sous-estimé et pas qu'un peu ! le coup du petit avion, je suis scotché ! dit le scientifique en avançant prudemment.

— Le plus difficile c'était l'atterrissage, j'ai eu peur ! dit-il en souriant au colonel.

— En plus, tu es fier de toi ! le coupe le chercheur toujours en colère.

— Ben oui, c'est vous qui m'avez poussé à utiliser mes facultés, dit-il en toisant l'adulte qui continue à avancer dans la travée centrale.

Leurs regards restent accrochés, la température monte rapidement. Au moment où le scientifique arrive à sa hauteur,

Alex ferme les yeux et l'expédie à l'autre bout de l'allée. Le colonel et ses hommes restent stupéfaits par la violence du coup, il en profite pour se précipiter vers la sortie, mais Jim est plus rapide et lui barre le chemin et Ben et un de ses collègues l'empêchent de faire demi-tour pour atteindre la sortie de secours, se sentant piégé, la température monte encore d'un cran. Alex toise les deux soldats et Ben tombe endormi au milieu de la travée, l'autre secoue la tête pour résister au regard insistant de l'enfant. Un autre passe au-dessus du corps du pauvre Ben et ensemble, ils avancent lentement.

— Alexandre Delval ça suffit ! lui crie le colonel.

Surpris par la sévérité de l'ordre, Alex se retourne et relâche sa garde. Un des deux hommes arrive à le ceinturer pendant que l'autre lui plante l'aiguille dans le cou pour lui injecter le puissant sédatif. Tout se met à tourner, il accroche le regard du colonel, son corps se détend et il s'écroule dans les bras de son assaillant. Le docteur Grant aide le professeur à se relever, il souffre et a certainement une côte cassée. Puis il examine le petit garçon endormi après avoir rassuré la chienne qui gronde pour protéger son maître.

— Emmenez-le dans le jet et rentrons ! dit le professeur rageusement.

Le docteur Grant ramasse le sac et la laisse, le colonel se charge de réveiller Ben en le secouant fermement, quand celui-ci émerge, ses collègues l'aident ainsi que le professeur à rejoindre le jet pendant qu'il emporte l'enfant dans ses bras. Il le regarde et ne peut s'empêcher de sourire devant le courage de ce petit bonhomme.

Quand Alex se réveille, il ne reconnaît pas les lieux, il n'est ni chez sa grand-mère ni à la base de recherche. Il se redresse, la tête lui tourne et se sent vaseux. Le docteur Grant entre dans la pièce.

— Où on est ? demande-t-il, bougon.

— Je ne sais pas, comment te sens-tu ?

— Vaseux et j'ai mal à la tête.

Le médecin l'ausculte.

— Depuis quand n'as-tu plus pris ton traitement ?

— Je sais pas, ça dépend de combien de temps j'ai dormi ! Vous n'avez pas été mollo sur la dose, je suis tout groggy ! La dernière fois, c'était chez ma grand-mère.

— OK !

Le docteur quitte un instant la chambre et reviens avec un baxter, Alex essaie de se lever mais il est attaché sur le lit, le médecin lui attache également le bras droit et installe l'aiguille. Il le regarde faire sans dire un mot. Quand il a fini, le médecin se dirige vers la porte Alex lui demande d'une petite voix.

— T'es fâché ?

— Non, tu dois te reposer et tu es puni, le professeur veut que tu restes seul dans ta chambre pour réfléchir sur tes actes et les risques que tu as pris.

— Ah ben, il est culotté celui-là ! lance-t-il en colère.

— Alex ! soupire John en secouant la tête.

— Et il est où ? Je suppose qu'il nous écoute et nous regarde.

— Il viendra un peu plus tard, pour l'instant, tu dois te reposer, tu as demandé beaucoup d'efforts à ton corps, tu n'as pas pris tes médicaments, ni mangé et bu pendant ta cavale, ce baxter va combler ces manques et te réhydrater. Dors, maintenant !

— Non, je dois faire pipi !

Le médecin saisit le bassin et se dirige vers le lit.

— Je sais pas faire là-dedans, détache-moi pour aller aux toilettes, s'il te plaît.

— Non, malheureusement, je n'en ai pas le droit, tu fais dans le bassin ou je te pose une sonde.

Alex le regarde en colère, il se débat contre les liens et n'arrivant pas à se détacher, fait dans son lit.

Le médecin soupire et regarde vers la caméra. Le professeur entre avec deux infirmières qui sans le détacher, changent le drap.

— Où sommes-nous ?

— Dans un endroit où il te sera beaucoup plus difficile de t'échapper !

— Alors, pourquoi m'attacher ?

— Pour ton bien. Tu as besoin de ce baxter et tu dois dormir.

— Où sont ma chienne et le sac avec mes affaires ?

— Vu ton comportement, nous avons envoyé ta chienne chez ton père, elle est bien arrivée et tes affaires sont confisquées. Je n'aurais pas dû t'offrir une tablette, tu en as rapidement fait mauvais usage ! Dorénavant, tu n'auras plus accès à ce genre d'instrument sans surveillance. Tu récupéreras ton ours en peluche quand tu seras sage.

Découragé, Alex soupire et repose la tête sur son oreiller, il ferme un instant les yeux.

— Le produit commence à agir, nous allons te laisser te reposer, nous continuerons cette conversation plus tard.

Le lendemain, à son réveil, il n'est plus attaché et le baxter a disparu, il se lève et va aux toilettes, puis fait le tour de la chambre sans fenêtres, sans meubles, juste le lit fixé au sol. Il examine la porte sécurisée par un système avec empreintes digitales et impossible d'ouvrir le boîtier, il retourne s'étendre sur le lit.

Un peu plus tard, le docteur Grant entre avec un plateau-repas, Alex essaie de jeter un coup d'œil rapide par la porte ouverte mais celle-ci se referme trop vite.

— Alors, tu sais où on est ?

— Je te l'ai dit, je ne sais pas ! J'avais le choix, te laisser et repartir en France ou venir mais je ne devais pas savoir où on t'emmenait, j'ai choisi, ils m'ont endormi et je me suis réveillé dans une chambre voisine et je ne pose pas de questions. Je suis là où tu es !

— Ben moi, ça ne me suffit pas ! Il y a pas de fenêtres dans ta chambre ?

— Non, il N'y en a pas ! Mange maintenant.

— Et si je refuse, si je me laisse mourir ?

— Alors, le médecin te remettra sous baxter et nous te maintiendrons en vie contre ta volonté ! répond le professeur à travers un micro.

— Où êtes-vous ? Où est-ce que je suis ? dit-il en colère en projetant par la pensée, le plateau sur la caméra.

— Quand tu seras dans de meilleurs dispositions et prêt à collaborer, je viendrai répondre à tes questions.

Alex ferme les yeux et essaie de reprendre son calme, il s'assied et une infirmière vient déposer un nouveau plateau, il commence à manger en tremblant.

— Voilà qui est un bon début ! À plus tard, Alexandre !

— Alex, je m'appelle Alex !

Le plateau s'envole et va s'écraser sur le mur en face. L'infirmière et le médecin n'ont que le temps de reculer d'un pas pour éviter l'objet.

— Si tu veux sortir de cette chambre, il va falloir apprendre à te contrôler.

Il est hors de lui et la température monte dangereusement, tout ce qui se trouve dans la pièce se mets à tournoyer dans les airs, les draps, l'oreiller, le plateau et les couverts, même le lit se met à vibrer pour se détacher du sol, il hurle de colère et essaie d'arracher la caméra de son socle. Le docteur Grant et l'infirmière n'arrivent pas à le maîtriser et deux hommes viennent leur prêter main-forte pour le rattacher sur le lit et le remettre sous perfusion.

Deux jours plus tard, c'est un des soldats du colonel qui le détache et lui apporte son repas, il lui demande où se trouve le docteur Grant, inquiet de ne plus le voir, mais l'homme ne lui adresse pas la parole, il entre, dépose le plateau et repart aussi vite, ce manège dure deux autres jours et sentant qu'il n'a pas le choix, Alex capitule et demande à voir le professeur Smirnoff.

— Alors, calmé ? On va pouvoir discuter et avancer ?

Alex le foudroie du regard, mais assez rapidement, baisse les yeux et hoche la tête.

— Quel jour on est ? Où est-ce que je suis ? Le docteur Grant ?

— Je ne répondrai à aucune de tes questions ni personne sans mon autorisation.

Alex serre les dents et les poings pour contenir sa colère.

— Je vois que tu fais des efforts, tu dois apprendre à te contrôler, tant que tu ne seras pas apte à le faire, il n'est pas prudent de te rendre ta liberté. Tu es dangereux pour les autres mais aussi pour toi. Le président et le général sont d'accord avec moi. Tu ne peux pas vivre avec ton père comme tous les petits garçons de six ans, eux ne pilotent pas des avions, ils n'imposent pas leur volonté et ils ne blessent pas les gens intentionnellement.

Alex ferme les yeux et une larme roule sur sa joue.

— Je sais ce que tu penses que c'est notre faute, que tu n'as pas demandé qu'on vienne t'arracher à tes montagnes. Tu n'avais pas conscience de tes facultés, mais un jour, un de tes camarades t'aurait contrarié, mis en colère et imagine comment tu aurais réagi.

Alex sait au fond de lui que le professeur n'a pas entièrement tort, il ne répond pas, les yeux et les poings toujours serrés pour contenir la rage qui monte en lui. Il se précipite aux toilettes pour vomir son repas, il laisse éclater sa colère et frappe le mur jusqu'à ce que la douleur soit plus forte que celle-ci. Le professeur essaie vainement d'ouvrir la porte. Alex s'évanouit et il arrive à entrer pour constater les dégâts, les deux mains sont certainement brisées, il le prend dans ses bras et le ramène sur le lit, le docteur Grant se précipite dans la chambre, il lui administre un calmant et ils le conduisent au bloc opératoire du complexe.

Quand il se réveille, il a les deux bras immobilisés et le docteur Grant s'occupe de lui en lui expliquant l'absurdité de son geste.

Se rendant à l'évidence que ce n'est pas comme cela qu'il rentrera, un jour, chez lui, il regarde la caméra et accepte de collaborer et d'être sage.

Pendant sa convalescence, il a le droit de se rendre, sous bonne garde, dans la bibliothèque, à l'autre bout du couloir, sans fenêtre ni autre moyen de voir où il se trouve. Un professeur lui donne cours. Après avoir discuté avec lui et testé son niveau scolaire. Trois jours par semaine, il a des leçons de mathématique, histoire, français, géographie et science. C'est un grand homme au visage anguleux mangé par une barbe fournie, il donne ses cours d'une voix monocorde, ce qui a le don d'énerver Alex qui a bien essayé de le sonder, mais obligé de porter les capteurs sensoriels dès qu'il quitte sa chambre, au moindre signe qu'il utilise ses facultés, le professeur Smirnoff intervient et le remet à l'isolement. Les deux autres jours, du matin, il passe des tests avec le professeur et son équipe et l'après-midi, il voit Fréderic, le kiné et le docteur Steve Thomas, le pédopsychiatre. Il l'interroge sur sa fugue, mais l'enfant lui répond à chaque fois qu'il recommencera dès qu'il saura où il se trouve, question qu'il lui pose à chacune de ses séances et à laquelle personne ne veut lui répondre. Il essaie aussi d'en savoir plus sur sa peur de l'eau, mais Alex ne sait pas, il a toujours eu peur de l'eau, Nanou lui a raconté que même bébé, il hurlait et suffoquait dès qu'elle lui donnait un bain ou quand ils l'emmenaient se baigner au lac. Il s'accrochait à Pilou ou à elle en pleurant.

Les jours se suivent, Alex essaie d'en tenir le compte, ce qui n'est pas évident quand on ne voit jamais la lumière du soleil. Il essaie de deviner dans quel endroit il se trouve, il est certain que c'est un autre centre de recherches, vu l'austérité du bâtiment avec ses murs nus, peints en couleurs blanc. Comme il n'y a pas de fenêtre, il en déduit qu'il doit être en sous-sol. Son moral décline, il passe de plus en plus de temps sur son lit, les yeux fermés à essayer de s'évader par la pensée, se revoyant dans ses chères montagnes. Les séances avec le professeur Smirnoff redeviennent des tortures pendant lesquelles ils se confrontent et se terminent par des larmes qui épuisent le petit garçon. Tout le monde se demande quand le chercheur lèvera cette punition, il ne peut garder cet enfant éternellement enfermé dans ce bout de couloir, sans fenêtre et sans contact avec l'extérieur. Le colonel envisage d'en parler à son supérieur et même au président, si la situation perdure.

Un matin, le docteur Grant et le professeur Smirnoff l'emmènent à la salle d'opération pour vérifier la consolidation de ses os. Après les différents examens et quelques exercices, le professeur, rassuré, lui dit :

— Frédéric te fera faire des exercices et des massages pour retrouver de la dextérité pour pouvoir réécrire et réutiliser tes mains correctement !

Alex regarde ses mains meurtries, il essaie de faire bouger ses doigts, mais c'est trop douloureux.

— Il va te falloir un peu de temps, lui dit le médecin en lui souriant pour le réconforter.

En retournant vers sa chambre, un ascenseur s'ouvre à côté de lui pour laisser sortir deux militaires, Alex tourne rapidement la tête et jette un rapide coup d'œil, celui-ci est entièrement vitré et il voit des poissons marins multicolores défiler devant ses yeux. Ébahi, il réalise qu'il est au fond d'un océan, c'est une base scientifique marine. Tout à coup, il suffoque et à l'impression d'étouffer. Sa respiration s'emballe. Son cœur se met à cogner. Il tremble de tout son corps et s'accroche au mur. Ses gardiens, le professeur et John restent immobiles, ne comprenant pas la réaction du petit garçon. Tout est allé tellement vite ! L'ascenseur ne devait pas s'ouvrir à cet étage, les consignes étaient claires, quand l'enfant sortait de sa chambre, les ascenseurs et autres pièces vitrées devaient rester fermés pour éviter d'éveiller sa crainte de l'eau, ne sachant comment il pouvait réagir. Mais maintenant, c'est trop tard, la panique se lit dans ses yeux écarquillés, le professeur Smirnoff essaie de le calmer, mais Alex n'entend plus rien, submergé par sa peur de l'eau et là, il y a des tonnes d'eau au-dessus et autour de lui. Il cherche des yeux une issue, il doit remonter à la surface et se met à hurler.

— Il faut que je sorte ! Sortez-moi de là !

La température monte rapidement, il se colle au mur et, mentalement, empêche les hommes de l'approcher avec leur seringue, ils se heurtent à un mur invisible. Dès qu'ils sont trop près, il les expulse à l'autre bout du couloir.

— Alex, calme-toi ! lui crie John en essayant de l'atteindre.

— Je peux pas, il faut que je sorte d'ici ! lui répond-il en suffoquant de plus en plus.

Le professeur se rend compte que le petit garçon est terrorisé, ce qui le rend incontrôlable.

Ne voyant pas de sortie ni de moyen d'ouvrir ce satané ascenseur, Alex se sent de plus en plus mal, il se sent écraser par la pression de l'eau. Tout à coup, le sol se met à trembler, la température monte encore, il fait intenable, une alarme se déclenche et tout se met à vibrer. Un des scientifiques hurle.

— Il va faire éclater les vitres ! Il faut le sortir d'ici ou nous allons tous y rester.

Le sol et les murs vibrent de plus en plus fort et commencent à se fissurer, tous les scientifiques courent dans tous les sens, essayant d'atteindre eux aussi l'ascenseur. Le colonel et ses hommes arrivent, mais Alex les empêche d'approcher. Voyant de l'eau commencer à s'infiltrer par les brèches et inonder le couloir et lui mouiller le bas de son pantalon, il panique encore plus. Il se sent pris au piège et la peur le tétanise de plus en plus. Le colonel arrive à le prendre par les épaules, mais impossible de lui injecter le puissant somnifère, tellement son corps est tendu, alors, il le secoue pour qu'il le regarde et capter son attention.

— Alex, regarde-moi, je vais te sortir d'ici ! Je te promets que personne ne va te toucher, suis-moi.

Il lui tend la main et attend que l'enfant lui fasse confiance. Il appuie son badge sur le mur et l'ascenseur s'ouvre, Alex, le dos toujours collé au mur, glisse vers la porte ouverte et entre, le colonel, deux de ses hommes et le docteur Grant s'y engouffrent à sa suite, ils restent devant lui sans tenter de le toucher, le colonel lui parle doucement, pour détourner son regard attiré par la vue de cette masse d'eau. L'ascension est longue. Il tremble de tout son corps. L'ascenseur tremble également, de sinistres craquements et des hurlements se font entendre. De plus en plus effrayé, Alex se bouche les oreilles et hurle. La température grimpe dans la petite cage de verre qui commence à se fissurer, ils prient tous pour atteindre la surface avant qu'elle n'explose sous la pression de l'eau. Enfin, la porte s'ouvre et ils se retrouvent sur une sorte de plateforme pétrolière. Le grand air lui fait du bien, il respire à plein poumon et il relâche la tension nerveuse, il titube, le colonel attendant ce court instant d'inattention, le ceinture et lui plante une seringue dans le cou, il le tient contre lui le temps que le petit corps se détende, il l'emmène à l'hélicoptère qui décolle rapidement. D'autres engins s'occupent de secourir les autres, avant que toute la base n'explose sous la pression de l'eau.

Quand il se réveille, il reconnaît les lieux, il est à la base de recherche. Il s'assied sur le lit et attend que le professeur Smirnoff vienne le sermonner encore une fois, mais c'est le colonel Adams qui entre dans la chambre, il a le visage fermé et grave.

— Alex, habille-toi et accompagne-moi. Il l'aide à passer les vêtements et l'emmène dans une pièce voisine où sont assises plusieurs personnes qui attendent son arrivée. Il y a le général, le professeur, le docteur Grant, le docteur Steve Thomas et son père. Le colonel lui désigne une chaise et va s'asseoir à côté de son supérieur qui prend la parole.

— Alexandre, nous devons parler de ce qui s'est passé à la base sous-marine.

Énervé, il allait répondre, mais le général, levant sa main en signe d'apaisement, continue.

— Je sais que nous sommes en partie responsables, mais cette fois, ta façon d'utiliser tes facultés sans réfléchir ont des conséquences dramatiques, la base sous-marine n'a pas résisté à la pression de l'eau et s'est désintégrée. Les tremblements que tu as provoqués ont fissuré les murs de la partie où tu te trouvais, les voies d'eau étaient trop nombreuses, nous n'avons pas eu le temps d'évacuer tout le monde et des personnes sont mortes.

Alex accuse le coup, il se met à trembler et pose sa tête sur ses bras repliés sur la table. Le général continue à parler.

— Tant que tu ne maîtriseras pas tes émotions, colère ou peur, nous ne pouvons pas te laisser vivre une vie normale, aller à l'école, côtoyer des enfants, des adultes ignorant tes capacités. Pendant au minimum cinq ans, tu resteras dans une de nos bases militaires, sous bonne garde, tu apprendras à te contrôler, tu passeras des tests régulièrement, tu recevras des cours adaptés à ton niveau intellectuel, tu seras suivi par le pédopsychiatre, le docteur Steve Thomas que tu connais déjà, le professeur Smirnoff continuera à étudier tes diverses facultés, le docteur Grant a accepté de t'accompagner pour veiller sur ta santé et ton père pourra te rendre visite le plus souvent possible.

Alex lève la tête et lance un regard suppliant au général qui soupire.

— Je suis désolé, cette fois, des personnes sont mortes, cette décision a été prise en très haut lieu. Demain, tu seras emmené, de gré ou de force, à toi de voir, dans une de nos bases. Nous allons te laisser, un moment avec ton père pour que vous puissiez discuter de tout cela.

Ils se lèvent tous et quittent la pièce, Alex reste assis et fixe son père au visage grave et tellement triste.

— Pourquoi t'es d'accord avec eux ? Ce n'est pas de ma faute, ils avaient pas besoin de me retenir prisonnier là-bas, dans cette base sous-marine. J'ai pas pu me retenir, la peur était trop forte, explique-t-il en reniflant.

— Tu ne pouvais pas la contrôler, te contrôler ? Tu n'as pas pensé aux autres personnes qui étaient présentes ? lui demande-t-il doucement.

— Non, je voulais juste sortir ! répond-il en mesurant la conséquence de ses actes et l'impact de cette réponse.

— Alors, tu comprends pourquoi je suis d'accord avec eux. Je suis censé te protéger, te protéger de toi-même. Tu n'es pas un petit garçon comme les autres, tu ne peux pas vivre une vie ordinaire, c'est trop tard ! Tu connais tes capacités et tu sais t'en servir de mieux en mieux, elles prennent même le dessus quand tu es en colère ou terrifié. Je sais que c'est notre faute, ta mère et moi, nous n'avons pas réfléchi aux conséquences nous non plus quand nous avons intégré le projet « Mnémos ». Nous ne pensions pas avoir un petit garçon extraordinaire. Maintenant, le mal est fait et c'est toi qui en paies le prix !

Franck se lève et prend son fils dans ses bras, le petit garçon pose la tête sur l'épaule de son père.

— Tu comprends, Alex est-ce que tu comprends cette décision ? Ce qu'on attend de toi ?

Il acquiesce de la tête.

— Ce ne sera pas facile, c'est très compliqué de vaincre ses peurs et ses sentiments, toujours rester vigilant et ne pas se laisser submerger.

Alex renifle et acquiesce de nouveau, il reste silencieux, collé à son père, digérant ces informations et essayant de rester maître de la colère qui monte en lui, tout son corps tremble. Sentant le désarroi de son fils face à cette situation, Franck le serre plus fort contre lui et le réconforte tout bas, il lui raconte tout ce qui lui passe par la tête pour calmer le petit garçon qui, tout à coup, laisse aller son chagrin en s'accrochant à son père. Sa fureur monte comme un orage en plein été, il hurle à se casser la voix, il serre les poings à se rebriser les phalanges, la douleur est partout, dans chaque millimètre de son corps tendu, la température monte rapidement dans la pièce qui devient étouffante. Son père le repousse pour prendre dans ses mains le visage inondé de larmes et plonge son regard dans celui de son fils qui sent l'orage s'éloigner.

— Ça va aller, Alex, tu es un petit garçon extraordinaire et courageux, tu vas leur montrer que tu peux le faire, tu peux contrôler tes émotions et après tu pourras venir vivre avec moi. Je t'aime très fort, Alexandre Delval.

— Si j'arrive à me contrôler, je pourrai venir chez toi ? Je ne reviendrai pas ici ?

— Oui, je te le promets ! dit-il en sachant très bien qu'il lui mentait.

Il se serre de nouveau contre son père.

— Alors, je vais y arriver, je te le promets, papa, je vais y arriver, répond-il, rempli de doutes d'en être un jour capable.

Ils restent un moment, serrés. Les autres reviennent et reprennent leur place. Alex est épuisé et tout son corps le fait souffrir, il regagne sa place et pose sa tête douloureuse sur ses bras repliés. Le docteur Grant vient près de lui et examine ses mains, puis dégage les mèches collées de sueur pour toucher son front brûlant, il sort son stéthoscope de sa poche et écoute sa respiration saccadée et les battements de son cœur affolé. Il constate que tout le petit corps est tendu à l'extrême. Il fait un signe de négation au Général et sort une seringue de sa poche pour lui injecter un léger calmant. Au fur et à mesure que le produit s'infiltre dans ses veines, il sent son corps se relâcher, la douleur s'estompe. Il capte une dernière fois le regard triste de son père, puis tout devient flou et ne pouvant résister, il sombre dans le sommeil. Franck se lève et le prend dans ses bras, l'embrasse sur le front et le ramène dans sa chambre. Le docteur lui remet ses attelles et soupire en faisant de nouveau un signe de négation de la tête.

— Ses pauvres mains n'ont jamais le temps de se remettre, il a tellement besoin de repos et de sérénité. Il caresse le front humide.

— Malheureusement, ce ne sera pas encore possible et cette fois, vu les circonstances, Le président a mis tout en œuvre pour qu'Alex soit totalement sous son autorité et celle de l'armée. Sa grand-mère et moi n'avons plus de pouvoir, même le professeur n'a plus droit au chapitre. Je ne sais comment te remercier de rester près de lui, de mettre entre parenthèses ta carrière de grand chirurgien, de tout sacrifier pour lui.

— Je ne sais pas moi-même ce qui m'attache à lui, mais je sens qu'il a besoin de moi, il a confiance en moi et sa santé est tellement fragile. Toutes ces épreuves et celles à venir mettent son corps à mal, tout cela l'épuise énormément, il est à bout et les prochains jours vont être difficiles à surmonter, il a vraiment besoin d'un ami à ses côtés, encore plus avec ce que tu viens de me dire.

Franck le regarde, lui caresse la joue et y dépose un baiser, Alex dort profondément, mais un sourire se dessine sur ses lèvres, le colonel les rejoint.

— Franck, il va falloir partir. Comment va-t-il ? demande-t-il s'inquiétant pour sa santé mentale.

— Il est à la limite de ses forces et il risque de basculer vers une sévère dépression avec ce qu'il vient d'apprendre.

— L'avion sera prêt dans deux heures, il faut le préparer, son sac est déjà prêt. Allez, Franck, l'hélicoptère va t'emmener à l'aéroport. Je suis vraiment désolé que tu ne puisses pas venir, mais le président veut d'abord qu'il se fasse à l'idée et accepte la situation.

Franck sourit tristement au colonel, comprenant bien qu'il n'est pas responsable. Il embrasse une dernière fois son fils et le suit. Le docteur le prépare pour le départ.

Deux heures plus tard, les hommes du colonel l'installent confortablement dans l'avion médicalisé, le médecin le branche au moniteur de contrôle cardiaque et le met sous baxter qui le maintiendra endormi pendant tout le voyage.

Il se réveille un peu avant l'atterrissage, il a la bouche sèche et le médecin lui donne un peu d'eau, il se demande où ils sont mais n'ose pas poser la question. Le colonel l'aide à quitter la couchette médicalisée et à gagner le siège près du sien, il lui boucle sa ceinture car l'avion descend vers la piste pour s'y poser. Ils se dirigent vers deux hélicoptères militaires et Alex regarde autour de lui, il fait chaud, des palmiers et une végétation dense bordent l'aéroport militaire. Ils décollent rapidement, Alex remarque qu'ils se sont posés sur une île et qu'ils se dirigent vers une plus petite. Ils en font le tour, c'est une base militaire, au centre la végétation est très dense et on distingue à peine les bâtiments, une crique abrite un petit port où quelques petits bateaux hyper rapides stationnent. Les deux engins se posent au sommet d'une colline herbagée où deux jeeps et un camion les attendent. Ils se dirigent vers le centre de l'île, le chemin chaotique met le corps d'Alex à rude épreuve, il est secoué comme un prunier et serre les dents, il est soulagé de voir les bâtiments et soupire quand la jeep s'immobilise, il grimace en descendant du véhicule, il s'appuie sur le bras du colonel qui le retient.

— Ça va, Alex, tu veux que je te porte ?

— Non, ça va aller, merci, il y avait beaucoup de bosses !

Il souffle, lâche le bras musclé et avance vers l'entrée, il suit le professeur et une femme militaire qui les guident vers une chambre.

— Voilà, Alex, se sont tes quartiers pour ces cinq prochaines années, ta chambre, celle du docteur Grant, puis celle du professeur, le salon, la salle d'étude, la salle de bains, celle de soins et enfin la pièce de contrôle. De l'autre côté, nos quartiers, aux hommes attachés à ta sécurité et à moi-même, dans l'autre aile, la cuisine et le réfectoire. Demain, nous ferons le tour des autres bâtiments. Vu tes prouesses en pilotage, les hélicoptères et les bateaux regagnent l'île principale avant la nuit. Ils ne viennent que sur ma demande. Tous mes hommes sont armés de seringues soporifiques et ont appris à te l'administrer rapidement, ils ont suivi un entraînement pour contrer la domination mentale. L'île habitée la plus proche se trouve à plus de quinze kilomètres à la nage et dès qu'on passe la barrière de corail, les eaux sont infestées de requins. Le wifi n'est accessible que dans certaines pièces sécurisées ainsi que les téléphones. Ceux des militaires sur cette base sont enfermés dans des armoires de leur baraquement, ils ne peuvent pas les utiliser à l'extérieur et encore moins en ta présence. Bien sûr, je compte sur ta collaboration, plus vite tu mettras de la bonne volonté pour faire ce que l'on te demande, plus vite tu pourras quitter cette île.

— Au bout de cinq ans, minimum ! lâche Alex en regardant par la fenêtre, une larme coule sur sa joue.

— Cela dépend de toi, Alex, tu n'es pas prisonnier, tu peux aller et venir sur l'île, dans la limite du raisonnable, tu respectes les règles et ces cinq ans peuvent passer très vite et peut-être même se raccourcir, à toi de voir !

Il colle son front brûlant contre la vitre fraîche et soupire, puis il se retourne vers le colonel et le fixe du regard.

— Je peux aussi mettre fin à cette vie de merde !

— Tu sais très bien que l'on ne le permettra pas ! Tu es trop important ! Tous les hommes et les femmes sur cette île n'ont qu'une seule mission, veiller sur toi et te protéger de l'extérieur mais aussi de toi-même. Tu ne seras jamais seul, malheureusement ! lui répond-il tristement.

Alex se retourne vers la fenêtre et y repose son front, il sent de nouveau cette rage qui monte en lui. La température de la pièce monte rapidement et une lumière rouge s'allume au-dessus de la porte. Il appuie de plus en plus fort sur la vitre, il aimerait serrer les poings mais les attelles l'en empêche, alors il serre les mâchoires à en avoir mal aux dents et les paupières. Silencieux et crispé, il attend que la colère diminue, le professeur s'approche et veut poser sa main sur la frêle épaule, il n'a pas fini son geste qu'il se retrouve projeté dans le mur en face que sa tête et son dos percutent violemment et il perd connaissance. Alex reste collé à la vitre, les yeux toujours clos, il se bouche les oreilles pour ne plus les entendre, le colonel le saisit par les épaules pour le retourner face à lui et lui abaisse les mains qu'il maintient fermement.

— Alex, ouvre les yeux et regarde-moi !

Il sent le corps de l'enfant tendu à l'extrême, il essaie de lui résister pour remettre ses mains sur ses oreilles.

— Ça suffit, regarde-moi ! gronde le colonel en le secouant, il ouvre les yeux et plonge son regard courroucé dans celui de l'adulte, ils se jaugent, le temps reste en suspens pendant quelques secondes puis Alex cède et relâche un peu la tension de ses muscles.

— Ça commence bien ! C'est comme ça que tu comptes collaborer ?

— Je le déteste, tout ça, c'est sa faute ! répond-il en regardant le professeur allongé sur le sol. Sa colère revient comme une vague qui le submerge, il projette, avec une violence extrême, le corps du scientifique à l'autre bout de la pièce, qui rebondit comme un pantin disloqué sur le mur, puis repart de l'autre côté s'écraser sur celui d'en face avec plus de force, ils entendent les os se rompre sous le choc. Il allait recommencer, aveuglé par sa rage, quand le colonel le gifle pour capter son attention. La joue cuisante, Alex le fusille du regard, les militaires et le docteur Grant sortent rapidement le professeur de la pièce. Il passe sa main sur sa joue, il tremble de tout son corps et hésite à déferler sa colère sur le colonel qui sentant le danger, le traîne dans une pièce voisine où trône une immense baignoire remplie d'eau et de glaçons, Alex se débat comme un beau diable, alors il y plonge la tête de l'enfant, quelques secondes et la retire aussi vite. Sous l'effet de l'eau glacée, il suffoque et reprend ses esprits, il tousse et crache l'eau.

— Ça y est, j'ai ton attention, Alexandre Delval !

Alex le regarde, les yeux embués de larmes, il baisse le regard, vaincu.

— Tu vas rester dans cette pièce jusqu'à ce que toute ta rage soit partie et que tu réalises ce que tu as fait, j'espère pour toi que le professeur est toujours en vie !

Il regarde autour de lui, c'est une pièce sans fenêtre, les murs sont capitonnés pour qu'il ne se blesse pas, il y a juste cette baignoire gigantesque au milieu de la pièce.

— C'est pourquoi l'eau ? Pour me noyer ? lance-t-il avec un air de défi dans la voix.

— Essaie toujours ! C'est pour diriger ta colère, à toi de savoir de quelle manière. Je te surveille n'oublie pas ! gronde le colonel en quittant la pièce.

Il claque violemment la porte. Alex sursaute puis se recroqueville dans un coin et laisse couler ses larmes. Plus il pleure de rage, plus la température monte dans la pièce et l'eau se réchauffe, il se concentre sur la baignoire et petit à petit son chagrin se tari, ses épaules se relâchent, il s'appuie contre le mur rembourré et ses paupières bouffies se ferment malgré lui, terrassé par la fatigue, il s'endort. C'est le docteur Grant qui le réveille en le ramenant à sa chambre, il l'ausculte puis lui fait prendre une douche.

— Tu as faim ?

— Non, je suis fatigué !

— Je vais aller chercher tes médicaments et tu vas quand même manger un peu. Tu ne veux pas savoir comment va le professeur Smirnoff ?

— Non, je ne veux pas l'savoir ! répond-il en soutenant le regard du médecin.

Le colonel entre dans la chambre et s'adressant au médecin, déçu par le comportement de son petit patient.

— John, va chercher son traitement et un plateau est déjà prêt à la cuisine, je vais rester avec lui.

Le médecin sort et Alex se recouche en tournant le dos au colonel, il met son oreiller sur ses oreilles pour ne pas entendre ce que celui-ci a à lui dire. Le militaire s'assied sur le lit, retire le coussin et l'oblige à se mettre sur le dos en maintenant les deux poignets au-dessus de sa tête. Immobilisé, il n'a pas le choix et fixe l'adulte penché sur lui.

— T'es vraiment une tête de lard quand tu t'y mets ! dit-il en souriant.

— Lâchez-moi !

— Le professeur est toujours inconscient, mes hommes l'ont emmené à l'hôpital le plus proche, il a certainement quelques fractures et une belle commotion.

— J'espère qu'il restera longtemps dans le coma, bon débarras ! crie le petit garçon en le toisant.

— Tu n'es pas gentil dis-donc !

Le colonel le relâche et se lève, il va prêt de la fenêtre, son ton déçu décontenance Alex qui se lève d'un bond.

— Si je suis gentil ! Avant j'étais gentil ! Maintenant, j'ai toute cette rage en moi, c'est tellement injuste ! Pourquoi moi ? Je veux juste être un petit garçon comme les autres, dit-il d'une petite voix étranglée en s'enfuyant de la chambre.

Le colonel ne sait plus quoi faire, il revoit le petit garçon insouciant, là-haut dans ses montagnes, la première fois qu'il l'a aperçu avec ses jumelles, la joie de vivre de l'enfant qui maintenant s'étiole, bouffée par ses frustrations. Il se demande s'il va pouvoir les surmonter, il semble tellement fatigué, épuisé par cette lutte permanente contre cet état de fait. Il ne pourra jamais être un enfant comme les autres, il va devoir l'accepter.

Revenant à la réalité, il sort de la chambre pour rattraper le gamin et se heurte au médecin revenant avec le plateau.

— Tu as vu par où il est parti ?

— Non.

— Merde, il est sorti !

Ils se précipitent vers la porte.

Alex court vers la falaise la plus proche, il s'arrête sur le bord et contemple l'océan quelques mètres plus bas, il les entend arriver, il hésite, il veut en finir avec cette vie. Il sait que Nanou et son père seront très triste, mais il est un monstre, il a tué des personnes même s'il n'en était pas conscient, il a blessé le professeur volontairement et ça l'a soulagé sur le moment. Maintenant, il regrette, c'était mal et Nanou ne serait pas contente. Ils approchent de plus en plus. Le colonel lui parle calmement.

— Alex, regarde-moi, ensemble, on va y arriver, tu n'es pas obligé de faire ça. Pense à ton père, il aimerait tant vivre avec toi ! Allez, Alex, éloigne-toi du bord, c'est dangereux !

Alex se retourne et regarde les deux hommes qui avancent doucement.

— J'y arriverai pas, je suis devenu un monstre, j'ai toute cette rage qui me dévore. Je ne sais pas comment faire pour la contrôler, je suis trop petit. Je suis fatigué de me battre. Vous allez pouvoir reprendre vos vies, je ne suis qu'un boulet.

Il se retourne vers la mer et avance d'un pas, il ferme les yeux et se laisse tomber dans l'océan. Le médecin hurle son nom et cherche son corps du regard, le militaire plonge suivi par plusieurs de ses hommes, rapidement, il trouve le petit garçon inanimé et le ramène vers la plage. Le médecin le ranime et ils le ramènent à la base, il l'ausculte dans la salle de soins et lui administre une dose de somnifère.

Quand Alex se réveille, il est de nouveau attaché à son lit, le docteur Thomas est à son chevet.

— Comment te sens-tu ? On peut discuter de ce qu'il s'est passé hier ?

— Comme vous voulez ! soupire-t-il.

— Tu m'expliques pourquoi ce geste ? Il y a des gens qui tiennent à toi, ton papa, Nanou, le docteur Grant, le colonel.

— Je suis pas gentil ! J'ai fait de vilaines choses, Nanou, elle m'aimera plus !

— Pose lui la question, nous avons discuté tous les deux, elle est très triste par ta décision de mettre fin à ta vie, c'est un cap à passer mais quand tu l'auras fait, tu te rendras compte que tu as encore de belles choses à vivre.

Il lui tend son téléphone et Nanou apparaît sur l'écran, il laisse le petit garçon discuter avec sa mère adoptive. Elle parle longtemps, lui remontant le moral, elle l'encourage et lui promet de venir le voir rapidement. Au bout d'un moment, il revient dans la chambre accompagné du colonel, il récupère son portable.

— Ça va aller, Alex, on va y aller pas à pas, d'abord te reposer le corps et l'esprit, accepter la réalité des faits, accepter ce que tu es et tes facultés, puis apprendre à les contrôler, laisser partir cette colère en toi et apprendre à vivre avec ce don. Maintenant, tu vas prendre tes médicaments, manger ton assiette et puis faire un gros dodo ! Je serai là pour t'écouter, tu peux me poser toutes tes questions, me faire part de tes doutes.

Il dépose un bisou sur la tignasse sombre et il sort de la pièce. Le colonel s'assied su le lit et prend la petite main froide dans la sienne.

— Je suis désolé, je n'aurais pas dû te dire que tu n'étais pas gentil. Tout ça, ce n'est pas toi qui l'as voulu. Si j'avais su où tout cela te conduirait, j'aurais laissé tomber, ne pas retrouver ta trace et te laisser vivre dans tes chères montagnes. Maintenant, il est trop tard, le mal est fait. Nous devons aller de l'avant, ensemble.

Alex l'écoute en mangeant quelques bouchées qui ont du mal à passer dans sa gorge nouée, il pose sa fourchette et boit son verre d'eau pour avaler ses médicaments.

— Oui, en effet, le mal est fait ! Mais c'est pas votre faute non plus, vous n'avez fait qu'obéir aux ordres. Je ne vous en veux pas, je vais essayer de me contrôler, je vais y arriver, je l'ai promis à papa et à Nanou, mais j'y arriverai pas tout seul, j'ai besoin de vous colonel, j'ai confiance en vous et je vous aime beaucoup.

— Moi aussi, Alex, tu es un petit garçon très courageux. Maintenant, repose-toi, le docteur Grant va s'occuper de toi.

Il ébouriffe les cheveux noirs et caresse la joue d'Alex. Le médecin entre et l'ausculte, il est inquiet pour le poumon artificiel qui s'est gorgé d'eau de mer, il branche le moniteur cardiaque et dépose les capteurs sur la petite poitrine pâle, reboutonne la veste de pyjama et l'aide à s'installer confortablement, il va chercher « Mister Bear » dans le sac et le glisse à ses côtés. Alex est content de retrouver son ami et le serre contre lui, il ferme les yeux et s'endort instantanément, assommé par un trop plein d'émotions et le décontractant ajouté à sa nourriture.

Le lendemain, il se sent mieux, le docteur l'aide à s'habiller et le conduit au réfectoire, ils rejoignent la table du colonel et déjeunent en silence. La gorge toujours nouée, Alex n'a pas grand appétit et le médecin doit le pousser à grignoter quelques bouchées.

— Si tu ne manges pas, je vais être obligé de te poser une sonde gastrique et te nourrir de force, c'est ce que tu veux ?

Alex secoue négativement la tête et se force à avaler son déjeuner. Il boit son verre de lait pour faire passer la dernière bouchée. Ils quittent le réfectoire et le colonel leur propose de visiter la base et l'île. Alex sourit et le médecin le ramène à sa chambre pour l'enduire de crème solaire et lui visser une casquette sur la tête. Ils font le tour de la base, visitent la salle de sport, la grande piscine, le stand de tir, le parcours d'obstacle, les terrains de basket, de tennis et même de foot, puis la salle de détente avec ses baby-foot, des consoles de jeux et un beau billard, Alex fait rouler les boules brillantes sur le tapis vert.

— Je t'apprendrai à jouer dès que tu pourras te servir de tes mains, lui lance le colonel en le voyant essayer de viser un des trous avec la bille rouge.

Il regarde ses petites mains emprisonnées dans leurs carcans et soupire, le médecin le prend par les épaules pour le réconforter. Ils sortent du baraquement et montent dans une des jeeps pour faire le tour de l'île. Ils se dirigent vers la plage, la végétation est luxuriante et variée, des petits perroquets verts et rouges se bagarrent à la cime des arbres. Un petit singe traverse la route et monte prestement dans un palmier, Alex le suit du regard, épaté par la dextérité de l'animal pour faire tomber une noix de coco. Quand ils arrivent sur le sable blond, les hommes du colonel se déshabillent pour se retrouver en maillot et plonger dans la lagune. D'autres les rejoignent en courant et font de même et certains entament une partie de beach-volley. Le colonel plante un parasol au-dessus de la tête d'Alex pour qu'il puisse se reposer des secousses du trajet, à l'ombre. Deux hommes s'installent à côté de lui et prennent leur livre, le plus jeune lui en propose un. Alex lit le titre, c'est une aventure de Bob Morane, il ne connaît pas et commence à lire. Rapidement, captivé par les péripéties du héros, il dévore le livre et au bout d'une demi-heure, le rend à son propriétaire.

— Ben, tu as déjà tout lu ?

— Oui, il est tout petit, ton livre ! Tu en as d'autres ?

Le soldat sourit et lui tend le sien.

— Tiens, je vais aller me rafraîchir et à la vitesse que tu lis, je suis sûr que tu l'auras terminé quand je reviendrai. Tu ne préfères pas venir te baigner, il fait chaud ?

Alex le regarde et baisse le regard en rougissant, mais le colonel arrive à sa rescousse.

— Alex, n'aime pas beaucoup l'eau !

L'homme lui lance un clin d'œil et fonce vers la mer. Il soupire de soulagement, mais le colonel lui tend la main.

— Allez, viens, on va juste marcher au bord des vagues, tu auras juste les pieds dans l'eau mais ça va quand même te rafraîchir, il fait vraiment très chaud, aujourd'hui.

— Je suis obligé ?

— Je t'ai dit qu'on irait progressivement, mais il faut bien avancer. Tu as confiance en moi, on va juste faire quelques pas.

Le petit garçon se lève et glisse sa main emprisonnée dans celle tendue de l'adulte qui ose à peine la tenir de peur de lui faire mal. Ils avancent vers la mer, il sent son cœur se précipiter, il essaie de le calmer en respirant doucement. Il se demande comment il fait pour sauter de cette falaise. Quand l'eau arrive à hauteur de ses chevilles, ils marchent en suivant le bord. Petit à petit, il se détend et relève le nez pour contempler le paysage.

— C'est dommage que tu n'aimes pas nager, il y a une magnifique barrière de corail qui entoure l'île, elle regorge de poissons multicolores.

— Et les requins ?

— Ils ne peuvent pas passer à cause de cette barrière naturelle qui effleure la surface de l'eau. Ici, nous sommes en sécurité.

Arrivés à une paroi rocheuse, ils font demi-tour.

— Allez, Alex, le premier arrivé au parasol, en restant les pieds dans l'eau !

— Ben, vous allez gagner ! répond-il en baissant les épaules, déjà vaincu.

— Je te laisse une bonne longueur d'avance.

L'enfant le regarde et commence à courir, il se sent bien, son cœur ne s'emballe pas, il essaie de bien respirer pour garder la distance, mais après quelques mètres, il commence à s'essouffler et il a un point de côté, il ralentit, le colonel le rattrape et le saisissant au vol, le pose sur ses épaules et continue sa course jusqu'au parasol. Alex rit aux éclats et se sent heureux et léger pendant un instant. Il le dépose à l'ombre, près du médecin, soulagé de l'entendre s'amuser.

— Nous sommes arrivés en même temps ! lui dit-il en lui lançant un clin d'œil.

— Rentrons, je meurs de faim, pas toi, Alex ?

Il hoche la tête, les hommes rient et se taquinent pour se rhabiller, une partie repart au pas de course et les autres montent dans les jeeps. Arrivés à la base, tout le monde se précipite au réfectoire. C'est le brouhaha et la cohue, ce qui amuse beaucoup, Alex qui en saisissant maladroitement un plateau, essaie de dépasser la troupe, les hommes s'écartent en le saluant.

— Votre majesté !

Le petit garçon les regarde en les saluant et arrive premier devant le cuisinier qui dépose une assiette pleine sur le plateau, devenu trop lourd pour les petites mains blessées. Heureusement, le militaire qui le suit rattrape le plateau et prend le sien et les dépose sur la table. Alex s'assied à côté de lui, il reconnaît le jeune homme au livre.

— Du coup, t'as pas eu le temps de lire mon bouquin ? Moi, c'est Fred.

— Ben non, pourtant j'aurais bien aimé le lire !

— Tiens, tu me le rendras demain.

— Merci, Fred ! C'est super !

Alex avale son assiette et se lève de table, le colonel l'attrape par la manche.

— Où vas-tu ?

— Lire dans ma chambre, lui répond-il en montrant le livre.

— Tu le liras ce soir, maintenant, tu dois voir le docteur Thomas, il t'attend dans la salle d'étude.

Alex soupire et suit le colonel jusqu'à la porte, ils entrent, une jeune femme est installée au bureau. Le docteur Thomas inspecte la bibliothèque.

— Bonjour Jim, Alex, je te présente ma collègue, Kelly Alvarez, c'est la psychologue de la base, mais elle a aussi un doctorat en pédopsychiatrie, ensemble, nous allons t'aider à accepter tes nouvelles facultés et à gérer tes émotions. Je me suis dit, qu'il y avait déjà beaucoup d'hommes autour de toi et qu'une jeune femme serait peut-être plus à même à te comprendre et toi plus à l'aise pour discuter avec elle. Tu la verras deux fois par semaine et moi, tous les quinze jours, pour faire le point, tous les trois sur tes progrès. Viens t'asseoir dans ce fauteuil, Jim, laissons-les faire connaissance et nous reviendrons à la fin de la séance.

— Oui, à tout à l'heure, Alex.

Ils sortent et referment la porte, Alex s'avance et s'assied dans le fauteuil confortable. Il regarde la jeune femme, elle est mexicaine, les cheveux mi-longs, très noirs, des yeux noisette, elle est très jolie, légèrement maquillée et élégamment vêtue, ce qui fait sourire le petit garçon.

— Pourquoi souris-tu ?

— Vous êtes belle ! vous dénotez parmi tous ces hommes-là, des soldats.

— Merci, je ne suis pas la seule et une femme peut rester féminine, même en militaire.

— Oui, je les ai vues au réfectoire, mais elles sont habillées comme les garçons, vous, vous êtes toute jolie, dit-il avec un sourire charmeur.

— Merci, pour le compliment, mais n'essaie pas de me faire du charme, nous sommes ici pour parler de toi, revenons à nos moutons !

Alex rigole.

— Nanou, elle dit la même chose.

— C'est ta maman adoptive ? Parle-moi un peu d'elle, de toi quand tu étais chez elle, ta vie avant.

Il redevient sérieux, ce n'est pas facile de parler de cette vie qu'il regrette tant. Ils discutent une bonne demi-heure de son passé, de ses montagnes et de Nanou. Après elle lui demande de son ressenti par rapport à sa situation actuelle, à ce qui s'est passé avant-hier. Il reste un moment silencieux, puis lâche tout ce qu'il a sur le cœur, mais quand elle essaie de diriger la conversation sur le professeur Smirnoff, la température de la pièce augmente, immédiatement, Alex se mure dans le silence, les mâchoires serrées. Elle tente en vain de le sortir de ce mutisme mais elle sent que la colère qu'il ressent envers cet homme est trop importante. Elle décide de changer de sujet, mais il se lève et court vers la porte, il se rend dans la pièce d'à côté et s'accroche à l'immense baignoire, toujours remplie d'eau glacée qui monte très rapidement en température et se met à frémir, il se recroqueville dans un coin et laisse ses larmes couler. Après un bon quart d'heure, il rejoint la jeune femme qui l'attend en lisant l'énorme dossier de l'enfant posé devant elle. Tout y est soigneusement noté depuis qu'ils l'ont trouvé ainsi que toutes les expériences menées sur ses facultés impressionnantes.

Alex se rassied.

— Peux-tu m'expliquer, ce que tu ressens ? dit-elle en venant s'agenouiller devant lui.

Il répond négativement de la tête et serre les accoudoirs de ses mains douloureuses, elle les prend dans les siennes et les retient jusqu'à ce qu'il relâche la tension et se laisse aller.

— Respire calmement, ferme les yeux et respire avec moi.

Elle lui fait faire quelques exercices respiratoires et retourne s'asseoir.

— C'est bien, tu as très bien géré ta colère, mais, à un certain moment de nos séances, il faudra qu'on aborde le sujet. Pouvons-nous parler de ta peur de l'eau ? De la base sous-marine ?

Le ton de sa voix a changé, alerté Alex lève la tête et croise son regard, il reste un moment à la regarder, il blêmit et de nouveau quitte la pièce en courant. Mais cette fois, il se dirige vers l'extérieur. Deux hommes essaient de l'intercepter mais ils se retrouvent projetés en arrière. Il sort et s'arrête au bord de la piscine qui commence à chauffer. Les quelques nageurs sortent rapidement avant que l'eau se mette à bouillir. Il reste cramponné au rebord, les muscles tendus à l'extrême. Le docteur Grant s'avance doucement en lui parlant calmement.

— Alex, que se passe-t-il ? Parle-moi, regarde-moi, c'est John.

Il secoue la tête négativement. Il se relève et regarde l'eau bouillonnante. Il avance d'un pas se préparant à se jeter dedans. Le colonel pressentant ce qu'il allait faire s'était suffisamment rapproché pour le saisir par son t-shirt juste au moment où il allait basculer. Il le tire en arrière et bascule sur la pelouse. Alex se défend et essaie de s'échapper de l'étau qui le ceinture. Sa force est décuplée par la colère, deux hommes viennent aider leur supérieur à l'immobiliser le temps que le médecin lui injecte le puissant somnifère. Dès qu'il arrête de s'agiter, les hommes le relâchent et le colonel le ramène dans sa chambre et l'attache au lit, le docteur l'ausculte et rassure les autres. Jim se tourne vers Kelly.

— Que s'est-il passé ? lui demande-t-il, énervé, encore sous le choc.

— Nous avions parlé du professeur, mais après ça avait l'air d'aller, répond-elle, penaude.

— Oui, je l'ai vu de la salle de contrôle, mais comme il avait repris sa place dans le fauteuil, je suis sorti un instant.

— J'ai voulu lui parler de sa peur de l'eau, de la base sous-marine, je venais de lire le rapport dans son dossier.

Ils se précipitent dans la salle de contrôle pour visionner les vidéos.

— Bon Dieu, il a lu dans tes pensées, tu as lu le rapport et tu es restée bloquée sur le nombre de morts, nous lui avions cachés. Regarde, ta voix a changé, il se demande pourquoi, je t'avais mis en garde sur sa rapidité à sonder nos pensées, il faut toujours rester sur ses gardes quand on est avec lui.

— Quelle conne, je me suis laissé surprendre devant son désarroi, répond-elle, furieuse contre elle-même. Tu penses qu'il allait vraiment se jeter dans cette eau bouillante ?

— Oui, il allait le faire, il va falloir être vigilants, j'ai bien peur qu'il réessaie de mettre fin à sa vie. Nous ne pouvons pas le maintenir attaché ou endormi indéfiniment.

— Fais venir Nanou, elle seule pourra le faire changer d'avis, il l'aime tant. Lui ne peut pas y aller, mais elle peut venir, ici, sur l'île.

John approuve l'idée et argumente pour soutenir Kelly, Jim réfléchit et accepte, il va dans son bureau pour appeler son supérieur qui après avoir été mis au courant approuve lui aussi l'idée de la pédopsychiatre. Il prend, immédiatement, des dispositions pour se rendre lui-même sur place.

Quand Alex se réveille, le docteur Grant se précipite à son chevet, mais il refuse de lui parler, immobilisé sur le lit, il tourne la tête vers le mur blanc et le fixe. Jim et Kelly les rejoignent, il se tourne vers eux.

— 24 personnes sont mortes ? J'ai tué 24 personnes ?

— Oui, mais…

Il allait ajouter quelque chose, mais l'enfant retourne de nouveau sa tête vers le mur clôturant la discussion.

— Alex, tu ne les as pas tués, c'était un accident, tu ne savais pas ce que tu faisais ! ajoute Kelly pour essayer de le soulager.

Mais rien n'y fait, il reste cloîtré dans son mutisme en fixant le mur, impuissant, cloué sur ce lit.

Ça fait deux jours qu'Alex refuse de manger, de boire ou de parler, ils ont tout essayé, même lui proposé d'appeler son père ou sa mère adoptive, mais le petit garçon a refusé, le médecin est obligé de lui poser une perfusion.

Pendant ce temps, le général est arrivé dans le petit village pyrénéen, l'hélicoptère le dépose devant la ferme, une femme s'avance.

— Madame Dupont, je suis le général Belmont, le superviseur du projet « Mnémos ». Il s'avance pour lui serrer la main.

— Oui, général, entrez, c'est Alex, il va bien ? demande-t-elle inquiète de voir le haut gradé venir en personne.

— Les nouvelles ne sont pas bonnes, j'ai un grand service à vous demander.

Il lui raconte les récents évènements, la catastrophe de la base sous-marine, les décisions prises pour qu'il apprenne à se contrôler et son état de dépression très préoccupant. Elle est complètement bouleversée par ce qu'elle apprend. Qu'ont-ils fait à son petit loupiot, lui si débordant de vie. Elle reste un moment, silencieuse, puis lui propose une tasse de café et une fois servie, elle lui raconte l'enfance d'Alex, lui qui était tellement insouciant, plein de vie, curieux de tout et joyeux. Il l'écoute et est convaincu que la place de cette femme est auprès de l'enfant pour l'aider à surmonter cette épreuve et le guider dans l'apprentissage à contrôler ses facultés. Alors, il lui demande si elle accepterait de quitter sa ferme pour s'occuper de lui et l'élever comme elle l'a si bien fait jusqu'ici. Elle comprend qu'avec ce qui s'est passé, lui ne peut revenir vivre ici, elle n'hésite pas une seconde, il lui manque tant, rien ne la retient, ici. Elle prend son téléphone et appelle son voisin qui accepte de s'occuper de la ferme et des bêtes pendant son absence, elle avisera au fur et à mesure. Elle prépare ses bagages, lave et range les tasses, vérifie que tout est bien débranché et que le feu est bien éteint. Ils sortent, elle ferme la porte de son petit chalet où elle a été si heureuse avec son mari et puis avec Alex. Elle essuie une larme qui perle au bord de sa paupière et respirant un bon coup, suit le général et monte dans l'hélicoptère.

À l'aéroport, ils sont rejoints par un des militaires qui a été récupérer la chienne chez Franck, Misslady fait la fête à sa maîtresse. Ils s'installent dans le jet qui décolle immédiatement.

Alex dort encore d'un sommeil perturbé, son front est brûlant. La température monte et descend dans la pièce, il y fait étouffant et quelques minutes plus tard, on y gèle. Ils sont de plus en plus inquiets pour sa santé mentale. Les deux pédopsychiatres, la collègue du professeur Smirnoff, Jessica Brandt qui le remplace depuis l'accident et le docteur Grant ne savent plus quoi faire pour le calmer. Le colonel est soulagé d'entendre le bruit de l'hélicoptère qui approche et court pour les accueillir et fait son rapport de ces dernières heures. Il les conduit directement au chevet du petit garçon. La chienne saute sur le lit pour lui faire la fête, mais Alex la repousse et n'ouvre même pas les yeux.

— Et à moi, tu ne vas pas me dire bonjour non plus ? lui dit Nanou en s'asseyant sur le lit.

Le colonel desserre les liens qui le maintiennent sur le lit. En entendant sa voix, il se redresse d'un bond et se jette dans les bras maternels et fond en larme. Les autres quittent la chambre pour les laisser seuls, elle le prend dans ses bras et s'installe dans le fauteuil et le berce comme elle le faisait quand il était tout petit. Après un très long moment, il se détend et s'endort paisiblement, elle le recouche et le borde.

— Ne pars plus, Nanou !

— Non, mon loupiot, je vais rester avec toi, pendant que tu te reposes un peu, je vais aller installer mes affaires. Misslady va rester avec toi, dors, maintenant, tu dois reprendre des forces.

— Oui, Nanou, demain, je te ferai visiter, dit-il en bâillant, réconforté par la présence rassurante de sa mère adoptive.

Elle l'embrasse, attend qu'il se rendorme et rassurée de le voir détendu, sort de la chambre. Ils attendent tous derrière la porte, elle leur sourit.

— Il va dormir, maintenant ça va aller.

Ils soupirent de soulagement, c'était la bonne solution. Jim lui montre sa chambre.

— Voilà, c'est sommaire mais confortable, je vais vous faire apporter un plateau-repas et des boissons, nous déjeunerons tous ensemble au réfectoire, vers 7 h 30. Je vous remercie, Nadine, pour Alex, pour ce que vous faites pour lui.

— De rien, colonel, Jim, je peux vous appeler Jim, je l'aime comme mon fils, Vous aussi vous l'aimez bien mon Alex ?

— Oui, c'est un petit garçon attachant et exceptionnel. Je vous laisse vous installer, ah oui, il y a un salon avec télévision sur votre droite et une bibliothèque dans la salle d'études au bout de couloir, répond-il d'une voix chargée de tristesse est de regrets.

— Merci, Jim, je vais dormir, je ne suis pas habituée à un si long voyage, bonne nuit.

— Bonne nuit, Nadine.

— Nanou, moi c'est Nanou.

— Bonne nuit, Nanou, à demain.

Il regagne son bureau où l'attendent le général, Jessica et Kelly, ils discutent un moment du petit garçon et de son avenir pendant les cinq années qu'il devra passer sur cette base. Ils optent pour l'installer dans une routine, le temps que son moral remonte, des cours et quelques expériences sur ses facultés avec Jessica, le matin et l'après-midi, une heure ou deux de cours, ses séances avec Kelly et quartier libre avec Nanou.

Le lendemain, Alex se réveille le premier, constatant qu'il n'est plus attaché à son lit et que la perfusion a été retirée, il sort de sa chambre et ouvre toutes les portes pour trouver celle de Nanou. Quand il y arrive, il saute sur le lit avec sa chienne et l'embrasse. Elle le serre dans ses bras et il se pelotonne contre elle. Ils discutent un peu de tout et de rien, elle est contente de le voir plus souriant, puis elle lui demande.

— Comment vas-tu ce matin ? Il paraît que ça n'allait pas fort ces derniers jours ?

Il se blottit un peu plus contre elle.

— Non, j'ai fait quelque chose de très mal, Nanou, et des personnes sont mortes, je suis un monstre et tu ne vas plus m'aimer.

Allons, allons ! Je t'aimerai toujours, raconte-moi.

— Pourquoi, je suis sûr qu'on te l'a déjà dit !

— Pour avoir ta version.

Alors, Alex respire un bon coup et lui raconte, parfois sa voix se fêle sous l'émotion et à la fin, il cache son visage dans le giron maternel.

— Je suis tellement désolé, je n'ai pas réfléchi aux conséquences, je voulais juste sortir de là. Ce n'est pas entièrement de ma faute, le professeur n'avait pas le droit de m'enfermer au fond de la mer.

— C'est vrai, où est-il ? Je ne l'ai pas vu, à mon arrivée, hier soir.

— Je l'ai envoyé à l'hosto, bon débarras ! riposte-t-il en colère.

— Ce n'est pas bien, on ne fait pas de mal volontairement, même aux personnes que l'on déteste, ça ne te ressemble pas !

— Tu es fâchée ? demande-t-il le menton tremblant, les larmes au bord des yeux.

— Non, pas fâchée, mais un peu déçue, ce n'est pas comme ça que nous t'avons élevé, lui répond-elle en le serrant un peu plus fort contre elle.

Elle regarde l'heure sur son petit réveil de voyage.

— Il va être l'heure de se lever et de s'habiller pour aller déjeuner, j'ai une faim de loup et toi ?

Il bondit en bas du lit et avant de sortir lui sourit en lui lançant.

— Et après je te fais visiter, je vais m'habiller.

Il passe devant le garde qui le suit et regagne sa chambre, il retire son pyjama et commence à enfiler son slip et son pantalon quand le docteur Grant entre.

— Eh bien, tu as l'air en forme, mon bonhomme, viens ici que je t'ausculte.

Il l'attrape par le bras et l'assoit sur le lit.

— Je vais bien, Nanou m'attend, dit-il en essayant de ses soustraire à l'examen.

— Reste tranquille, ça ira plus vite.

Il se calme, sachant qu'il n'y couperait pas. Quand il a fini et qu'il est rassuré sur son état physique, il l'aide à passer son t-shirt et à mettre ses chaussures, ils quittent la chambre en se taquinant, la chienne sur leurs talons, ils passent prendre Nanou dans sa chambre et entrent dans le réfectoire. Tout le monde est soulagé en voyant la bonne humeur sur le visage de l'enfant. Ils rejoignent la table du colonel et Alex dévore son petit déjeuner.

— Ce matin, tu montres les installations à Nanou et l'après-midi, vous ferez connaissance avec le professeur qui te donnera cours, voici ton planning. Le matin, tu auras cours, mathématiques, français, histoire, géographie, sciences, ça variera tous les jours, puis tu travailleras avec Jessica qui remplace le Professeur Smirnoff et l'après-midi, encore une heure ou deux de cours, puis tes séances avec Kelly ou tes exercices avec le kiné et du temps libre avec Nanou, tu pourras aussi suivre des cours de musique ou de dessin, elle m'a dit que tu voulais apprendre le piano ?

Alex acquiesce, la bouche pleine, il analyse à toute vitesse, ces informations en lisant son planning et soupire, fataliste, fini de courir la montagne en faisant l'école buissonnière.

— Et moi ? Comme je l'ai dit au général, je ne veux pas rester à ne rien faire, il faut que je m'occupe pendant qu'Alex sera à ses occupations, dit Nanou en lui jetant un clin d'œil.

— Il manque une personne à la cuisine, le chef ne sera pas mécontent d'avoir de l'aide, si ça te convient.

— C'est parfait ! Allez, mon loupiot, tu me la montres cette base qui va être notre maison pour un certain temps ?

Il se lève et lui prenant la main, ils sortent, il lui montre les différents baraquements et ils arrivent à la piscine, elle se laisse tomber dans un des transats.

— Zut, je n'ai pas de maillot, je ne savais pas qu'il y avait une si belle piscine, il y a des années que je n'ai plus nagé dans un bassin, dit-elle en regardant les jeunes gens s'amuser et faire des longueurs. Une des jeunes femmes les rejoint.

— Bonjour, Alex, madame, tu vas mieux ? Tu ne vas plus nous faire bouillir comme des homards dans la piscine, aujourd'hui ? lui lance-t-elle en souriant et lui ébouriffant les cheveux. Nous pouvons vous fournir un maillot, venez avec moi, je m'appelle Jenny.

Alex rougit de honte et baisse la tête, mais Nanou lui prend la main en souriant et ils la suivent jusqu'à un autre bâtiment.

— C'est le baraquement des femmes et ici c'est notre magasin de fournitures, il y a des t-shirts, des sous-vêtements et des maillots de toutes les tailles, ils ne sont pas du dernier cri et ils sont tous de la même couleur, mais ils sont confortables. Je crois que celui-ci devrait vous aller.

Nanou le prend et va l'essayer dans la cabine pour ressortir en maillot.

— Parfait, vous avez l'œil, merci Jenny, retournons vite à la piscine, dit-elle en prenant la jeune fille par le bras.

Elles papotent en rigolant, bras dessus et bras dessous, Alex les suit en sautillant et en souriant, Nanou est tellement gentille et avenante, que tout le monde l'aime. Arrivées à la piscine, elle plonge et fait quelques longueurs, les jeunes militaires sont surpris par sa vélocité et son aisance, elle se prend au jeu de faire la course contre Jenny qui gagne mais de peu. Ils l'applaudissent et le colonel, qui s'était approché, l'aide à sortir.

— Vous vous débrouillez très bien !

— Tu peux me tutoyer, Jim, je suis pompier volontaire et je nage dans le lac près de la maison depuis mon plus jeune âge, par tous les temps.

Les jeunes gens sont admiratifs et lui posent un tas de questions auxquelles elle répond avec sa bonne humeur communicative. Alex se rapproche d'elle et le colonel le prend par les épaules en lui souriant quand Ben lui lance.

— Eh tu as vu, elle est forte, ta Nanou, elle n'a pas peur de l'eau, elle !

Alex rougit et allait s'enfuir devant les propos maladroits du jeune homme, mais Jim resserre son étreinte et Nanou lui prend les mains en le fixant droit dans les yeux.

— Ce n'est pas grave, Alex, on a tous des peurs à surmonter. Nous allons t'y aider ou du moins à les contrôler, je suis certaine que Ben en a aussi. Je vais aller me changer pour le dîner et après nous irons voir ton instituteur, lui dit-elle en lançant une œillade au jeune militaire qui la regarde penaud et confus de sa bévue.

— Professeur, Nanou, Professeur ! dit-il en détachant les syllabes et en lui prenant la main, il lance un clin d'œil au colonel qui les accompagnent jusqu'à l'entrée de son bureau.

Après le repas, ils vont dans la salle d'étude pour l'attendre, Alex reprend son livre et commence à lire quand un homme, accompagné de Jim et de Jessica entre dans la pièce. Il a la cinquantaine, les tempes grisonnantes, des yeux bleus, une petite moustache bien taillée, il est grand, mince mais musclé.

— Bonjour, je suis le professeur Max Mac Graver, il s'avance vers Nanou en lui souriant, sous le charme de la femme sportive et souriante.

— Bonjour, Nadine Dupont, la mère adoptive d'Alex.

— Voici, Alexandre, je suppose ?

— Moi, c'est Alex, j'aime pas qu'on m'appelle Alexandre, répond-il en prenant son petit air boudeur.

— Il va falloir faire un petit effort dans cette classe, ce sera, Alexandre ou monsieur Delval, quand je ne serai pas content de ton travail et je vois que les règles de grammaire sont à revoir !

Nanou, Jessica et Jim sourient mais Alex le foudroie du regard en allant s'asseoir.

— Nous allons vous laisser faire connaissance et discuter du planning. Alex, sois sage !

— Non, Colonel, pour vous aussi, dans cette pièce, c'est Alexandre.

— Bien sûr, veuillez m'excuser. Alexandre, je compte sur toi, lui dit-il en soutenant son regard courroucé.

Ils sortent, Alex soupire et se tourne vers le professeur qui lui sourit et l'invite à le rejoindre autour du grand bureau. Il se détend et s'assied à côté pour mettre au point le programme des cours pour les mois à venir.

Ils s'installent dans une routine qui fait du bien au petit garçon. Il commence à accepter les tests que Jessica lui fait passer, deux fois par semaine, elle étudie ses facultés de pyrokinésie et lui apprend à les contrôler. Il est assidu à ses cours avec le professeur Mac Graver, curieux d'apprendre, il déteste les problèmes mathématiques mais montre de la bonne volonté, ses cours préférés ce sont la biologie, l'histoire et le français. Il a toujours du mal à se laisser aller lors de ses séances avec Kelly, parfois, Nanou y participe pour le soutenir.

Quelques semaines plus tard, pendant qu'il est occupé dans la salle de cours à résoudre un problème compliqué, un hélicoptère approche, un piano accroché en dessous. Il le dépose délicatement devant le bâtiment et plusieurs militaires le font rapidement entrer dans un des baraquements. Jim vient le chercher, vers 16 heures, à la fin du cours.

— Professeur, le cours s'est bien passé ?

— Oui, Alexandre est un bon élève, avide d'apprendre, il a un peu de mal avec les problèmes, mais bon, il y met de la bonne volonté.

— Parfait, Alexandre, nous avons une surprise pour toi, vous nous accompagnez, professeur ?

— Oui, bien sûr !

Alex regarde le colonel en essayant de deviner la surprise, mais le colonel le foudroie du regard.

— Attention à ce que tu vas faire ! Tu n'as pas le droit de lire dans la tête des gens.

Alex rougit et baisse le regard, Jim lui prend la main et l'emmène vers le baraquement. Nanou et les autres les attendent, ils ont caché le bel instrument derrière des paravents.

— Voilà ton atelier, ici tu pourras l'aménager comme tu le désires pour dessiner, faire de la peinture et de la musique, le professeur Mac Graver pourra te donner des cours, c'est un très bon musicien.

Alex le regarde ébahi, il est intrigué par ce qui se cache derrière les hauts paravents, le colonel lui fait signe qu'il peut aller voir. Il y va et reste immobile devant le piano noir, il frôle les touches de ses doigts guéris, il se retourne et regarde sa mère adoptive qui lui sourit. Alors, il s'installe sur le petit fauteuil de velours rouge et fait courir ses mains sur le clavier. Elle reconnaît la mélodie, c'est le printemps de Vivaldi. Tout le monde est étonné.

— Vous êtes certaine qu'il n'a jamais touché un piano ? demande Max à Nanou.

— Sûre et certaine, je n'avais pas les moyens de lui en offrir un, il a toujours aimé la musique classique, Pierre en écoutait souvent, celle-ci était sa préférée.

— Je suis stupéfait, il n'y a pas une seule fausse note, cet enfant à une oreille parfaite et quel virtuose, je n'ai pas grand-chose à lui apprendre.

— Si, il ne connaît pas le solfège, il joue d'instinct. Ce sera magnifique quand il l'aura appris, répond-elle, fière de son loupiot.

— C'est déjà magnifique ! Lui répond le professeur, ébahi par la prouesse de l'enfant.

Ils écoutent tous, Jessica est intriguée par cette nouvelle faculté de son jeune patient et a hâte de lui poser les capteurs sensoriels pendant qu'il joue. Elle n'était pas d'accord sur les méthodes du professeur Smirnoff, mais elle est aussi impatiente que lui d'en apprendre plus sur ses capacités.

Quand il s'arrête, il est lui-même surpris par ce qu'il vient de faire, il regarde Nanou qui lui sourit, il court se serrer conter elle, son front est un peu chaud et il frissonne. Le médecin lui tâte son pouls, qu'il trouve un peu rapide.

— Assez d'émotion pour l'instant, si nous allions souper et voir un film au salon.

— Oui, bonne idée, répond Nanou en prenant la main du petit garçon.

Ils remontent vers le réfectoire, Jim suit en discutant avec Jessica de cette nouvelle avancée sur la « mnémosine » et la prouesse d'Alex, elle lui fait part de son projet d'analyser ses ondes cérébrales pendant qu'il joue ou même pendant qu'il dessine ou peint car elle est certaine qu'il sera aussi doué et qu'ils seront surpris par ses talents d'artiste.

À peine, installé devant le petit écran, Alex s'endort, la tête posée sur les genoux de Nanou, John, le prend délicatement et ensemble, ils vont le mettre au lit, il se réveille à peine, épuisé par l'effort mental, elle l'embrasse et retourne voir la fin du film.

Le lendemain après-midi, Le professeur Mac Graver, lui donne son premier cours de musique, puis Jessica lui installe les capteurs, vérifie ses écrans et il commence à jouer la mélodie qu'il vient d'apprendre, c'est parfait, pas une seule erreur. Au fur et à mesure, elle étudie les ondes cérébrales, toutes les zones du cerveau sont connectées pour analyser et guider les petites mains qui volent sur le clavier. Alex est aussi captivé par cette faculté et ne s'arrête plus de jouer, avide d'apprendre, il sollicite son professeur qui se prend au jeu. Ils finissent par jouer à quatre mains. John est obligé d'intervenir car il voit que son petit patient est épuisé, le front trempé de sueur, il est furieux contre Jessica.

— Vous ne voyez pas qu'il est épuisé ! Alex, ça suffit pour aujourd'hui et demain, repos, pas de musique !

— Désolée, John, nous n'avons pas vu le temps passer et Alex ne s'est pas plaint.

— Non, il adore la musique et voudrait déjà tout connaître en un jour, mais il ne peut pas soutenir un tel effort sans s'épuiser. Regarde-le, il ne tient plus debout.

Alex s'était levé, mais pris par le vertige, il titube, Max le rattrape avant qu'il ne tombe et l'aide à se rasseoir.

— Alexandre, ça va ?

— Oui, je me suis levé trop vite, j'ai un peu mal à la tête.

Jessica le débarrasse des capteurs et John lui prend son pouls qui est très rapide. Il le prend dans ses bras et l'amène dans la salle d'examen où il l'ausculte minutieusement, il prend sa température qu'il trouve élevée, il décide de lui faire une prise de sang et lui demande s'il a mal quelque part, mais il lui répond qu'il a juste un peu mal à la tête. Il lui met un suppositoire pour faire baisser la température et le ramène dans sa chambre pour qu'il se repose, il lui apportera un plateau-repas dans une heure. Alex se couche, mais à peine étendu, un haut-le-cœur le prend et il vomit tout son repas de midi, il a froid et commence à trembler, il se sent très mal et rappelle le médecin qui revient avec Nanou. Sa respiration est saccadée et ses lèvres sont bleues, il le ramène rapidement dans la salle d'examen pour le mettre sous oxygène.

L'hélicoptère les emmène vers l'hôpital le plus proche, après plusieurs examens, le verdict tombe. Il fait un rejet de son poumon artificiel qui contient un peu d'eau de mer, ce qui à provoquer une infection et un début de rejet, Il faut l'opérer d'urgence pour le remplacer, heureusement, le docteur Grant en a reçu deux et ils sont conservés sur les lieux, il peut pratiquer l'intervention le lendemain et ramener son petit patient à la base, deux jours plus tard, mais il lui faut du repos et du calme le temps que son corps se remette de cette troisième greffe et de cette nouvelle anesthésie.

Après un mois de convalescence, câliné par Nanou, Alex peut enfin quitter sa chambre, il a passé de nouveaux examens pour sa fragilité osseuse et le laboratoire du centre de recherche lui a concocté un nouveau traitement. Une potion crayeuse à boire tous les matins, des produits laitiers et de l'exercice, au soleil. Alors, il se met à explorer l'île avec Nanou et Max qui profite de ces sorties pour donner cours de botanique ou de biologie animale. Bien sûr, il est toujours sous bonne garde et le colonel les accompagne régulièrement.

Nanou aimerait visiter le petit village de pêcheurs près du port, mais Alex ne peut pas s'en approcher quand des bateaux y sont ancrés. Aujourd'hui, deux gros hors-bords viennent d'arriver et Alex voudrait les voir de plus près.

— On peut aller s'y promener, s'il te plaît, Colonel.

— Tu sais que tu ne peux pas approcher des bateaux.

— Je serai sage, promis, dit lui Nanou que je serai sage, je n'ai plus envie de me sauver, tu es près de moi, maintenant ! Allez, ils ont l'air trop cool.

John aussi aimerait voir ces bolides des mers de plus près et soutient la demande du petit garçon.

— Bon d'accord, si vous vous y mettez tous, répond-il en baissant les bras et en souriant.

Dès qu'il fait un peu moins chaud, vers seize heures, ils prennent la direction du petit village désert, il n'y a plus que deux vieux pêcheurs qui y restent la journée, mais le soir, ils repartent sur une île voisine où vivent leurs familles. Nanou trouve ça triste, toutes ces petites maisons de bois vides, ça devait être joli et coloré, avant. Elle et Max en font le tour et remarque une petite ferme un peu à l'écart, elle a très envie de la remettre en état pour y vivre. La vie à la base n'est pas tous les jours facile quand on est une femme indépendante, Jenny aussi a envie d'y habiter ainsi que quelques-uns de ses collègues, ils décident de s'y atteler pendant leurs heures de repos. Alex, John, Jim et ses hommes qui restent vigilants s'avancent vers le port pour contempler les deux hors-bords, ils ont des moteurs très puissants à l'arrière. John monte sur l'un deux pour discuter avec le pilote.

— Ça doit décoiffer, ce genre d'engin ?

— Oui, nous pouvons attendre les 200 km/heure.

Alex reste sagement près du colonel et écoute la conversation.

— Vous voulez faire un tour ? leur demande-t-il.

John en serait ravi et ses yeux s'illuminent comme ceux d'un enfant le soir de Noël. Alex, lui, n'a pas trop envie.

— Ça va aller trop vite et si je tombe dans l'eau ? Non, j'ai pas trop envie !

— Je N'ai, Alex, heureusement que Max est plus occupé par Nanou que par tes fautes de grammaire. Tu es plus téméraire dans les airs que sur l'eau.

— Oui, j'ai vu qu'elle lui plaisait beaucoup, il est toujours à lui tourner autour ! répond-il d'un air boudeur.

— Dis donc, tu ne serais pas un peu jaloux !

— Non, il est gentil, c'est bien pour Nanou, comme ça elle ne sera plus toute seule.

— Tu es vraiment, un drôle de petit bonhomme. Bon, t'es sûr, tu ne veux pas monter ?

Alex hésite.

— Tu ne peux mal, je te tiendrai, on se calera bien sur le siège et on aura tous des gilets de sauvetage.

— Bon d'accord, ça doit être trop génial, répond-il, rassuré par les paroles du colonel.

Nanou et Max les ont rejoints pendant qu'ils enfilent leur gilet, elle hésite, mais poussée par les hommes, elle en passe un. Ils montent à bord, plusieurs hommes du colonel prennent l'autre engin et les moteurs se mettent à vrombir. Jim se cale dans un des fauteuils et installe Alex, bien coincé à ses côtés, pendant que Max et Nanou se mettent dans le deuxième et John reste à côté du pilote qui lui dit de bien s'accrocher. Ils démarrent et prennent rapidement de la vitesse, le bolide vole au-dessus des vagues et Alex est éclaboussé par les embruns. Au début, il se cramponne à Jim, il a un peu de mal à respirer, repris par ses angoisses, Nanou lui sourit pour qu'il se détende. Sentant le corps tendu du petit garçon et ses mains crispées sur son pantalon, Jim passe son bras autour des frêles épaules et le serre un peu plus contre lui en lui parlant. Il doit élever la voix, malgré leur proximité.

— Nous nous servons de ces engins lors de poursuites de contrebandiers ou de passeurs de drogue, nous aidons régulièrement les garde-côtes dans leur travail, mais aussi lors de certaines missions. Nous nous entraînons régulièrement à les piloter ou à plonger en mouvement, bien sûr pas à cette vitesse.

Alex se détend et regarde autour de lui, ils font rapidement le tour de l'île, les bateaux ralentissent pour qu'ils puissent contempler l'autre côté qui est plus sauvage avec ses parois rocheuses, des militaires sont en train de les escalader.

— Que font-ils ? demande Alex.

— Ils s'entraînent, nous sommes des militaires d'élite, nous devons être prêts à tout, escalader une montagne, plonger en eaux troubles, descendre sous terre, piloter un avion…

— Ah ça je sais faire ! dit-il en souriant

— Et tu en es fier, piloter à 6 ans et sans adulte, c'est interdit. Ne m'interromps pas, ce n'est pas poli !

— Oups, désolé.

— Je continue, sauter en parachute et savoir se servir de n'importe quelle arme, se débrouiller pour se sortir de toutes les situations et savoir soigner une blessure.

— Waouh, moi aussi, j'aimerais faire tout ça. Mais j'suis pas solide comme toi et j'suis déjà cassé de partout.

— Je ne suis pas, Alexandre, lui crie Max.

— Tu es déjà capable de faire beaucoup d'autre chose et en faisant tes exercices, en prenant tes traitements, tu deviendras solide.

Les deux engins accostent et ils regagnent la base, il est temps de manger et de se reposer. Alex baille à se décrocher la mâchoire. Il s'endort rapidement, en rêvant à sa vie d'adulte, pleine d'aventures comme Bob Morane, le héros de ses livres d'aventures et comme son ami Jim.

Cela fait maintenant presque deux années qu'Alex et Nanou vivent à la base militaire. Les jours sont passés relativement vite, bien installé dans la routine instaurée et soutenu par sa mère adoptive, il a fait d'énormes progrès pour contrôler et se familiariser avec ses nouvelles aptitudes et gérer ses émotions. Bien sûr, il y a encore des sujets sensibles, comme le professeur Smirnoff qui est toujours absent et vaincre sa peur de l'eau ou parler de la base sous-marine. Son papa est venu régulièrement sur l'île et à chaque fois, il passe de merveilleux moments et c'est un déchirement quand il doit repartir. Le général lui a dit qu'ils avaient déjà fait une énorme concession pour permettre à Nanou de rester avec lui. Ils ont fait une belle fête pour ses 7 ans. Le cuisinier et Nanou avaient concocté tous ses plats préférés et un énorme gâteau. Il a reçu beaucoup de livres, du matériel de dessin, des jumelles pour observer les oiseaux et autres animaux et un beau télescope pour admirer le beau ciel étoilé de l'île. Jim lui apprend à reconnaître les étoiles. Sa grand-mère et sa tante lui téléphonent souvent, mais il ne sait jamais quoi leur dire, ne pouvant leur révéler la vérité sur sa situation. Elles ne sont pas fâchées après lui d'avoir fugué et attendent avec impatience qu'il revienne au ranch.

Il a aussi appris tous les cours du programme scolaire secondaires et ce matin, après le déjeuner, il passe les examens du baccalauréat, les feuilles d'examens viennent du ministère de l'Éducation à Paris, c'est le même test que pour tous les étudiants rhétoriques français.

Il est un peu stressé, le professeur Mac Graver l'attend dans la salle d'étude, Alex entre et s'assied, Jessica lui pose les capteurs cérébraux et sort de la pièce pour le laisser se concentrer, Max lui sourit en déposant les feuilles sur son pupitre. Il soupire devant l'énorme tas et commence à les compléter. Dans la pièce de contrôle, elle déclenche un chronomètre et vérifie ses écrans où les ondes cérébrales de l'enfant commencent à osciller plus rapidement au fur et à mesure de la difficulté de l'examen.

Au fil des pages du questionnaire, il prend de l'assurance et passe d'une matière à l'autre. Concentré, le tas diminue rapidement. Max est ébahi par la rapidité de son élève qui n'hésite pas une seconde. En un temps record, il relève le nez et tend le tas à son professeur qui l'autorise à quitter la salle dès que Jessica lui a retiré ses capteurs. Alex se rend dans sa chambre pour se reposer, il a un peu mal à la tête, John le rejoint et l'ausculte, il lui donne un léger relaxant et lui dit de se reposer jusqu'au dîner.

Max et Jessica corrigent les feuilles et sont stupéfaits, il n'y a aucune erreur, tout est correct de la première à la dernière feuille.

Dans l'après-midi, son père et le général arrivent. Après l'avoir salué et discuté un instant avec lui, ils rejoignent Max et Jessica dans la salle d'étude, ce qui le rend encore plus nerveux. John et Nanou l'emmènent se promener pour lui changer les idées, puis ils vont à l'atelier où Alex leur joue sa dernière composition.

À la fin de la journée, ils retournent dans la classe rejoindre les autres qui les attendent. Le général se lève et l'invite à s'asseoir.

— Alexandre, nous te félicitons, tu as réussi haut la main tes examens et te voilà, à sept ans, le plus jeune à obtenir le baccalauréat.

— Presque huit, répond Alex en souriant à Nanou et à son père qui sont tellement fiers de lui.

— Oui, en effet, presque huit. Je te félicite également pour les progrès que tu as faits pour te contrôler. Mais, tu sais que tout n'est pas encore gagné. Ici, tu es entouré de personnes qui savent ce que tu es, un petit garçon extraordinaire, mais il va falloir t'intégrer au monde extérieur, à la civilisation, côtoyer des gens de ton âge. Vu tes progrès, ta bonne volonté pour te contrôler et la rapidité avec laquelle tu as assimilé le programme scolaire, nous avons décidé qu'à la rentrée prochaine, tu entreras dans une de nos académies militaires. Nous allons t'y préparer pour que tout se passe bien.

Alex lance un regard inquiet à son père et à Nanou, il se sent perdu et trahi, il plonge son regard dans celui du colonel, il ne se sent pas du tout prêt à quitter la base.

— Nous devons te parler également du professeur Smirnoff et du projet « Mnémos », il ne s'est pas tout à fait remis de ses blessures. Il est touché au dos et restera dans un fauteuil roulant. Alex ne peut s'empêcher d'afficher un petit sourire narquois et le général fronce les sourcils, réprobateur, ce qui le fait baisser la tête en rougissant.

— Il a repris son travail sur le projet à la base de recherches et analyse les résultats des tests que tu as passés avec son assistante. Grâce à cela, nous avons fait d'énormes progrès sur l'étude du cerveau et de la mémoire, nous avons pu améliorer les effets de la mnémosine. Par contre, malgré ses recherches, les fœtus issus de parents ayant pris le traitement meurent toujours avant terme. Ta naissance reste un grand mystère.

Alex s'accroche à la table et ferme les yeux, la haine qu'il ressent envers cet homme est encore trop intense et savoir qu'il continue ses expérimentations sur d'autres sujets le dégoûte. Voyant son air scandalisé, le général le rassure immédiatement.

— Nous avons décidé de mettre un terme à cette phase du projet « Mnémos », ainsi que sur la Mnémosine, pour l'instant. Nous nous concentrerons sur toi et l'évolution de tes facultés au fur et à mesure que tu grandiras et que ton cerveau se développera. Tu continueras à être suivi par mademoiselle Brandt et à passer des tests régulièrement et le professeur Smirnoff supervisera depuis la base de recherches. Tu es et devras rester la propriété de l'armée américaine, tes facultés doivent rester top-secret.

Alex bondit et allait répondre.

— Ne te fâche pas, je sais que tu n'es pas un objet, mais tu restes incontrôlable et potentiellement dangereux, tu n'es encore qu'un enfant et nous ignorons l'évolution de tes capacités, nous devons garder un contrôle sur toi. Jusqu'à ta majorité, tu resteras sous mon autorité, dès que tu l'auras atteint, tu devras signer un contrat, une sorte de pacte qui nous liera.

— Et si je refuse ! dit-il hors de lui, tout en essayant de rester maître de ses émotions pour leur montrer qu'il peut être capable de se contrôler.

— Tu ne pourras pas cacher ce que tu es, tes facultés et très rapidement, tu seras traqué par tous les cartels, les mafias, les ennemis de la France et des États-Unis qui seront ravis d'avoir un être exceptionnel comme toi. Ils feront du mal à tes proches pour te soumettre à leur volonté. Ce n'est pas ce que tu veux. Par ce contrat, nous pourrons te protéger, te permettre de vivre plus ou moins normalement et à tes proches également. Tu pourras te construire une vie sur l'île ou ailleurs, tu y as déjà des amis, ta mère adoptive, on m'a dit que vous aviez entrepris de reconstruire le village.

Alex ferme les yeux et digère toutes ces informations, le général n'a pas tout à fait tort, mais c'est autre chose de l'accepter, il lève la tête et croise le regard de son père, il s'adresse à lui.

— Pourquoi, je ne peux pas vivre avec toi ? Aller dans une école française ? Je sais me contrôler maintenant, tu me l'avais promis, si j'apprenais à me contrôler, je rentrerais avec toi.

Son père secoue négativement la tête, les larmes lui montent aux yeux, il se sent tellement coupable d'infliger cette vie à son fils et de lui avoir menti.

— Ils ont gagné, alors ? Le professeur a gagné ?

Franck lui répond positivement de la tête. Alex pose la sienne sur ses bras repliés pour pleurer, vaincu par ce professeur qui n'est même pas là pour se réjouir de sa victoire. Son père se lève et le prend par les épaules.

— Tu pourras venir pendant les vacances et nous passerons de bons moments.

Le général se rapproche et met sa main sur l'épaule de son père.

— Nous n'avons pas pris cette décision de gaieté de cœur, le professeur Smirnoff n'y est pour rien, elle a été prise en haut lieu. Nous devons absolument te préparer et te protéger du monde extérieur. Un jour, tu comprendras. Franck, nous en avons longuement parlé et tu t'es rangé de notre côté, tu as admis que nous avions raison !

— Oui, je sais que je ne pourrai pas lui apporter la même protection, mais c'est autre chose de lui dire en face que de ne pas tenir ma promesse de le ramener à la maison. De lui dire qu'il ne sera jamais un petit garçon comme les autres !

Alex regarde les deux hommes, se bouche les oreilles et court se jeter dans les bras de Nanou, son roc, son refuge. Elle le serre contre elle puis le ramène dans sa chambre.

— Tu resteras près de moi, n'est-ce pas Nanou ?

— Tant que tu auras besoin de moi et qu'ils le permettront, je resterai auprès de toi. Nous avancerons un jour à la fois, tu vas grandir et tu comprendras.

— Alors, tu es d'accord avec eux ?

— J'ai écouté leurs arguments et ils n'ont pas tort, il y a beaucoup de gens méchants dehors et qui seront intéressé par tes capacités, ils nous feront du mal, à ton père, tes amis et à moi pour te plier à leurs exigences, t'obliger à tuer ou à voler.

Venant de la bouche de Nanou, ces mots ont un autre impact et il admet qu'il est plus en sécurité, sous la protection de Jim et de ses hommes et qu'il aime vivre sur cette île. Bien sûr qu'il a envie d'avoir des amis de son âge et de connaître le monde extérieur, mais il sait, qu'ici, il sera toujours en paix et en sécurité. Réconforté, il l'embrasse et lui sourit, Nanou trouve toujours les mots pour lui remonter le moral, elle lui rend son sourire, Jim les rejoint et est rassuré de voir le petit garçon détendu.

— Ça va, Alex ?

— Oui, vous devrez encore me supporter un bon moment, je crois ! répond-il, fataliste.

— Ce n'est pas une corvée, nous sommes contents de t'avoir parmi nous, tu es un petit garçon génial. Allez repose-toi.

Il sort de la chambre et regagne son bureau où le général l'attend. Ils discutent un moment de la prochaine rentrée d'Alex, il faut tout mettre en place pour sa protection mais aussi pour éviter toute tentative d'évasion de sa part et évaluer les risques que pourraient courir les autres élèves et les professeurs en cas de sortie de contrôle d'Alex.

Ils allaient quitter le bureau, quand le téléphone du général se met à sonner.

— Qui peut appeler à cette heure ? Il est presque minuit.

Il décroche, prend un air grave et jette un œil au colonel qui allait sortir, il lui fait signe d'attendre et quand il raccroche, lui dit.

Je vais avoir besoin de votre équipe et d'Alex, allez le réveiller, c'est grave.

Le colonel va dans la chambre du petit garçon et le réveille doucement.

— Le général a besoin de nous, il nous attend.

Ils le rejoignent dans le bureau, Alex baille et se laisse tomber sur la chaise du colonel.

— Je suis désolé de te réveiller, notre sous-marin expérimental a disparu, c'est un nouveau prototype doté d'un camouflage holographique qui le rend totalement indétectable même aux sonars. À la suite d'une vague de fond, il est tombé en panne en mode furtif et nous ne parvenons plus à le localiser. Mais il faut absolument le retrouver, non seulement pour sa technologie mais surtout pour l'équipage. Nous devons agir très vite.

Il se tourne vers Alex qui se demande en quoi il peut être utile et qui a juste envie de retourner dans son lit.

— Alex, comme tu peux utiliser la télépathie à une bonne distance, pourrais-tu entrer en communication mentale avec eux pour les localiser et ainsi leur venir en aide ?

— Je ne crois pas que je pourrai sur une si grande distance et puis je ne les connais pas.

Jim réfléchit, il connaît les capacités de l'enfant et une idée germe dans son esprit.

— Si on s'approche suffisamment et qu'on te donne assez de renseignements sur eux et des objets leur appartenant.

— Pas dans un sous-marin ? demande-t-il, terrifié.

— Non, rassure-toi, on va toujours essayer de leur base et si cela ne marche pas, ben, nous irons sur un des navires de recherche, je crois qu'il y a un de nos porte-avions, c'est assez grand pour que tu te sentes en sécurité ?

— Très bonne idée, colonel, décollons immédiatement, informez votre équipe et le docteur Grant, j'appelle les hélicoptères. Alex prévient ta mère adoptive et ton père, de ton départ.

Il court les prévenir, ils l'aident à s'habiller et ils l'embrassent très fort. Le médecin les rejoint avec sa trousse de secours, ils se serrent les uns contre les autres et rejoignent l'aire de décollage. Il leur fait signe pendant que l'engin prend de l'altitude.

Après quelques heures de vol, ils se posent sur la base navale, un commandant les accueille et les emmène rapidement dans les quartiers des hommes disparus.

John place les capteurs cérébraux et Alex se concentre sur une carte des fonds marins où se trouvait le sous-marin avant de disparaître, il y a plusieurs objets sur la table, il les touche en fermant les yeux, mais il ne ressent rien. Il regarde Jim et secoue négativement la tête, déçu de ne pas y arriver. Il demande de voir leur chambre et dans l'une d'entre elles, un chien est couché sur le lit et gémit tristement.

— C'est le chien du sergent Harry's.

— Il fait partie de l'équipage ? demande Alex en caressant la tête du bel épagneul breton.

— Oui, quand il part en mer, il me confie Jack, son chien. Mais depuis qu'ils ont disparu, il reste là sur son lit à geindre.

Alex s'assied sur le lit et lui parle doucement en le caressant.

— Tu veux bien m'aider à retrouver ton maître ?

Le chien aboie une fois et secoue la queue, le jeune homme le regarde, médusé. Il plonge son regard dans les yeux dorés de l'animal et se concentre, il reçoit une image, le visage d'un homme. Il ressent son angoisse. Il entend les bruits que fait le sous-marin, la tôle qui craque sous la pression de l'eau, les bips des alarmes et un murmure de voix inquiètes. Il se concentre pour entrer en contact avec lui, mais il est trop loin. Il pousse son esprit, la température monte dans la petite chambre. La sueur coule sur son front et les ondes cérébrales s'affolent sur le petit écran portatif. Mais, à bout de souffle, il s'arrête, essaie de se lever, mais il titube et dois se rasseoir. Il ferme les yeux et essaie de respirer calmement pour faire redescendre la pression.

— C'est trop loin, je le vois mais je n'arrive pas à communiquer. Il va falloir aller sur le bateau, dit-il d'une petite voix.

Tous les hommes présents sont stupéfaits par les capacités du petit garçon. Ils se regardent et ils retournent dans le bureau du commandant avec jack sur ses talons. Alex regarde la carte et pointe un endroit.

— Il est de ce côté-là, je ne sais pas où précisément, mais ce n'est pas là où vous chercher.

— Tu es sûr, gamin ! parce qu'on risque de perdre du temps si ce n'est pas le bon endroit ! Lors des derniers échanges, il se trouvait ici, lui demande le lieutenant de la base, septique.

Le général prenant Alex par les épaules, regarde le jeune officier.

— Si Alex vous le dit, c'est qu'il est de ce côté.

— Oui mais, général, il se trouvait ici la dernière fois. C'est à l'opposé !

— Oui, mais la tempête sous-marine l'a ballotté et déplacé, comme il était en panne, il n'a pas pu lutter contre la marée tourbillonnant dans le sens inverse des aiguilles d'une montre.

Alex pose son doigt sur le dernier endroit connu et suivant plus ou moins la trajectoire de la tempête, arrive à l'endroit qu'il avait désigné un instant plus tôt. Le lieutenant se gratte la tête en prenant un air étonné.

— Épatant, il est épatant ce gosse ! Il a complètement raison.

Il prend le micro de sa radio et contacte un des capitaines présents sur les lieux de recherches pour lui indiquer les nouvelles coordonnées et les prévenir de leur arrivée.

Alex n'est pas trop rassuré, surtout que le temps n'est pas trop beau là-bas, le colonel s'en rend compte et le prenant contre lui.

— Ça va allez, Alex, notre priorité, c'est ta sécurité, nous serons tout le temps, près de toi. Nous serons, tous les deux, reliés par un harnais, jusqu'à ce que tu sois en sécurité sur le porte-avions et même là, je ne te lâche pas.

Alex lui sourit pour se donner du courage, le lieutenant les rejoint. Il faut y aller ! Les hélicoptères sont prêts. Il passe un harnais au chien et le colonel fait de même avec Alex. Ils arrivent rapidement en vue de l'immense bateau, le vent est violent et les engins sont ballottés, le pilote a beaucoup de mal à le stabiliser mais il réussit son atterrissage. Alex souffle, il a un peu les jambes qui flageolent, le colonel l'aide à rejoindre une cabine, pendant que le lieutenant s'occupe de Jack qui est un peu agité.

Ils lui laissent le temps de se calmer, il est très pâle et à l'estomac au bord des lèvres. Il ferme les yeux et fait ses exercices de respiration comme Kelly lui a appris à le faire.

Quand il se sent un peu mieux, il fait signe à John qui lui replace les capteurs, il s'accroche au bras du colonel.

— Tu restes tout près de moi, hein ?

— Oui, regarde, j'ai laissé le harnais et nous sommes à l'intérieur d'un porte-avions, tu ne peux mal, Alex, plus vite tu te concentres sur ta mission et plus vite nous quitterons ce navire. OK ?

Il tire sur les sangles pour s'assurer qu'elles sont bien attachées et s'approche de la carte, le lieutenant lui tend la laisse de Jack qui instantanément se calme quand le petit garçon le caresse. Il s'assied sur le lit avec la tête du chien posée sur ses genoux, il ferme les yeux et se concentre, le visage réapparaît, il appelle mentalement le jeune homme qui reçoit des flashs. Il voit un petit garçon qui l'appelle, il est avec Jack. Il secoue la tête et se dit que c'est le mal des profondeurs qui commence à l'atteindre.

Alex lui parle par transmission de pensée, il lui explique la situation, ce qu'il est capable de faire, qu'il se trouve sur le porte-avions qui les recherche. Le sergent se lève et raconte ses visions à son supérieur qui pense qu'il perd la raison.

Alex ouvre les yeux et demande l'objet personnel du commandant du sous-marin. Le lieutenant lui tend une vieille montre qui appartenait à son père. Il se rassied et referme les yeux pour se concentrer sur le jeune homme, il lui explique ce qu'il tient à la main et lui envoie l'image de la montre. Le sergent en parle à son supérieur. Le commandant Georgious hésite, il n'a jamais parlé de cette montre à ses hommes ! Il la garde dans un tiroir fermé de son bureau. Si ce sont bien les hommes à la surface qui essaient d'entrer en contact avec eux. Il doit tout faire pour sauver son équipage. Ils ont tout tenté pour relancer les équipements du sous-marin, mais rien à faire ! Plus rien ne fonctionne sauf le système d'aération.

Alex lui demande s'ils connaissent l'endroit précis où ils se trouvent. Le commandant ramasse la carte indique au jeune homme le même endroit qu'il avait désigné. Mais ils ne savent pas à quelle profondeur. Il demande au capitaine du navire d'allumer les radars et tous les appareils permettant de localiser le sous-marin.

— Ça ne marchera pas, le sous-marin est en mode furtif, lui répond le commandant du navire en le prenant par l'épaule.

C'est difficile de croire qu'un si jeune enfant puisse aider l'équipage d'un sous-marin perdu au fin fond de la mer. Mais il insiste.

— Si, allumez-les, s'il vous plaît !

Le capitaine hésite et regarde son supérieur, mais le général lui montre la sortie pour aller au poste de pilotage. Ils y rendent et l'homme s'exécute.

Alex se reconcentre et demande au jeune homme de s'asseoir au poste de pilotage pour rallumer les appareils. Ils vont devoir couper le système de ventilation pour y diriger le peu d'énergie. Le commandant Georgous hésite de nouveau. Mais Alex impose sa volonté et oblige mentalement le jeune homme à le faire. Il est en sueur et ses ondes cérébrales s'agitent sur l'écran. Il a un peu mal à la tête mais reste concentré, il sait que maintenant, il leur reste peu de temps. Il dirige son esprit sur les instruments, s'aide des plans top-secret déposés à côté de lui sur le lit, trouve le système de camouflage en panne et aide mentalement le jeune homme à le réparer et à le déconnecter. Au bout de cinq interminables minutes, le sous-marin apparaît sur les écrans, il est accroché à un rebord et risque de basculer à tout moment. Il faut que l'équipage se rende au-devant du sous-marin. Il note des coordonnées sur la carte et la tend au commandant qui saisit son micro et envoie le sous-marin de secours sur les lieux. Des câbles y sont rapidement attachés et ils le remontent vers la surface.

Alex pose sa tête sur celle du chien qui n'a pas bougé. Maintenant, il a très mal à la tête et son cœur bat à ses tempes douloureuses. Il arrache les capteurs et se relève, mais tout tangue autour de lui et il retombe évanoui. Le colonel le couche sur la couchette et John l'ausculte. Son pouls est très rapide et il saigne un peu du nez. Il lui bassine les tempes et le front avec de l'eau fraîche. Alex bat des cils et revient à lui.

Enfin, après quatre longues heures, le commandant reçoit un message, le sous-marin est remonté à la surface et tout l'équipage est sain et sauf. Ils lâchent tous un soupir de soulagement et félicitent le petit garçon qui est épuisé et vaseux. Le médecin leur demande de sortir et lui donne un médicament. Jim veut retirer le harnais pour qu'il soit plus confortablement installé, mais il lui fait non de la tête avant de sombrer dans un sommeil agité. Ne les voyant pas sortir de la cabine, le général les rejoint.

— Ça secoue pas mal ! Je vais rester avec lui, je lui ai promis et s'il se réveille seul dans cette cabine exiguë, il risque de paniquer.

— En effet, ne prenons pas de risque. Surtout que ça va empirer, une tempête approche. Nous n'avons plus le temps de décoller, il va falloir attendre que ça passe. Je vous laisse veiller sur lui.

Au plus fort de la tempête, Alex se réveille complètement paniqué. Le navire tangue de tous les côtés. Il se blottit contre Jim qui le réconforte. Il se concentre pour contrôler sa peur, mais la température monte dangereusement dans cabine exiguë. Il est en nage et tremble de tout son corps, il vomit à plusieurs reprises. John n'a pas d'autre choix que de lui administrer le puissant somnifère. Jim se couche sur la couchette étroite et serre le petit garçon contre lui pour le rassurer. La tempête gronde toute la nuit, ils sont ballottés et ça lui semble durer une éternité. La respiration d'Alex est plus calme, il est cramponné à son t-shirt, la tête sur son torse juste au-dessus de son cœur, ses battements calmes doivent l'apaiser car il sourit dans son sommeil. Il relève une mèche noire pour tâter son front qui est redevenu frais, rassuré, il essaie de dormir un peu. Pendant ses missions, il a appris à récupérer dans n'importe quelle situation et il s'endort rapidement.

À l'aube, la mer se calme et le navire prend le chemin du retour. Jim s'est réveillé et attend qu'Alex en fasse de même. Quand il émerge, il est tout courbaturé et a du mal à bouger, mais il sourit au colonel qui est resté près de lui comme il l'avait promis. Celui-ci se lève pour lui laisser plus de place. Il s'assied et caresse le chien qui est lui aussi resté près de lui, toute la nuit. Le général et le médecin entrent dans la cabine.

— Comment vas-tu ? La nuit a été agitée !

— Ça va mieux, mais si on pouvait repartir rapidement, ça irait encore mieux ! répond-il d'une petite voix angoissée.

— Tu n'aimes toujours pas l'eau, je vais aller me renseigner, lui répond le général Belmont en souriant.

Il se rend sur le pont où le commandant Georgous vient d'arriver, il salue son supérieur.

— Général, je vous remercie pour votre aide, le capitaine vient de tout me raconter, sans votre aide et celui de cet étrange petit garçon, nous ne serions plus de ce monde. Qui est cet enfant ?

— Je ne peux vous en dire plus et tout ce sauvetage doit rester top-secret, vous recevrez la version qui devra se retrouver dans vos rapports et journaux de bord. L'existence d'Alex ne doit surtout pas être divulguée, il en va de sa sécurité et de la nôtre.

— Je comprends, Général, mais les hommes veulent le remercier, surtout le sergent Harry's.

Il hésite, mais ça fera du bien au gamin de voir tout cela n'est pas vain, que ses facultés peuvent être utile, qu'il peut être fier de lui et surtout qu'il n'est pas un monstre. Il a certes, tué 24 personnes, blessé volontairement le professeur Smirnoff, mais il vient d'en sauver 55. Il retourne à la cabine.

— Alex, il y a des personnes qui aimeraient te parler. On va retirer le harnais, tu ne risques rien, la mer est calme maintenant.

Il jette un coup d'œil apeuré au colonel qui le prend par les épaules.

— Je reste près de toi, je te donnerai la main, ça va comme ça ?

Il acquiesce et ils suivent le général, jack toujours sur ses talons, jusqu'à un des hangars du navire où tout l'équipage du sous-marin y a été installé pour le retour. Quand Alex entre, ils se lèvent tous et le saluent au garde à vous. Le commandant Georgous s'avance et lui serre la main.

— Tu es un drôle de petit bonhomme, mais grâce à toi et à tes dons, nous sommes tous sains et saufs, dit-il d'une voix tremblante d'émotion.

— C'est aussi grâce à Jack, il m'a bien aidé, car sans lui, je n'aurais pas pu entrer en connexion avec son maître, répond-il en caressant la tête du chien, gêné par ses remerciements.

Dès qu'il voit celui-ci, il se précipite en aboyant pour lui faire la fête.

— Quoi qu'il en soit, toutes ces personnes et moi-même te devons la vie et tu pourras toujours compter sur nous. Nous sommes tous, bien conscients que ton existence doit rester cachée pour ta sécurité, mais tu seras toujours dans nos cœurs.

Les membres d'équipage le saluent de nouveau. Alex se sent fier, il n'a pas lâché la main de Jim et le regarde en souriant. Lui aussi est fier du petit garçon, il vient de faire un bout de chemin vers l'acceptation de ses facultés et de ce qu'il est. Il lui rend son sourire accompagné d'un clin d'œil. Les hélicoptères sont prêts et ils peuvent regagner leur île.

À peine arrivés, il saute dans les bras de son père, embrasse Nanou et leur raconte tout. Comment il a sauvé les 55 membres de l'équipage et le commandant Georgous avec l'aide de Jack, le chien du sergent Harry's, la tempête et les remerciements des marins. Il n'arrête pas de parler jusqu'au repas. Pour recommencer avec Kelly qui essaie vainement de le débriefer pour le faire parler de ses émotions et avec Jessica qui analyse les vidéos.

À la fin de la journée, il se plaint de maux de tête et recommence à saigner du nez. Le médecin met ça sur le compte de l'énervement et l'envoie au lit avec un calmant.

Mais à la fin de la semaine, ça ne va pas mieux, il se plaint tous les jours de violents maux de tête et saigne régulièrement du nez. Il en parle avec Jessica qui prend contact avec le professeur Smirnoff. Celui-ci leur demande de lui faire passer très rapidement un scanner.

Aussitôt, ils prennent la direction de l'hôpital où il passe une batterie d'examens, puis reprennent la direction de l'île.

Le lendemain, le professeur prend contact avec le général pour lui assurer que les résultats sont bons, le cerveau d'Alex est en parfait état, juste un petit gonflement au niveau du cortex, le professeur diagnostique une grosse fatigue intellectuelle après une année d'étude intense, les examens du baccalauréat et l'effort fourni lors du sauvetage. Il lui prescrit beaucoup de repos et aucun effort de concentration.

Rassuré, il appelle Alex dans le bureau du colonel pour le mettre au courant sur son état de santé et lui annoncer une bonne nouvelle.

— Alex, tout va bien, mais tu dois absolument te reposer, pas d'effort mental. Donc, pour te remercier de ton aide, nous avons décidé que tu pourrais passer toutes les vacances chez ton papa, en France.

Il regarde le général et saute de joie dans les bras de son père, il remercie le général.

— Merci, on part quand ? Et Nanou ?

— Demain très tôt et Nanou est la bienvenue, bien sûr ! Allons lui annoncer et préparer tes valises.

Le général le rattrape par la manche.

— Alexandre, je compte sur toi, bien sûr !

— Oui, général, pas de bêtises, pas de tentatives d'évasion et du repos ! dit-il en se mettant au garde à vous et en saluant le militaire.

— Très bien, tu as compris.

Les deux militaires sourient et le laissent partir en compagnie de son père. Il court avertir Nanou et puis John, il va dans sa chambre pour faire sa valise, sans oublier son ours et les affaires de Misslady et retourne auprès d'elle pour l'aider, mais celle-ci est déjà prête et elle lui prend la main pour se rendre au réfectoire pour le souper. Il ne tient pas en place et regarde l'heure toutes les cinq minutes, alors, le docteur Grant l'envoie au lit avec un léger décontractant.

Quand il se réveille, les autres sont déjà prêts, Nanou l'aide à s'habiller et lui fait vite manger un bout et prendre ses traitements avant de se rendre aux hélicoptères. Ils rejoignent rapidement le petit aéroport où le jet les attend pour décoller. Pendant le vol, Alex se plaint de migraine, alors le médecin lui redonne un médicament et il s'endort, appuyé contre l'épaule de son père qui l'étend sur la couchette médicalisée. Quand il se réveille, l'avion a entamé sa descente vers l'aéroport Charles De Gaule à Paris. Il regarde par le hublot la ville de lumière et essaie d'apercevoir la Tour Eiffel, ce qui fait rire tous les autres qui lui disent que ce n'est pas possible, qu'elle est trop loin. Il va enfin découvrir la maison de son papa et ses chevaux. Nanou le tire de ses rêveries et l'aide à boucler sa ceinture pour l'atterrissage. Deux gros 4x4 les attendent sur la piste pour les emmener en Normandie. Alex contemple les paysages qui défilent et demande toutes les cinq secondes.

— C'est quand qu'on arrive ?

La vieille ferme à colombage est magnifique, avec son air rustique, son lierre grimpant qui couvre une partie des vieux murs en pierres, d'un côté il y a la partie logement et le bureau de Franck et de l'autre, les écuries composées d'une vingtaine de box et une grande piste intérieure, plus bas se trouve la piste extérieure, le rond de longe et la grande piste d'entraînement qui entoure la bâtisse et les prairies où paissent les juments avec leur poulain et les jeunes chevaux pas encore débourrés.

Il est déjà tard, Franck les emmène à la cuisine où les attendent des sandwichs confectionnés par Maria, la cuisinière. Alex en engloutit deux et prend ses médicaments, puis, rassasiés, il leur montre leur chambre et la salle de bain, il leur donne rendez-vous au lendemain matin pour faire le tour de la propriété et lui montré les chevaux.

Alex a du mal à s'endormir et écoute les bruits de la vieille demeure et des chevaux à l'extérieur, à force de se concentrer, ses paupières deviennent lourdes et il sombre enfin dans un sommeil profond.

Le soleil est déjà haut dans le ciel, quand il se réveille, il saute en bas du lit et passe sa tête dans toutes les chambres désertées, même la pièce de contrôle est vide. Personne ne le surveille ? Où sont-ils tous passés ? se demande-t-il en errant dans le couloir. Il entend leur voix au rez-de-chaussée, il se dépêche d'aller enfiler ses vêtements pour les rejoindre. Ils sont installés à la grande table pour le déjeuner, il se faufile entre son père et Nanou qui l'embrasse sur la joue.

— Tu as bien dormi ?

— Oui, j'ai eu un peu de mal à m'endormir, mais après j'ai dormi comme une marmotte.

— Tu veux une tartine de confiture à la fraise.

— Oh oui ! c'est ma préférée !

— Oui mais une seule et pas tous les jours, normalement c'est du fromage pour le déjeuner, rajoute John en fronçant les sourcils.

Ils finissent de manger et Franck les emmène faire le tour de la propriété, ils empruntent la grande piste d'entraînement que les chevaux viennent de quitter. Elle est longue et ils peuvent profiter du paysage normand. Il leur explique que derrière la forêt qui longe les prairies, il y a les dunes et puis la mer. Nanou projette d'y aller cet après-midi pour aller nager. Alex préfère rester avec son papa pour s'occuper des chevaux.

Après le dîner préparé par Maria, aidée de Nanou, une partie part à la plage et Alex et Jim restent avec Franck. Il lui présente chaque cheval, lui raconte leur histoire, leur parcours, il les caresse et leur donne des carottes. Ils arrivent dans la dernière partie de l'écurie réservée aux étalons, un l'attire particulièrement, il est tout noir, il a juste un croissant de lune sur le chanfrein, dissimulé par sa longue crinière. Il est très nerveux et tourne en rond dans son box, il essaie de l'apaiser pour pouvoir le caresser.

— Non, Alex, pas celui-là, Black-Storm n'est pas très sociable.

— Il est trop beau, c'est à toi ? Je peux le monter ?

— C'était mon champion, mais à la suite d'un accident, il n'accepte plus de cavalier sur son dos.

— Ah, qu'est-ce qu'il a eu ? dit-il en plongeant son regard dans celui de l'animal qui commence à se calmer.

— Tu sais, dans le monde des courses, il y a des envieux et des jaloux, qui veulent à tout prix gagner ! Black-Storm était imbattable, il volait littéralement sur le champ de courses, laissant tous les autres sur place. Alors, lors d'un grand prix, des gens malintentionnés ont glissé du verre pilé sous la selle et ça lui a labouré le dos pendant la course. Il est devenu fou et a piétiné son jockey. Depuis, dès qu'on approche une selle, il devient dangereux, il cabre et frappe des antérieurs.

Alex ressent toute la peine et la colère de son père, il aime énormément son cheval, il l'a depuis qu'il est poulain, il l'a débourré et entraîné.

— Il ne tolère plus que moi sur son dos et « à cru ».

— Ça veut dire quoi « à cru » ? demande-t-il, lui qui ne connaît pas grand-chose dans le monde équestre.

— Que veut dire « à cru » ? N'as-tu pas eu une excellente note au cours de français ? Sans selle, juste assis sur son dos comme tu l'as fait avec Jasper quand tu as fugué de chez ta grand-mère ! lui répond Jim en lui lançant un clin d'œil.

Alex rougit et s'excuse pour son erreur grammaticale.

— Bon, si on allait rejoindre Nanou et les autres à la plage ? lui demande son père en l'éloignant du pur-sang.

Il jette un dernier coup d'œil à Black-Storm et lui promet mentalement de revenir le voir souvent et de la guérir pour le monter et aller se balader ensemble.

La semaine suivante, il lui rend visite, tous les après-midis, hors de la vue de son père ou de ses employés et lui parle doucement pour gagner sa confiance, le bel étalon se laisse caresser sur les naseaux.

Il ne pense qu'à Black-Storm et profite de la moindre occasion pour aller le voir et lui parler, il n'hésite pas à enfreindre les règles et se servir de la télépathie sur les hommes de son père ou du colonel pour qu'ils relâchent leur surveillance.

Ce matin, c'est Ben qui le surveille, il lui suggère de s'asseoir sur un des ballots de paille et de dormir un peu. Le jeune homme s'exécute et s'endort rapidement. Il en profite pour entrer dans le box, il le brosse et s'occupe de lui tout en lui parlant à voix basse. Le cheval se détend à son contact et se laisse caresser sur tout le corps. De l'entrée de l'écurie, le colonel appelle son subalterne pour lui dire que le repas va être prêt et savoir où ils se trouvent, mais il n'obtient pas de réponse. Inquiet, il se dirige à pas de loups vers le box du pur-sang, car il est sûr que c'est là qu'il trouvera Alex.

Il passe à côté du jeune homme endormi et regarde le petit garçon s'occuper du bel animal. Doucement, pour ne pas effrayer le cheval qui risquerait de blesser l'enfant, il lui dit.

— Qu'est-ce qu'a dit ton père ?

Alex sursaute et se retourne, pris sur le fait. Franck s'inquiétant également de l'absence de son fils, les rejoint et lui saisit le bras pour le sortir illico du box. Il le ramène à la maison en lui sonnant les cloches. Jim réveille Ben et lui passe, également un savon, il sait encore fait avoir par le gamin qui vient s'excuser auprès de lui.

— C'est pas sa faute, Jim, je voulais juste m'occuper de Black-Storm, mais vous êtes toujours sur mon dos à me surveiller.

— Oui, on est toujours à te surveiller parce que nous ne pouvons pas de faire confiance ! Tu as enfreint les règles, tu ne peux pas te servir de tes facultés sur des personnes. Je vais devoir le signaler à tu sais qui et il ne va pas être content. Tu vas peut-être devoir rentrer sur l'île alors que tu viens d'arriver et que ton père a prévu de t'emmener avec lui à Paris pour le grand prix de « l'Arc du Triomphe ».

— On va aller à Paris ? Et Nanou aussi ? dit-il en sautant de joie.

— Ne change pas de conversation, tu as compris ce que Jim vient de te dire ? lui dit son père en fronçant les sourcils

— Oui, mais…

— Il n'y a pas de « oui, mais », tu es puni, tu m'as désobéi, tu n'as pas respecté les règles, file dans ta chambre.

Alex allait répondre, mais devant l'air courroucé des deux hommes, il abandonne et monte dans sa chambre, les épaules basses et traînant des pieds. Sur le palier, il croise Nanou qui le regarde d'un air triste. Elle seule connaît le petit garçon par cœur, elle connaît son amour pour les animaux en souffrance. Depuis qu'il est tout petit, il a toujours aidé les animaux dans le besoin, Misslady, sa fidèle chienne, le bouquetin coincé sur la falaise ou l'oisillon tombé du nid. Elle l'a vu prendre des risques inconsidérés pour les sauver. Bien sûr, il a désobéi, mais il ne pensait qu'au bien-être de Black-Storm, elle se penche et l'embrasse sur la joue, il se serre contre elle.

— Je ne veux pas retourner sur l'île, Nanou, pas tout de suite ! J'aimerais voir Paris avec toi et papa et m'occuper de Blak-Storm. Tu sais, Nanou, maintenant, il se laisse caresser et brosser, je suis sûr qu'il me laissera monter sur son dos. Parle-leur ! Si Jim appelle le professeur Dingo, je devrai rentrer. S'il te plaît, Nanou parle-lui, lui demande-t-il en pleurant.

— Je vais essayer, va te reposer dans ta chambre. Mais je ne te promets rien, il est très remonté contre toi ! Tu as encore manipulé ce pauvre Ben, il va certainement être sanctionné et Jim n'aime pas punir un de ses hommes à cause de toi !

— Je suis vraiment désolé, mais c'est trop facile avec Ben.

— Alex ! Allez, file dans ta chambre, je vais aller les voir, dit-elle en lui donnant une claque sur les fesses en souriant.

Il y va et tend l'oreille pour entendre la conversation, mais ils sont partis dans le bureau de son père et ils sont trop loin, alors, il attend, assis sur son lit. C'est Jim qui le rejoint, au bout d'une bonne demi-heure.

— C'est bon, je n'ai pas appelé le professeur Smirnoff et je ne le mettrai pas dans mon rapport, mais je ne veux plus de désobéissance pendant le reste des vacances. Nous allons accompagner ton père à Paris et je veux que tu me promettes que tu seras sage et obéissant. Il y aura beaucoup de monde et je dois pouvoir compter sur ta collaboration. À la moindre bêtise de ta part, nous prendrons directement la direction de l'île. Le général sera présent et ta protection sera renforcée, bien sûr, Ben ne pourra plus te surveiller seul.

Alex soupire de soulagement et promet d'être sage. Il est impatient de découvrir Paris et d'assister à une grande course auprès de son père. Jim lui tend la main et il la serre pour sceller le pacte, puis il dévale les escaliers pour aller se jeter dans les bras de son père qui lui sourit.

— Nous partirons après-demain. En attendant, plus de bêtise, demain, nous irons ensemble, nous occuper de Black-Storm. Je te regarderai t'occuper de lui et au moindre signe d'énervement de sa part, tu m'obéiras et tu sortiras du box.

— Oui, mais tu verras, il sera sage et il ne bougera pas, il aime bien quand je m'occupe de lui.

En effet, le lendemain après le dîner, ils vont s'occuper du bel étalon qui se laisse faire, complètement détendu, à la grande joie du petit garçon. Franck est étonné par la manière qu'à Alex de murmurer à l'oreille du pur-sang qui l'écoute, il baisse même la tête pour être à niveau de l'enfant et il ferme les yeux écoutant sa voix envoûtante. Après, Alex lui masse le dos en montant sur un ballot de paille et s'appuie de plus en plus, y mettant tout son poids. Franck est prêt à intervenir, impressionné par l'audace de son fils, mais Black-Storm reste impassible.

— C'est bon pour aujourd'hui, il faut encore préparer nos valises pour demain. Rentrons !

Alex embrasse les naseaux du cheval et lui promet de revenir très vite s'occuper de lui, il lui dit qu'il va visiter Paris avec Nanou et son papa. Black-Storm hennit comme s'il avait compris. Il court rejoindre sa mère adoptive qui est occupée à boucler sa valise, elle n'a jamais vu la capitale et est tout excitée. Du coup, elle ne sait pas quelle tenue mettre dans ses bagages et tourne en rond en sortant tous ses vêtements de la garde-robe. Franck vient à son secours.

— Prends des vêtements pratiques et confortables pour courir les monuments et les beaux coins de la ville et une tenue chic pour les soirées et le jour du grand prix. Nous resterons quatre jours.

Elle rit de son comportement d'adolescente et repend les habits jetés épars sur le lit.

— Malheureusement, je n'ai pas de tenue chic, je ne pensais pas aller un jour à Paris pour assister à un grand prix hippique.

— Tu auras tout le temps d'aller t'acheter une belle robe quand nous arriverons ! lui répond-il en lui souriant.

Alex les regarde, rire, ils sont devenus très complices et s'apprécient beaucoup. Leur amour pour lui les a rapprochés, on dirait une grande sœur avec son frère, ils se taquinent un instant, puis vont faire la valise d'Alex. Lui aussi aura besoin d'une tenue un peu plus chic.

Le lendemain, très tôt, ils se mettent en route. Quand ils arrivent aux abords de la capitale, la circulation est dense et ils doivent s'armer de patience pour atteindre leur hôtel. C'est un beau bâtiment de l'époque renaissance, en pierres blanches du pays, garni de colonnes, de pilastres travaillés et d'un fronton décoré de feuillage au-dessus de la grande porte. Le général les attend dans le grand hall, un étage leur est réservé et ils vont installer leur bagage dans leur chambre respective. Alex dépose sa valise sur son lit et fait le tour de la chambre qui est adjacente à celle du colonel et à celle du médecin, les portes sont bloquées pour rester ouvertes et des caméras sont installées. Il soupire et s'assied sur le lit, quand les deux gradés entrent dans la chambre.

— C'est pas nécessaire, j'ai promis d'être sage !

— Ce N'est pas, Alexandre, tu as déjà oublié tes leçons de grammaire ? Oui, c'est nécessaire, pour ta protection et notre tranquillité, je préfère garder un œil sur toi. Il y a beaucoup de monde, ta garde est renforcée, les hommes sont en tenue civile pour ne pas attirer l'attention sur toi. Mais je dois pouvoir compter sur ton entière collaboration et ton obéissance !

— Oui, j'ai promis à Jim et à papa que je serai obéissant et que je resterai toujours à côté d'eux. Je ne ferai pas de bêtises, répond-il en levant la main droite comme au tribunal.

— Super, prépare-toi pour aller manger et après nous irons sur les Champs-Élysées et visiter la Tour Eifel, pendant que ton père s'occupe de ses chevaux, il nous rejoindra ce soir.

Alex saute de joie, se change et court avertir Nanou. Après avoir avalé quelques sandwichs et embrassé son père, ils montent dans les voitures et en prennent le chemin. Il regarde par la fenêtre et comme ils roulent lentement, Nanou fait des photos avec son portable. Ils sont accompagnés par des militaires français en civile qui leur facilitent l'accès. Après avoir garé les véhicules, ils se rendent au pied de la grande tour de fer.

— On monte là-haut ? demande-t-il au colonel qui lui répond positivement.

Il applaudit, fou de joie, et ils commencent l'ascension, mais Alex manque de souffle et commence à peiner, il serre les dents et continue à grimper. Il transpire et à chaque marche, c'est de plus en plus pénible, mais il veut tellement voir la vue sur Paris de là-haut. Alors, il soupire et serre également les poings pour se donner du courage. Ses jambes tremblotent et il ne lève pas assez son pied et trébuche. Jim le rattrape et lui demande si ça va. Il n'ose pas lui répondre mais devant le visage pâle et trempé de sueur de l'enfant, le colonel comprend qu'il n'en peut plus. Il lui sourit et le soulève pour l'asseoir sur ses épaules et continue l'ascension. Ils arrivent sur le palier où se trouvent pas mal de touristes qui se bousculent pour atteindre les lunettes d'approche. Un des militaires français demande à Jim, s'ils veulent monter au deuxième palier qui est interdit au public, mais exceptionnellement, accessible pour eux. Il acquiesce et dépose Alex, le temps de reprendre son souffle. Pedro les rejoint et prend l'enfant pour le déposer sur ses épaules.

— Chacun son tour, mon colonel. Nous avons besoin d'exercices, j'ai repris deux kilos avec la cuisine de Maria.

Ils reprennent leur ascension, à mi-chemin, c'est Ben qui prend le relais. Arrivés sur le deuxième palier, le militaire Français tend une paire de jumelles au petit garçon pour qu'il puisse contempler la ville. Après avoir contemplé l'horizon, il les passe à Nanou qui a un peu de mal à reprendre son souffle. Elle n'a plus vingt ans et n'a pas l'endurance de tous ces militaires. John lui tend une bouteille d'eau et l'invite à s'asseoir sur les dernières marches. Jenny l'y rejoint et elles papotent toutes les deux pendant qu'Alex regarde chaque endroit que lui montre, Sébastien, le militaire français. Au bout d'un bon quart d'heure, ils entament la descente qui est plus facile, Jim a repris Alex sur ses épaules pour aller plus vite car ils sont attendus par le général, dans un magasin parisien pour acheter des tenues pour la soirée et pour le jour de la course.

Nanou, folle de joie de faire les boutiques parisiennes, essaie une belle robe bleue qui lui va à ravir et une autre un peu plus chic pour la soirée, Alex rit de bon cœur à chaque fois qu'elle sort de la cabine avec une nouvelle tenue car le général la complimente en rougissant.

— À ton tour garnement ! lui dit-elle quand elle a terminé.

Elle lui fait essayer un jeans noir avec une chemise bleu clair, mais il ne se sent pas très à l'aise, il tire sur le col trop serré.

— Je préfère un t-shirt, ça serre trop fort !

— Tu dois être élégant, j'aimerais que tu fasses un effort pour mettre une belle chemise ! Si tu le fais, pour le jour de la course, on prendra un pantacourt et un beau polo !

— Bon d'accord, mais pas celle-là, elle me serre trop ! Je vais essayer la bleu marine à courtes manches avec l'écusson sur la poche.

Elle lui passe la chemise qui lui va à ravir et fait ressortir ses grands yeux bleus, elle choisit également un pantacourt gris foncé et un polo rayé bleu et blanc. Ils rejoignent le général à la caisse et remontent dans la voiture. Il est temps de rejoindre l'hôtel pour se préparer pour le souper.

Après une bonne douche, ils descendent au restaurant où les attendent le général et Franck, Alex lui raconte son après-midi et il lui demande ce que lui a fait, il lui répond qu'il s'est occupé de l'entraînement de ses chevaux, qu'il les a nourris et préparés pour la nuit, car il faut leur masser les jambes, les brosser et leur mettre une couverture pour qu'ils ne prennent pas froid. Le général Belmont papote avec Nanou qui lui sourit. Ils trinquent tous et commencent à manger, le menu choisi par le général est succulent et ils le remercient pour ce délicieux repas. Après sa dernière bouchée, Alex commence à piquer du nez dans son assiette, fatigué par sa journée dans le brouhaha parisien. Il baille à se décrocher la mâchoire et John propose d'aller le mettre au lit après lui avoir donné ses médicaments, il le prend par la main, mais Alex regarde sa mère adoptive.

— Tu ne viens pas avec moi, Nanou ?

Elle hésite et commence à se lever, mais John la devance.

— Nanou n'a pas souvent l'occasion de s'amuser un peu, elle s'occupe de toi tout le temps. C'est la première fois qu'elle vient à Paris, on va la laisser en profiter et moi, je vais m'occuper de toi, je vais rester près de toi jusqu'à ce que tu t'endormes et vu comme tu es fatigué, ça ira très vite, allez, au lit, mon bonhomme ! Fais un gros bisou à ton papa et à Nanou.

Alex fait la moue et s'exécute. Il lance un regard noir au général qui lui sourit.

— On dirait que notre petit garnement est jaloux, je te promets d'être très correct avec ta Nanou et de lui faire passer une belle soirée. Allez hop, obéis à ton médecin et au lit !

Il est trop crevé pour relever la raillerie et embrasse son papa qui lui aussi va se coucher, il doit se lever très tôt pour s'occuper des pur-sang. Le colonel les accompagne, laissant Nanou seule avec le général Belmont ce qui ne plaît pas trop à Alex. Il leur jette un dernier coup d'œil, mais Jim le prend par les épaules et le force à le suivre. Dès que sa tête touche son oreiller, il s'endort d'un sommeil profond.

Le lendemain matin, Alex sort en courant dans le couloir, bien déterminé à réveiller Nanou et à la questionner sur sa soirée, mais Jim l'intercepte au moment où il allait entrer dans sa chambre.

— Laisse-la se reposer, elle est rentrée très tard !

— Mais…

— Il n'y a pas de mais, viens t'habiller, après le petit déjeuner, nous irons voir l'entraînement au champ de courses, tu ne voulais pas y aller ?

— Si, mais…

— Alex, arrête de ruminer, ta maman se repose, elle a droit à une journée tranquille, pour elle !

Le petit garçon hésite sur le pas de la porte, alors le colonel le prend fermement par la main et le ramène dans sa chambre. Il l'aide à passer ses vêtements et ils descendent au restaurant. Le buffet est grandiose, il y a un grand choix de viennoiseries, des croissants, des pains au chocolat, des petits pains aux raisins, il y a aussi une variété de céréales et de confitures pour étaler sur la baguette bien fraîche. Il ne sait pas quoi choisir et John le rejoint pour préparer son plateau. Il doit veiller à la santé de son petit patient et choisit plutôt, du pain et du fromage, un laitage, du jus d'orange et un verre de lait, Alex le laisse faire en soupirant, mais il y glisse un pain au chocolat, au dernier moment. Le médecin le regarde du coin de l'œil, lui sourit et laisse la viennoiserie sur le plateau. Le petit garçon bat des mains, ravi. Le général est déjà attablé, ils le rejoignent.

— Ben t'es déjà debout, mon général ? Nanou, elle est encore fatiguée, vous avez fait quoi ? lui demande-t-il d'un air boudeur.

— Bonjour Alexandre ! Où est ta politesse ? Et n'as-tu pas eu les meilleures notes au cours de français ? Il me semble que ta phrase n'est pas très correcte !

Il pique du nez dans son assiette en rougissant, puis jette un coup d'œil à Jim qui le regarde en fronçant les sourcils. Il lui donne un léger coup de pied sous la table.

— Bonjour mon général, excusez-moi.

— C'est déjà mieux. Hier, soir j'ai emmené ta mère adoptive à un concert, elle aime beaucoup la musique classique, mon épouse est violoncelliste et donne un concert avec le Grand Orchestre de Paris. Si tu n'avais pas été si fatigué, tu nous aurais accompagnés, Gretha aimerait beaucoup te rencontrer.

— T'es marié ? Je croyais que tu voulais draguer Nanou ?

— Alexandre ! Ton langage ! Oui, je suis marié et Nanou est juste mon amie. Ce matin, tu vas aller voir ton papa sur le champ de courses. Vous reviendrez pour le repas. Puis tu iras te reposer et ce soir, nous irons tous voir Gretha jouer. Je te laisse. Ah ! Voilà justement l'amoureux de ta maman ! Max, venez nous rejoindre, je vous laisse ma place, je dois partir. Bonne journée, Alexandre ! Et fais attention à ta façon de parler, même si ce sont les vacances. J'autorise ton professeur à te donner une punition si ton vocabulaire et ta syntaxe ne sont pas corrects. N'oublie pas que tu intègres une grande académie à la rentrée. Messieurs, bonne journée et ne vous laissez pas berner par ce petit garnement, derrière ses petits airs angelot, c'est un petit diablotin.

Il secoue la tignasse noire et sourit au petit garçon qui le fusille du regard. John lui demande de finir son repas pour qu'ils puissent prendre la route. Il avale rapidement sa dernière bouchée quand Nanou les rejoint, elle l'embrasse mais il s'écarte, lui en voulant encore de l'avoir laissé seul. Jim leur demande, à Max et à elle, s'ils viennent avec eux, mais elle préfère se reposer un peu et aller visiter quelques monuments. Alex croise les bras et boude.

— Allez, mon loupiot ! Tu ne vas pas me faire la tête ? On se voit tout à l'heure. Fais-moi un câlin et amuse-toi bien, sois prudent avec les chevaux.

Il lui sourit et le serre contre elle, il l'embrasse sur les deux joues et suit Jim et John pour rejoindre les véhicules. Ils arrivent rapidement à l'hippodrome et recherchent Franck dans les couloirs des nombreuses stalles, mais il est déjà au bord de la piste en train de donner des conseils à ses jockeys. Alex le repère et court le rejoindre en se faufilant au milieu des chevaux, de leurs lads et de leur entraîneur.

— Eh attention petit ! On ne court pas dans les jambes des chevaux ! lui crie un gros monsieur tout rouge et en sueur.

— Pardon m'sieur ! répond-il en haussant les épaules.

Jim l'attrape par le bras et le sermonne.

— Du calme, ça ne va pas Alex ! Tu veux te faire piétiner ? Suis-moi.

Il l'attrape fermement par le poignet en évitant de trop le serrer et font un détour pour rejoindre Franck, Jim lui lâche le bras et son père le regarde furieux.

— Tu sais que tu dois être prudent avec les chevaux, on ne se précipite pas comme ça dans leurs jambes, lui dit-il en le prenant par l'épaule et en lui levant le menton.

Alex baisse la tête et s'excuse, il lui ébouriffe les cheveux et lui sourit.

— Allez, ce n'est pas grave, regarde, ils sont prêts pour le départ, ce sont les premières courses des jeunes chevaux. Tu vois, là-bas, c'est Baya, c'est une fille de Black-Storm, elle tient de son père, elle est rapide.

Alex contemple la jeune jument, elle est nerveuse et balance sa tête de tous côtés. Le jockey a du mal à la maintenir, ils entrent dans la stalle de départ. Quand le starter donne le coup de départ, les portes s'ouvrent à la volée, les chevaux stimulés par leur cavalier bondissent vers l'avant et se lancent au galop. Sauf, Baya, qui cabre dans tous les sens, avant de bondir vers l'avant pour suivre ses camarades. Elle est distancée d'une bonne longueur et Franck jure. Elle ne pourra pas les rattraper ! Mais la jeune jument tient de son père ! Elle n'aime pas se retrouver derrière. Elle allonge ses foulées et diminue petit à petit son retard. Elle est déjà à hauteur des derniers et continue de remonter le peloton. Elle accélère encore l'allure. Alex regarde son père qui l'encourage de la voix, comme s'il était en en communication avec le pur-sang. Il suit de nouveau Baya des yeux. Ils ne sont plus que deux devant elle. Lui aussi l'encourage mentalement. Son jockey lui donne la main et la jument bondit vers l'avant. Dans un dernier effort, elle dépasse ses deux concurrents et gagne de peu. Franck soupire de soulagement et relâche la tension nerveuse, il croise le regard de son fils et lui sourit.

— Tu as vu, quelle remontée, cette pouliche a un fameux caractère, tout son père !

— Oui, elle est forte, une vraie championne, comme Black-Storm, lui aussi, il recourra un jour.

Franck passe sa main dans la chevelure noire et épaisse. Il le soulève et l'installe sur la barre qui les sépare de la piste pour mieux voir les chevaux revenir au pas vers eux. Jim lui tend ses jumelles et il survole la piste et les gradins en face. Quand un homme attire son regard, lui aussi est occupé à les surveiller avec ses jumelles. Alex appelle Jim.

— Il y a un monsieur qui nous regarde avec des jumelles.

— Tu dois te tromper, il regardait certainement les chevaux, il y a des éleveurs qui viennent pour acheter des champions.

— Non, il nous regardait papa et moi, dit-il tout à coup inquiet.

Prenant toujours les paroles du petit garçon au sérieux, il se redresse et prend un air grave.

— Passe-les-moi !

Jim inspecte les gradins, mais ne voit rien.

— Tu as dû te tromper, il n'y a plus personne. Allez, il va être temps de rentrer pour le dîner et pour te reposer.

Ils reprennent le chemin de l'hôtel. Ils rejoignent Nanou et Max au restaurant. Il leur raconte la course de Baya et après un bon repas, elle l'accompagne à sa chambre pour qu'il fasse une bonne sieste. Il s'endort rapidement et vers dix-sept heures, elle doit le secouer pour le réveiller.

— Eh bien, quelle marmotte ! On va aller à la piscine pour se détendre un peu avant la soirée.

— Tu me réveilles pour aller à la piscine, j'ai pas envie d'y aller ! grogne-t-il en rabattant la couette sur sa tête.

— Si ! Si, tu sais que ça va te faire du bien, le kiné t'attend, il va aussi te faire un massage, comme sur l'île, tu dois faire tes exercices. Allez, debout !

Alex se lève en ruminant et enfile son maillot, Nanou le traîne en le tirant fermement par la main, Jim, John et son père l'attendent au bord de l'eau, en compagnie de Frédéric, le kiné. Franck le prend rapidement dans ses bras et entre dans l'eau, il s'accroche à son cou quand l'eau lui arrive à la taille. À chaque séance, c'est toujours la même bataille, délicatement mais fermement, Frédéric le prend sous les aisselles et le couche sur la surface de l'eau, Franck le retient sous le dos et les fesses. Il essaie d'agripper son père, le kiné lui parle doucement pour qu'il se détende, Franck s'éloigne et le laisse faire. Sachant que comme d'habitude, il n'a pas le choix, Alex se calme et se concentre sur la voix ferme, Frédéric lui fait faire ses exercices et au bout d'une demi-heure, le sort de l'eau pour l'emmener dans la salle de soins. Il masse le petit corps tendu, en insistant sur la jambe et le bras blessés qui restent un peu raides et douloureux. Puis le fait se retourner pour lui masser la nuque et le dos, il sent le petit garçon se détendre et continue un moment, jusqu'à ce qu'il soit complètement relâché.

— C'est bien, Alex, tu as fait des progrès et tu es moins tendu, tu peux rejoindre ta maman pour aller te préparer, passe une bonne soirée, nous nous revoyons la semaine prochaine.

Il regarde son petit patient s'éloigner rapidement. Il devait en faire dès son rétablissement après son accident, mais sa peur de l'eau l'en empêchait et après l'accident à la base sous-marine, ils ont préféré attendre. Mais après les examens sur sa densité osseuse et la lente consolidation de ses os, le professeur Smirnoff et son médecin sont arrivés à la conclusion qu'il devait en faire absolument. Les premières séances ont été très laborieuses et pénibles. Même en si mettant à plusieurs, impossible de le faire approcher du bord de la piscine. Il y a eu beaucoup de cri et de larmes. Parfois, l'eau devenait tellement chaude, qu'ils devaient sortir à la hâte pour ne pas être brûlés. Mais avec de la patiente, l'aide de Nanou et les séances avec Kelly et Steve, ils sont arrivés à le faire rentrer dans l'eau et maintenant, il fait ses exercices sans se plaindre, même si ça reste une corvée pénible et anxiogène pour le petit garçon.

Il rejoint Nanou qui l'entoure d'une serviette chaude pour qu'il ne prenne pas froid et Frédéric s'entretient avec le médecin et Franck. Il les surveille du coin de l'œil se demandant ce qu'ils ont à se dire à son sujet, il a pourtant fait de gros efforts. Il la regarde d'un œil interrogateur et elle lui sourit en haussant les épaules. Elle l'entraîne vers sa chambre pour l'habiller pour la soirée, puis elle disparaît dans la sienne pour se préparer également. Max vient lui tenir compagnie en attendant que tout le monde soit prêt.

Ils prennent les voitures et rejoignent le général et son épouse, au restaurant, à côté de l'Opéra de Paris où Gretha donne un récital.

C'est une dame très élégante et jolie d'une soixantaine d'années, elle est mince et aussi grande que son mari.

— Bonjour Alexandre, je suis contente de faire ta connaissance, on m'a dit que tu étais un virtuose au piano. J'ai hâte de t'entendre jouer, lui dit-elle en l'embrassant sur la joue.

— Bonjour madame Belmont. J'ai, moi aussi, hâte de vous entendre jouer, lui répond-il poliment, d'une toute petite voix.

— Ah, c'est mieux que ce matin, la politesse est revenue.

Alex baisse la tête en rougissant.

— Allons Robert, laisse-le donc tranquille, c'est un enfant. Bonjour Nanou, contente de vous revoir. Avez-vous passé une bonne journée ? lui demande-t-elle en la prenant par le bras.

Elles s'éloignent en papotant. Le général prend Alex par l'épaule et ils les suivent vers la table. Ils s'installent et prennent l'apéritif puis le repas, en discutant de musique et d'art. Vers huit heures trente, ils se dirigent vers l'Opéra pour qu'elle puisse se préparer. Elle montre les coulisses et les loges, puis la salle de répétition où trône un magnifique piano à queue. Elle lui montre le petit siège pour qu'il prenne place derrière le bel instrument. Alex s'installe, caresse les touches, ferme les yeux pour se concentrer. Puis ses mains volent sur le clavier. Ils sont subjugués par la limpidité de la mélodie, il n'y a pas une seule fausse note et il joue sans partition. Gretha s'approche avec son violoncelle, elle commence à jouer un des airs qu'elle interprétera ce soir. Il écoute un moment, suivant chacun de ses mouvements, puis l'accompagne, sans connaître la partition. Mais là aussi sans une seule fausse note. Les autres musiciens les ont rejoints et admirent la vélocité et l'énergie de l'enfant. Quand il arrête, tout le monde applaudit.

— Bravo, Alex, c'était magnifique, quelle oreille ! Je suis ébahie, je n'ai jamais vu une telle virtuosité. Tu veux essayer le violoncelle.

Il acquiesce, elle lui explique comment tenir l'instrument et comment s'en servir. Il écoute, concentré, puis essaie, l'instrument est un peu trop grand pour lui, mais rapidement, les notes s'élèvent claires et limpides. Il sent l'instrument vibré et ça le transcende. Il oublie les autres, l'endroit où il se trouve. Il n'entend plus que la musique. Il joue de plus en plus vite, l'archet vole sur les cordes et à bout de souffle, il s'arrête et rouvre les yeux. Le temps se fige, ils sont tous muets et ébahis par sa prouesse.

— Tu es sûr que tu n'as jamais joué du violoncelle ? Moi-même je ne suis pas certaine de jouer aussi bien que toi ! Quel talent ! dit-elle subjuguée.

Tous les musiciens se regroupant autour du petit garçon, le général les rejoint et le prenant par les épaules pour le soustraire à leur curiosité, le ramène auprès de Nanou et de Max.

— Il est temps de te préparer, ma chérie, vous allez être en retard, nous allons nous installer dans la salle. Viens, Alex !

Il le conduit vers les coulisses et rejoint le colonel qu'il entraîne un peu à l'écart.

— Il ne faut pas que les gens s'intéressent trop à Alex. Il y avait un peu trop de monde à cette démonstration, soyons plus prudents. Dès la fin du concert, retournez à l'hôtel.

— Bien, mon général.

Ils vont s'installer et attendent le début du récital, Alex regarde autour de lui, il a l'impression d'être surveillé, mais les lampes s'éteignent et la salle est plongée dans l'obscurité. Cette impression l'obsède pendant toute la durée de la première partie et quand les lampes se rallument pour l'entracte, il croise le regard de cet homme qui était ce matin au champ de courses. Il est sûr que c'est le même et alerte Jim qui se lève et examine l'endroit désigné par l'enfant. Mais de nouveau, l'homme a disparu. Ils avertissent le général qui leur suggère de rentrer. D'ailleurs, Alex est épuisé et bâille en se frottant les yeux. Nanou et Max restent avec Robert et son épouse pour écouter la fin du récital. John, Franck et les autres le ramènent pour le mettre au lit.

Le lendemain, c'est le jour du grand prix, début de l'après-midi, ils se rendent tous à l'hippodrome, ils s'installent dans le gradin réservé au V.I.P. pour suivre la course. Jim et ses hommes sont sur leur garde, depuis hier au soir, ils surveillent étroitement le petit garçon qui attend le départ avec impatience. Il regarde les chevaux et son père avec les jumelles, puis il suit le pur-sang entraîné par celui-ci pendant toute la course. Il est gagné par l'effervescence qui monte dans les gradins. Il crie en sautant de joie quand le cheval franchit la ligne d'arrivée. Il lève les jumelles et tombe de nouveau sur l'homme. Il a une arme à la main et vise son père. Alex hurle en blêmissant et le désigne du doigt à Jim qui, cette fois, le voit. L'homme hésite visant d'abord le père, puis l'enfant et de nouveau le père, puis baisse son arme et prend ses jumelles. Il s'aperçoit qu'il est découvert et s'enfuit dans la foule. Jim saisit le petit garçon dans ses bras et le conduit sous bonne garde dans la voiture blindée. Le général lui donne l'ordre de le ramener chez son père, il y sera plus à l'abri. Lui se charge de prévenir Franck et les autres qui les rejoindront là-bas.

Dès qu'ils y arrivent, John conduit Alex dans sa chambre et le rassure. Son père rentrera demain matin avec les chevaux, il est sous la protection du général et de la police française. Il lui donne un léger calmant, pendant ce temps, Jim double la garde et attend le retour de Nanou et Max qui les suivaient dans l'autre véhicule.

Pendant la semaine qui suit, ils restent vigilants, mais tout est calme. Franck et Alex s'occupent de Black-Storm et des autres chevaux. Nanou et Max découvrent la Normandie, ils partent le matin et rentrent tard le soir. Ils s'installent dans une petite routine qui fait du bien à tout le monde.

Comme chaque matin, Alex insiste pour monter le bel étalon mais son père le lui interdit et reste ferme. Il va bouder dans un coin en caressant sa chienne. Franck soupire et rejoint Jim qui joue aux cartes avec ses hommes.

— Ce soir, je pars chercher une jument, je reviendrai demain dans la matinée. Surveille-le, il tourne de nouveau beaucoup autour de Black-Storm, j'ai aussi prévenu mes hommes que je ne voulais pas le voir seul dans le box et encore moins sur son dos.

— OK, on fera attention, dit-il en épiant la réaction de l'enfant du coin de l'œil qui continue à jouer avec Misslady.

Ce soir-là, Alex monte se coucher tôt, il est fatigué et toujours grognon, Nanou n'est pas encore rentrée et son père lui a fait un sermon avant de partir, lui interdisant formellement de s'approcher du cheval en son absence, mais il voudrait tellement lui montrer que Black est guéri et qu'il accepte de nouveau un cavalier sur son dos.

À l'aube, il se lève et se rend aux toilettes. La veille, en montant se coucher, il a subtilisé une seringue remplie du puissant somnifère dans la trousse de John. Il entre en douce dans la pièce de surveillance, Jenny est seule et est plongée dans son roman. Elle n'a pas le temps d'appuyer sur l'alarme, Alex lui plante l'aiguille dans la cuisse et elle s'endort directement en tombant de sa chaise. Il s'excuse auprès de la jeune femme endormie et lui glisse son oreiller sous la nuque.

Il s'habille rapidement et sort pour se rendre à l'écurie. Un des hommes de son père l'attrape par l'épaule, il plonge son regard bleu presque noir dans les yeux de l'homme qui s'écroule, endormi. Il sort le pur-sang de son box, le selle l'approche d'un gros ballot de foin pour le monter.

Jim se lève et ne trouve pas l'enfant dans sa chambre. Il va dans la pièce de contrôle et trouve sa subalterne complètement assommée par le somnifère. Il jure contre le garnement et dévale les escaliers. Personne dans la cuisine, il sort et aperçoit les hommes de Franck qui sortent les chevaux. Ils se rendent sur la longue piste d'entraînement et commencent à les faire trotter puis galoper. Il examine chaque cheval et son jockey, mais ils sont beaucoup trop loin. Il rentre et prend ses jumelles. Directement, il reconnaît le pur-sang noir et examine le jockey, c'est Alex. Il jure un bon coup et s'élance vers la piste. Les chevaux prennent de la vitesse. Alex est couché sur l'encolure de l'étalon. Ils vont tellement vite qu'ils dépassent tous les autres et les laissent sur place. Franck entre dans la cour avec son camion et est intrigué par Jim qui sprinte vers la piste d'entraînement. Il comprend vite pourquoi quand son regard tombe sur Black-Storm et son étrange petit jockey en train de filer à vive allure vers l'arrivée qu'ils franchissent avec une bonne longueur d'avance. Il saute en bas de son camion et se lance lui aussi vers la piste. Voyant Jim et son père arrivés en courant, il ralentit le pur-sang et le caresse pour le calmer.

— Je crois que je vais passer un mauvais quart d'heure, mon beau Black, je vais me faire engueuler, mais ça en valait le coup, papa a vu que tu es guéri, dit-il en flattant l'encolure du bel animal qui hennit comme pour lui répondre.

Franck arrive à sa hauteur et saisit les rênes pour immobiliser le puissant étalon, il est furieux.

— Qu'est-ce que je t'avais dit ? le gronde-t-il.

— Mais regarde, il est guéri ! Tu as vu comme il va vite ? lui répond-il en lui souriant timidement.

Le colonel le saisit par la taille et le dépose sur la terre ferme en le retenant fermement par l'épaule.

— Trop vite, et si tu étais tombé ? lui crie son père hors de lui.

— Mais, je suis pas tombé ! répond-il, fier de lui.

— Et Jenny, que lui as-tu fait ? Et les hommes de ton père ? lui demande le colonel d'une voix calme mais ferme en le faisant pivoter en face de lui.

— Je lui ai injecté le somnifère, parce qu'elle n'aurait pas voulu que je monte. J'ai suggéré à Arnaud qu'il était très fatigué, il dort sur un des ballots, là-bas, et eux, ben, je les ai persuadés que j'avais la permission de papa, dit-il d'un ton boudeur en montrant les autres jockeys qui s'éloignent.

Le tenant fermement par le bras, il le ramène à la villa, monte auprès de Jenny et appelle le médecin pour qu'il l'examine rapidement et le rassure sur son état, le puissant somnifère a été conçu, exclusivement, pour Alex, en cas de grosses crises dues aux effets de la « mnémosine ». Il le ramène dans sa chambre, accompagné de son père. Le petit garçon se prépare à recevoir un de ces savons et en effet, dès que la porte se referme sur eux, il l'assied sur son lit et le gronde sur son comportement et son inconscience. L'enfant attend que l'orage passe en regardant le sol. Mais Jim le prend par le menton et l'oblige à relever la tête et à le regarder.

— Tu mériterais qu'on reparte directement sur l'île ! Tu n'as pas le droit d'utiliser tes compétences et encore moins sur des personnes ! gronde-t-il en lui agitant son index devant le nez.

— J'ai plus mal à la tête ! répond-il effrontément.

— Ce n'est pas une raison pour faire n'importe quoi, désobéir, tu aurais pu faire une chute mortelle !

— Je ne suis pas tombé ! crie-t-il en se remettant sur ses pieds et en les foudroyant du regard.

— Alex, baisse d'un ton ! Tu as désobéi, je t'avais interdit de monter Black-Storm. En plus, droguer Jenny, c'est honteux, elle aurait pu faire un malaise, je suis très déçu par ton comportement, lui dit son père en lui tournant le dos pour regarder Jim.

Il soupire en essayant de le retenir par la manche.

— Je voulais te montrer qu'il était guéri ! lui crie-t-il.

— Alex, ça suffit ! Tu es consigné dans ta chambre, je vais voir avec le général et le professeur Smirnoff si nous devons rentrer.

— S'il te plaît Jim ! Ne l'appelle pas ! Il va m'obliger à rentrer ! Je m'excuse. Je n'voulais pas faire de mal à Jenny. Jim, je te jure ! Je le ferai plus, ne l'appelle pas, le supplie-t-il en se jetant contre lui.

— Je ne peux pas, Alex, c'est la deuxième fois que tu désobéis et utilises tes facultés à mauvais escient. Je vais en discuter avec ton père et prévenir le général, il prendra la décision d'avertir ou pas le professeur Smirnoff. En attendant, tu es puni et tu resteras toute la journée dans ta chambre. Max te donnera du travail pour la rentrée et tu ne t'approches plus du box de ce cheval, dit-il en soupirant et en le prenant par les épaules pour l'asseoir sur le lit.

Alex allait se rebiffer, mais le regard courroucé de son père l'en dissuada. Les deux hommes quittent la chambre et il se jette sur son lit pour pleurer. Une demi-heure plus tard, Max le rejoint et lui donne des exercices à faire qui l'occuperont tout le reste de la journée.

La jeune militaire met presque deux jours pour se remettre complètement de la puissance du somnifère. Franck oblige Alex à lui présenter des excuses. Jim a prévenu le général, mais ils se sont mis d'accord pour ne pas téléphoner au professeur. Dans quelques jours, c'est l'anniversaire du petit garçon, mais il ne peut plus s'approcher de l'écurie.

Le jour J, comme il a été obéissant et sage, son père lui propose une balade à cheval jusqu'à la plage et il peut monter Black-Storm. Franck l'a monté tous les jours pour le travailler et a pu constater que l'étalon était redevenu calme et discipliné comme avant l'accident. Alex est fou de joie et ils préparent les chevaux, ils sont accompagnés de John, de Jim et de deux de ses hommes, Pedro et Jack.

Arrivés sur la plage, ils font une bonne longueur de galop. Franck est ébahi par l'aisance de son fils en selle, même au galop, il garde une assiette parfaite, il fait corps avec le puissant étalon. Puis ralentissent et descendent de cheval, ils marchent sur la plage, tenant les chevaux par la bride. Alex se sent heureux et sourit à son père.

Tout à coup, de puissants pick-up dévalent sur la plage et les encerclent, ce qui effraie les chevaux, ne pouvant les retenir, ils lâchent les brides et ils repartent vers l'écurie au grand galop.

Des hommes armés en descendent et l'un d'eux prend la parole, c'est l'homme qu'Alex avait vu à l'hippodrome et à l'opéra. Il le reconnaît et prend peur. Il ressemble beaucoup à son papa, ça doit être Carl Delval, son grand-père. Un baron du crime organisé qui trempe également dans le trafic de drogue et d'armes. Ils en ont parlé quand ils sont revenus de Paris et Alex, curieux d'écouter la conversation sur son aïeul, s'était caché derrière la porte pour mieux les entendre.

— Bonjour Franck, je t'ai à l'œil depuis des années et j'ai appris récemment que tu faisais des démarches pour avoir la garde de ton fils. Quelle fut ma surprise d'apprendre que j'avais un petit-fils ! Il paraît que c'est son anniversaire, aujourd'hui ? Je suis également très intrigué par cette protection, des soldats d'élite comme garde du corps ! Du coup, j'ai très envie de faire ta connaissance, Alexandre, c'est ça, hein ? dit-il en s'appuyant contre le puissant véhicule.

L'homme est grand et bien bâti, il a des cheveux poivre et sel, le même regard, bleu acier, que son fils et son petit-fils, mais avec un éclat cruel. Un sourire narquois au coin des lèvres qui effraie le petit garçon.

Franck prend son fils par les épaules et le serre contre lui.

— Ne t'approche pas de lui, tu es un être malfaisant, il me semblait que tu ne pouvais pas venir en France, ce pays pratique l'extradition avec les États-Unis et tu es toujours recherché !

— Oui, mais faire la connaissance de mon petit-fils est plus important. Viens un peu près de moi, Alex, je ne te ferai pas de mal.

Jim avance vers Alex pour le protéger, mais un des hommes de main du truand le met en joue.

— Non, non, on ne bouge pas, ne jouez pas au héros, restez gentiment à votre place, cet homme est mon meilleur tireur et il a la gâchette facile ! Assez joué, toi, petit, viens ici, tu vas m'accompagner, dit-il en se redressant et en se dirigeant vers l'enfant terrorisé.

— Il est hors de question que tu me prennes mon fils, pour que tu lui fasses du mal comme tu l'as fait à maman et à moi ? lui crie Franck et cachant son fils derrière son dos.

— Ta mère, c'était une traînée, elle t'a abandonné, lui répond-il en riant, puis il crache sur le sol.

Alex, fixant son grand-père depuis le début de l'altercation, voit tout autre chose et il se rend compte que, en effet, ce type est méchant et cruel et comprend pourquoi son père le déteste tant. Carl s'avance en le fixant droit dans les yeux. Alex soutient son regard et se serre un peu plus contre son père.

— Tuez-les tous, je me charge du petit, dit-il en essayant de lui saisir le bras.

Tout à coup, tout s'enchaîne et se dégrade rapidement. Jim et Jack dégainent leurs armes et font un pas en même temps pour intervenir. Ils visent, les malfrats tirent et ils s'écroulent tous les deux. Voyant le sang couler et teinter le sable blanc, Alex hurle. Il se dégage de l'étreinte de son père, envoie valser son aïeul à une bonne dizaine de mètres, d'une violente poussée mentale et court vers le corps de Jim. Un des hommes de main essaie de l'attraper et lui barre le passage. Il est désemparé. Jim ne bouge plus. La tache de sang s'étale de plus en plus. La colère et la peur le submergent. Il ferme les yeux et l'homme s'enflamme ainsi que tous les autres malfrats. Ils hurlent en se tordant de douleur et s'écroulent complètement carbonisés sur le sable. Alex, à genoux, les mains sur les oreilles, continue à hurler. Les véhicules s'enflamment à leur tour, emprisonnant dans la fournaise, les hommes restés à bord. Carl se relève prestement et essaie de l'atteindre mais voyant que ça tourne à son désavantage et craignant la fureur destructrice d'Alex, saute dans un des véhicules, encore intact et s'enfuit. Franck s'approche de son fils et écarte ses petites mains pour lui dire que c'est fini. Il doit le secouer pour qu'il revienne à la réalité. Il le regarde en tremblant de tout son corps, se relève et se précipite sur le corps inanimé de Jim. Il respire encore, mais il est grièvement blessé et sa vie ne tient plus qu'à un fil. Il déchire le t-shirt et pose ses mains sur la blessure à hauteur du cœur. Il se concentre, ses mains deviennent chaudes et irradient la blessure qui se referme. Il a très mal à la tête et son nez se met à saigner, mais il se concentre et pousse encore un peu plus son cerveau. Jusqu'à ce qu'il soit certain que la vie de son ami n'est plus en danger. La chaleur le quitte. Il sent la balle dans la paume de sa main et referme ses doigts pour l'emprisonner. Il la serre très fort. Jim est sauvé ! Il respire mieux. Alex, en nage, tente de se relever mais tout tourne autour de lui et il s'évanouit.

Au haras, voyant les chevaux complètement paniqués, revenir, seuls à l'écurie, les hommes de Jim ont donné l'alerte et sautent dans les véhicules pour foncer vers la plage. Ils essaient, en vain, de joindre leur supérieur avec la radio. Quand ils arrivent, ils restent sans voix devant le carnage. La plage est jonchée de corps carbonisés et de véhicules en feu. Jim et Jack sont étendus sur le sol. Alex est penché sur le corps inanimé du colonel et John sur celui de leur collègue et ami. Peu de temps après, les renforts et le général arrivent eux aussi sur la plage. John essaie de réanimer le petit garçon évanoui, mais rien à faire, Jim aussi est toujours inconscient. Jack est mort. Il n'a pas pu le sauver. Ils sont très vite évacués vers l'aéroport pour les ramener sur l'île le plus rapidement possible. Le général se charge avec l'armée française de nettoyer la plage et d'évacuer les corps et les voitures calcinés.

Après deux jours d'inconscience, quand Alex revient à lui, son père et Nanou sont à son chevet. Il a toujours très mal à la tête et il est très pâle mais il veut savoir comment vont Jim et Jack.

— Il va bien, grâce à toi, on ne sait pas comment tu as fait, mais tu lui as sauvé la vie. Il se repose, il attendait ton réveil avec impatience. Il avait très peur pour toi, peur que tu aies fait trop d'efforts pour le sauver. Malheureusement, Jack est mort. Le coup a été fatal, il n'y avait rien à faire.

Alex repose sa tête douloureuse sur l'oreiller et lâche un soupir de soulagement. Une larme coule sur l'oreiller. Nanou lui serre la main pour le réconforter.

— Nous allons te laisser te reposer, le professeur Smirnoff est là et aimerait te voir, il faut que tu passes des examens, tu es resté longtemps inconscient. Repose-toi maintenant.

Franck l'embrasse et se relève pour se diriger vers la sortie, mais son fils le retient par la manche.

— Attends, j'ai vu, dans sa tête, quand tu lui as parlé de ta maman…

Il s'interrompt et Franck regarde son fils blême et tremblant, se demandant ce qu'il avait pu voir qui le terrorise à ce point. Alex déglutit et reprend la parole.

— Elle ne t'a pas abandonné, c'est lui… C'est lui qui l'a tué.

Franck chancelle et doit se rasseoir sur le lit. Nanou se rapproche et lui prenant la main.

— Tu es sûr, Alex, c'est une grave accusation.

— Oui, Nanou, je l'ai vu dans sa tête, c'est lui qui l'a tuée et jetée dans un vieux puits. Elle voulait le quitter et partir avec son fils, elle avait tout préparé. Elle n'avait plus qu'à le réveiller, mais il est rentré plus tôt ou il avait fait semblant de partir, je ne sais pas. Quand il a compris ce qu'elle s'apprêtait à faire, il l'a attrapé par le bras, elle s'est défendue, mais il avait un couteau de chasse à se ceinture et il l'a poignardée plusieurs fois.

Alex lui raconte en regardant son père qui s'effondre un peu plus à chaque parole. Les larmes coulent sur leur visage. Il se jette dans ses bras et Nanou les serre très fort pour les réconforter.

— Je dois aller voir, j'ai toujours cru qu'elle m'avait abandonné ! Il m'a persuadé qu'elle était partie sans moi. Alors, je lui en voulais tellement d'être partie sans m'avoir parlé que je n'ai plus parlé d'elle. Quand je reviendrai, je te raconterai quelle femme elle était. Maintenant, tu sais pourquoi je ne t'ai pas parlé de lui non plus. Il recommencera, il fera tout pour t'avoir, surtout après ce qu'il a vu. Tu ne dois pas le laisser t'approcher et si tu dois utiliser tes facultés contre lui, fais-le, c'est un être malfaisant.

Franck serre son fils contre lui, il sait de quoi son père est capable et il va devoir le protéger de ce monstre. Le docteur Grant entre pour s'occuper de son jeune patient. Franck lui raconte ce qu'il vient d'apprendre. Il s'approche d'Alex, pâle et un peu fiévreux, son nez se remet à saigner.

— Il faut absolument que tu passes un scanner et une IRM et que le professeur Smirnoff t'examine.

Alex acquiesce et le professeur entre dans la pièce pour lui poser les capteurs cérébraux. Après avoir consulté ses écrans, il revient au chevet du petit garçon.

— Il y a une zone de ton cerveau qui m'inquiète, il vaut mieux que l'on te ramène à la base de recherche pour effectuer tous les examens.

Alex hésite et cherche du secours auprès de Nanou et de son père, eux aussi sont inquiets par son état et acquiescent. Alors, accablé par cette douleur et résigné, il capitule.

Le professeur met tout en œuvre pour l'y ramener le plus rapidement possible et dès qu'ils sont sur place, il lui fait passer différents examens. Les résultats ne sont pas bons, une zone de son cerveau s'est brutalement développée et est comprimée dans la boîte crânienne. Les connexions neuronales sont nombreuses et désordonnées. Le professeur n'a jamais vu cela. Est-ce dû aux efforts qu'a fait, Alex pour sauver le colonel, il n'a pas encore étudié cette nouvelle faculté de guérison. Il n'avait jamais voulu s'intéresser aux pouvoirs des magnétiseurs, les prenant pour des charlatans. Ce qu'a fait Alex, peut-il s'en approcher ? Il va devoir étendre ses connaissances et ses recherches dans ce domaine.

Ils ne s'étaient plus revus depuis leur dernier affrontement qui l'avait cloué dans un fauteuil roulant. Alex est distant et méfiant mais se plie aux différents tests sans rechigner. Le professeur essaie de briser la glace et de se rapprocher de lui en l'interrogeant sur ces deux années passées sur l'île. Mais il lui répond par monosyllabes à toutes ses questions et dès que les examens se terminent, il se retranche dans le mutisme.

Pour l'instant, il doit s'occuper de l'état d'Alex, ne pas l'énerver et le surveiller, il aura d'autres occasions pour lui parler. Il faut absolument qu'il se repose, aucun effort mental. Jim est lui aussi à la base de recherches et le professeur lui fait passer également quelques examens, mais il est en forme.

Ensemble, ils vont en informer le petit garçon et les autres. Alex est fou de joie en revoyant son ami qui peut reprendre immédiatement ses fonctions auprès de lui. Il est déçu d'apprendre qu'il devra rester à la base jusqu'à sa guérison et repasser une batterie d'examens et de tests. Mais cette fois, Nanou reste elle aussi près de lui. Franck, rassuré sur l'état de son fils, le prévient de son départ pour le ranch, voyant son regard inquiet et son agitation, il le rassure. Il sera sous la protection d'une partie des hommes de Jim.

Après une bonne dizaine de jours de calme et de repos, l'excroissance cérébrale s'est résorbée et tout semble rentré dans l'ordre. Alex n'a plus mal à la tête, il repasse quelques examens, puis des tests pour évaluer ses compétences qui se sont accrues. Il est plus rapide et ne doit plus se concentrer autant pour utiliser la télékinésie, la télépathie et la pyrokinésie. En quelques millièmes de seconde, il enflamme les pantins de paille et de tissus, sans faire monter la température de la pièce. Le professeur et le général sont stupéfaits par ses progrès.

Alex commence à s'ennuyer et à déprimer. Il est inquiet de ne pas avoir de nouvelles de son père. Et de nouveau, les conflits reprennent entre le professeur et lui. Il refuse de se plier à d'autres exercices répétitifs et se met en colère dès qu'il essaie de parler de la base sous-marine et de l'affrontement. Comme le ton monte de plus en plus souvent, le Général décide de le ramener sur l'île pour qu'il profite des derniers jours de vacances avant la rentrée pour laquelle il va falloir le préparer. Après tous ces évènements, il semble avoir oublié qu'il rejoint une académie militaire dans quelques jours.

La rentrée approche à grands pas, dans une dizaine de jours, il rejoindra l'établissement scolaire. Et ce matin, le couturier de l'académie vient sur l'île pour qu'Alex essaie ses uniformes, il devrait arriver dans une bonne heure.

De nouveau, Nanou et Max essaient d'en discuter avec Alex qui est très réticent à ce changement. Tous les jours, il a une séance avec Kelly ou Steve pour en discuter, mais il est têtu et ne veut pas y aller.

— Nanou, pourquoi je suis obligé d'y aller ? Je peux apprendre ici avec Max, je ne veux aller dans leur académie, je vais être le seul enfant, les autres, ils sont grands, ils ont dix-sept, dix-huit ans, ils vont se moquer de moi !

— Non, ils vont être gentils quand ils vont te connaître un peu et qu'ils verront que tu es sympathique et gentil et il y en a des plus jeunes, je crois que Robert a dit qu'il y en avait deux de quinze ans.

— Oui, mais moi, je n'en ai que huit et on devra encore se séparer, je veux rester avec toi, Nanou !

— Tu ne seras pas tout seul, Jim, John et les autres seront là pour te protéger.

Il regarde le militaire qui le rassure d'un sourire.

— Allons, Alex, on en discute depuis dix jours, je serai toujours là, tant que tu auras besoin de te sentir protéger. Ah, j'entends l'hélicoptère approché, je vais aller l'accueillir.

Le colonel sort, Alex prétextant un besoin urgent se réfugie aux toilettes, il ouvre la fenêtre et s'éclipse, il court se planquer dans sa cachette préférée.

Jim revient avec le couturier, les bras encombrés de vêtements.

— Nanou, Tu seras plus avisée que moi pour commander le trousseau nécessaire à Alex. Où est-il pour qu'il fasse les essayages ?

— Aux toilettes !

Jim l'appelle, mais pas de réponse, il ouvre la porte mais le petit garçon a disparu.

— Sacre bleu ! Il a pris la poudre d'escampette !

Il sort et appelle ses hommes pour se mettre à sa recherche, mais au bout d'une demi-heure, ils reviennent bredouilles.

— Il ne peut pas se volatiliser ou quitter l'île, où est planqué ce garnement ? dit-il en jurant.

Nanou les rejoint.

— Vous êtes allés voir à la grande cascade ?

— Non, il n'aime pas l'eau ! Lui répond Ben.

— Il y a une petite cavité derrière le rideau d'eau, il sait y arriver sans devoir se mouiller. Il aime s'y cacher pour vous observer ou regarder les animaux venir boire, ils ne le voient pas et il peut les admirer sans leur faire peur.

— Mais comment… lui demande Jim, surpris par la révélation de Nanou.

— Je l'ai suivi, une fois, je me demandais où il disparaissait par moment, tu es moins vigilant ici, mais, moi, j'ai toujours peur qu'il lui arrive quelque chose, qu'il fasse un malaise et que l'on n'arrive pas à temps.

— Je vais aller le chercher.

La cascade se trouve au milieu de l'île, derrière les logements, il faut marcher pendant dix bonnes minutes pour l'atteindre, il n'avait jamais fait attention aux disparitions d'Alex sur l'île car il est toujours entouré de Nanou ou de John ou encore avec Max pour observer la faune et la flore. Il y a toujours un des militaires pas loin. Il faudra qu'il soit plus vigilant à l'avenir.

Quand il arrive près de la cascade, Jim inspecte les environs, il repère très vite le petit garçon derrière le rideau translucide.

— Allez, Alex, assez joué, on t'attend pour tes essayages. Je n'ai pas envie de me mouiller pour venir te chercher, mais si j'y suis obligé, tu seras puni, dit-il en croisant les bras et en prenant un air fâché.

Alex se terre un peu plus au fond de la petite cavité, il entoure ses genoux de ses deux bras, y pose sa tête et ferme les yeux, espérant que Jim ne l'ait pas encore aperçu. Il ne bouge pas, respire à peine et se concentre sur les bruits extérieurs, mais la chute d'eau est trop bruyante.

Jim enlève ses bottines et entre doucement dans l'eau, nage sous la surface pour ne pas se faire voir de l'enfant, il surgit dès qu'il a passé sous la cascade et saisit fermement Alex qui se tortille dans tous les sens pour se libérer, mais le militaire replonge immédiatement et il n'a que le temps de prendre une grande goulée d'air, avant de s'enfoncer lui aussi dans l'eau fraîche. Il est tellement saisi, qu'il n'a pas le temps de paniquer, Jim le sort rapidement de l'eau et le dépose sur la berge en le tenant fermement par le bras.

— T'es fou, tu as failli me noyer, j'aime pas l'eau ! hurle-t-il en toussant.

— Je t'avais prévenu que je ne tenais pas à me mouiller, mais comme d'habitude, tu as fait ta tête de mule, alors ne t'en prends qu'à toi-même. Allez, avance, on t'attend !

Il prend ses bottines au passage et entraîne Alex, boudeur et grelottant, derrière lui.

— Lâche-moi, je ne veux pas y aller, j'irai pas dans votre académie, je me sauverai.

Quand ils arrivent dans la classe, Jim le lâche et ressort en jurant pour aller se changer. John prend rapidement une grande serviette et sèche l'enfant aux lèvres bleuies de froid.

— Mais que s'est-il passé ? Déshabille-toi, tu vas prendre froid.

— Il a voulu me noyer !

— Alexandre, Jim ne ferait pas une chose pareille, lui dit Max en fronçant les sourcils.

— Si, il a voulu me noyer, crie-t-il en essayant de retirer son t-shirt trop collant.

— Laisse-moi faire, lui dit Nanou en s'approchant.

Elle retire les vêtements mouillés, le sèche vigoureusement et l'enroule dans la serviette, le temps d'aller lui en chercher des secs dans sa chambre. Elle lui fait enfiler son slip et le couturier en profite pour lui faire essayer son uniforme.

— C'est moche ! dit-il, boudeur. De toute façon, j'irai pas dans cette foutue académie !

— Tu es vraiment une vraie tête de mule, lui dit Jim en revenant.

— Alors, il paraît que tu as voulu le noyer ? lui demande John d'un air sérieux.

— Il ne voulait pas sortir de sa cachette, je suis allé le chercher, moi, je ne passe pas dans son trou de souris, j'ai dû passer par-dessous la chute d'eau et ressortir par le même chemin. Je l'avais prévenu que si je devais me mouiller, il serait puni, il a pris un bain forcé.

Il sourit au petit garçon qui le foudroie du regard, il retire prestement l'uniforme et sort de la pièce en slip pour se réfugier dans sa chambre, il se jette sur son lit et se met à pleurer de colère et de frustration.

— Je pense que l'on n'est pas sorti de l'auberge pour lui faire accepter ce changement. Cette dernière semaine va être longue et pénible. Heureusement, j'ai une bonne nouvelle pour lui, Franck devrait la passer avec lui, avant de rentrer en France. Ils ont bien trouvé le corps dans le puits, mais ils en ont trouvé deux autres, c'est ce qui a pris du temps, il a dû rester jusqu'à l'identification.

— Quand est-ce qu'il arrive ? Il va pouvoir discuter avec Alex pour le faire accepter d'y aller.

— Normalement, mardi. De toute façon, il n'a pas le choix, il y sera obligé.

John rejoint Alex dans sa chambre, le petit garçon s'est endormi, toujours vêtu que de son slip, il caresse les cheveux humides, le couvre de sa couette et ressort sans faire de bruit.

— Il s'est endormi, laissons-le se reposer, je l'ausculterai tout à l'heure, j'espère que ce bain forcé n'aura pas de conséquence sur son poumon.

— Zut, Je n'ai pas réfléchi, dit Jim en se grattant la tête, confus.

— T'inquiète, il n'est pas resté longtemps dans l'eau et il n'avait pas l'air d'avoir bu la tasse.

Il donne une tape dans le dos du colonel pour le rassurer et va observer l'enfant endormi, il écoute sa respiration, elle est calme et profonde, il s'installe un moment dans le fauteuil et prend un livre en attendant son réveil.

Quand Alex émerge, John l'ausculte minutieusement, heureusement, cette baignade forcée n'aura pas d'impact sur sa santé fragile. Dehors, il pleut, alors, ils rejoignent les autres au salon, Nanou et Max regardent un vieux film, Jim et Ben jouent à la console. Il lève la tête quand le petit garçon entre dans la pièce, mais celui-ci lui lance un regard noir et va se blottir contre sa mère adoptive.

— Tu vas me faire la tête longtemps ?

— Je ne te parle plus, tu as voulu me noyer, lui répond-il boudeur.

— Même si j'ai une bonne nouvelle ? lui dit-il en prenant un air mystérieux qui intrigue le petit garçon.

Alex hausse les épaules et fait semblant de se concentrer sur le film, mais, il est bien trop curieux et aimerait la connaître. Peut-être qu'il ne devra pas aller là-bas, à l'académie, ils ont peut-être changé d'avis. N'y tenant plus, il se rapproche de son ami.

— Bon, je m'excuse, j'aurais dû obéir ! C'est quoi ta nouvelle ? Vous avez changé d'avis et je ne dois plus y aller dans votre satanée académie ?

— Non, malheureusement, ce n'est pas cela. Ton papa va bien, il va venir deux jours sur l'île avant de rentrer en France et avant que tu ne partes.

Alex saute de joie.

— Il arrive quand ? Deux jours seulement.

— Mardi et nous partirons tous ensemble, jeudi, pour l'aéroport. Lui rentrera en France et nous nous irons à Portland où se trouve l'académie et la base militaire.

— Déjà !

— Oui, nous y arriverons, vendredi, comme ça tu auras le week-end pour te familiariser aux lieux et pour nous mettre les choses en place.

Alex soupire en se tassant dans le fond du divan, Nanou passe son bras autour de ses épaules et l'embrasse sur le front.

— Tu ne vas pas faire la tête pendant une semaine, c'est la vie, on ne fait pas toujours que ce qu'on aime, tu vas voir que ça va bien se passer et que tu vas te faire des copains, tu vas apprendre pleins de nouvelles choses, tu vas aller visiter des musées, celui de la marine et de l'aviation, il y a même celui de la Nasa, tu vas pouvoir rencontrer des astronautes. Tu ne verras pas le temps passé et nous serons vite aux vacances de fin d'année. Fais-moi un sourire et arrête de bouder.

Il relève la tête et croise le regard de sa mère, il l'aime tant et n'aime pas lui faire de la peine.

— Je vais faire un effort, Nanou, dit-il d'une petite voix.

La semaine file très vite, entre ses leçons de révision avec Max, ses séances avec Kelly pour analyser ses peurs et ses appréhensions et repasser des tests avec Jessica, le professeur Smirnoff aimerait avancer dans l'étude de ses capacités de guérison et de pyrokinésie avant qu'il ne parte pour Portland.

Mardi, matin, il est encore dans son lit quand il entend l'hélicoptère approché, il saute en bas et court en pyjama vers l'aire d'atterrissage, Jim le retient par l'épaule, le temps que l'engin se pose et que Frank en descende, il se jette dans les bras de son père, heureux de le revoir en bonne santé.

— J'ai eu peur pour toi, papa. J'avais peur qu'il vienne pour te tuer.

— Il n'oserait pas revenir aux États-Unis, maintenant, il fait l'objet d'un mandat international et Interpol le recherche. Et toi, comment vas-tu ? Prêt pour rejoindre ta nouvelle école ?

— Papa, je ne veux pas y aller, dit leur, fais-les changer d'avis ! Je peux rester ici et apprendre avec Max ou aller dans une école près de chez toi ? Je serai très sage !

— Je n'ai malheureusement rien à dire, je suis sûr que tout va bien se passer, j'en ai longuement discuté avec Robert et le professeur Smirnoff.

— Tu l'écoutes celui-là ? Je croyais que tu ne l'aimais pas ?

— En effet, je n'apprécie pas la façon dont il s'en est pris à toi, mais je dois reconnaître qu'il n'a pas tort, tu n'es pas un petit garçon comme les autres, il te faut une éducation adaptée à tes capacités, te protéger des autres et de toi-même.

— Pfff ! Même toi, tu tiens avec eux. Tout le monde est contre moi ! répond-il d'un ton boudeur.

— Nous sommes les adultes et nous faisons ce qui est bien pour toi et ton avenir, tu comprendras un jour. Dis-donc tu es encore en pyjama, tu vas attraper froid, il ne fait pas très chaud sur ton île.

— C'est pas une île tropicale !

— Ce N'est pas, Alex, fais un peu attention. Max doit être désespéré de t'entendre écorcher la langue française de cette façon, à deux jours de rejoindre une prestigieuse académie. Il doit s'arracher les cheveux.

— Mais, je ne le fais pas exprès !

Il prend son fils par la main et ils rejoignent Jim qui discute avec le pilote. Les deux hommes se serrent la main et se dirigent vers le bâtiment.

— Comment vas-tu ? lui demande Jim en posant sa main sur l'épaule de l'enfant.

— Maintenant, ça va, je suis soulagé et en paix, je sais qu'elle ne m'a pas abandonné. Ce fut très difficile quand nous avons trouvé les corps dans le puits. Les médecins légistes ont dû reconstituer les squelettes pour les identifier, celui de ma mère était le plus âgé, les deux autres meurtres étaient plus récents. C'était celui d'une des jeunes nurses qui s'occupait de moi après le départ de ma mère et celui d'une prostituée dont il s'était entiché, elles étaient toutes les deux enceintes. Et ici ? Pas de problème.

— Jim a voulu me noyer ! lance Alex en le fusillant du regard.

Franck le regarde surpris en souriant au militaire, confus.

— Je vais d'abord écouter sa version avant de juger, lui répond-il.

— Ben voilà, il va encore avoir raison ! Écoute-la, sa version, moi, je vais m'habiller. Après je te montrerai où ça s'est passé et je te dirai la mienne, répond-il en lançant un clin d'œil et un sourire à Jim.

Les deux hommes se rendent au salon en discutant de l'incident, Franck rit et a hâte d'entendre la version de son fils. Quand ils entrent dans la pièce, ils saluent Nanou et John, s'installent pour boire un café et parlent de la rentrée toute proche en attendant le retour du petit garçon.

Derrière la porte entre-baillée, Alex les écoute discuter de l'académie, de leur crainte par rapport à son entêtement de ne pas y aller. Arrivera-t-il à se contrôler ?

Plus l'échéance approche et plus il appréhende cette nouvelle contrainte, il se sent piégé et ne sait pas comment s'en sortir. Il n'est qu'un petit garçon, même s'il n'est pas comme les autres, même s'il est la personne la plus intelligente sur cette terre. Il sera obligé de capituler. Il soupire et pose son bras au mur froid pour y appuyer son front. Le général Belmont arrive derrière lui.

— Ça va Alexandre ? Ce n'est pas bien d'écouter aux portes ! Viens, entrons ! lui dit-il en le prenant par l'épaule.

— Bonjour, j'ai surpris ce petit garnement en train d'espionner derrière la porte.

— J'espionnais pas ! J'écoutais ! lui répond-il en prenant un air offusqué.

— Je N'espionnais pas, Alexandre ! le reprend son père. Ce n'est pas bien d'écouter la conversation des grandes personnes et baisse d'un ton.

— Ben vous parliez de moi, alors…

— Alors, quoi ? l'interrompt le général en fronçant les sourcils.

— Rien ! répond-il en haussant les épaules en allant s'asseoir dans le petit fauteuil près de la télévision, il croise les bras et prend son petit air boudeur.

Robert s'assied à table avec les autres et se sert une tasse de café, il discute un moment avec Franck, puis quitte la pièce avec Jim.

— Alex, tu ne devais pas me montrer les lieux du crime et me donner ta version ? lui demande son père en venant se poster devant lui.

Il bondit sur ses pieds et ils partent vers la cascade. Il papote de tout et de rien avec son père, il lui montre ses endroits préférés, lui décrit les animaux qui viennent s'y désaltérer. Dès qu'ils y arrivent, il lui raconte les faits et admet qu'il aurait dû obéir directement à Jim et qu'il n'aurait même pas dû fuir les essayages. L'endroit est magnifique et luxuriant, Franck comprend la réticence de son fils à quitter cette île. Maintenant, il s'y sent en sécurité et se l'est appropriée. Il en sera de même pour l'académie. Il se déshabille et plonge dans l'eau fraîche, il nage jusqu'à la cascade et passe sous le rideau translucide, il regarde son fils assis sur pierre au bord de l'eau qui lance des petits galets en rêvassant.

— À quoi penses-tu ? lui demande-t-il en le rejoignant.

Il sort rapidement de l'eau et se rhabille.

— Je me remémore mon école, mes copains, là-bas dans les montagnes. Ma vie, avant ! J'aimerais que tout ça ne soit jamais arrivé ! Je voudrais redevenir un petit garçon normal, aller dans une école normale, avoir de vrais copains. Il pose sa tête sur les jambes allongées de son père qui lui caresse ses cheveux noirs.

— Je sais, Alex ! Ce n'est pas facile à accepter ! Être différent, avoir de telles capacités. Mais tu ne peux rien y changer, il faut t'adapter. Regarde le chemin parcouru, tu ne voulais pas venir sur cette île et maintenant tu ne veux plus la quitter. C'est la peur de l'inconnu, mais une fois que tu y seras, tu seras content de voir de nouvelles têtes, d'apprendre, de faire les mêmes choses que les gens normaux. En plus, tu seras bien entouré et tu pourras nous appeler, Nanou ou moi, le soir après les cours. J'ai faim, rentrons.

Ils se lèvent et contemplent encore une fois le paysage.

— C'est vrai qu'elle est belle ton île, mais il n'y fait pas chaud et il va pleuvoir.

Il attrape son fils par la taille et court jusqu'au réfectoire où les attendent les autres pour aller manger.

Ils passent les deux jours à la parcourir dans tous les sens, Nanou et Max lui montrent la maison qu'ils sont en train de reconstruire dans le petit village de pêcheurs, ils vont s'y installer après le départ d'Alex. Il fait également le tour de l'île en hors-bord avec Jim, profite de la piscine, du court de tennis et autres divertissements que possède la base militaire. Le mercredi soir arrive très vite et il est temps de préparer les bagages pour le départ du lendemain matin. Alex est maussade et renfermé, il touche à peine à son assiette et traîne les pieds pour aller se coucher, espérant prolonger à l'infini ces derniers moments avec sa mère adoptive et son père. John lui administre un léger calmant avant de le mettre au lit.

Les hélicoptères arrivent à l'aube, ils y prennent place, le colonel tient fermement Alex en larmes, les adieux ont été pénibles et il a fallu qu'il arrache le petit garçon des bras de Nanou. Ils survolent une dernière fois l'île et foncent vers l'aéroport. Là aussi, la séparation avec son père se passe très mal et John est obligé d'utiliser une seringue de somnifère pour le calmer et l'installe sur la couchette médicalisée du jet qui décolle aussitôt.

Ils atterrissent sur la base militaire de Portland et montent à bord des gros véhicules qui les attendent. Une partie des militaires de l'île restent sur place et les autres les rejoindront à l'académie.

Quand ils arrivent, Alex, maussade, jette un coup d'œil sur les bâtiments austères, celui de la direction est une vieille maison de maître en briques rouges et boiseries peintes en blanc, les autres sont gris et tristes, ils sont entourés d'un immense parc avec un étang et le tout est ceint par une haute grille de fer forgé recouverte à son sommet de fils barbelés. Il se rassied et croise les bras.

— Je suis vraiment obligé de rester ici, on dirait une prison, c'est moche !

— Alexandre, on en a assez discuté. Oui, tu y es obligé ! Tu seras en contact avec des jeunes et le monde extérieur mais en même temps, nous pourrons te protéger et te surveiller. Le directeur met à notre disposition deux petits pavillons pour ton confort et ta sécurité. Tout va bien se passer, ne sois pas si obstiné ! lui répond le général, las de lui répéter la même chose.

Les voitures s'arrêtent devant le perron et le directeur vient à leur rencontre. C'est un petit homme chauve, au visage pâle et austère, son regard bleu acier est glacial et sévère. Le général le salue et lui présente le petit garçon qui ne daigne même pas le regarder, les deux adultes se regardent et ils entrent dans son bureau.

— Monsieur Delval, j'espère que vous vous plairez dans notre établissement, vous serez le plus jeune de nos élèves et je compte sur vous pour respecter vos aînés et vos professeurs, voici le planning de vos cours avec le numéro de la classe. Nous allons visiter les différents bâtiments puis je vous montrerai vos quartiers. Général, je compte sur la totale discrétion de vos hommes pour ne pas perturber le fonctionnement de notre académie.

Le général acquiesce et ils commencent la visite des classes et des autres pièces, réfectoires, douches, sanitaires, salle de sports et de détente. Alex suit en traînant les pieds et en bougonnant, il se fait rappeler à l'ordre par le directeur.

— Monsieur Delval, nous n'allons pas y passer la journée, veuillez accélérer le pas !

— Je vais me perdre dans tous ces couloirs, c'est sombre et moche !

— Monsieur Delval, je vous conseille de changer de ton ou vous serez puni dès le premier jour.

Il serre les poings et le général pose fermement sa main sur son épaule pour le calmer, leurs regards se croisent et il baisse la tête en soupirant. Ils continuent leur visite et terminent par le petit pavillon au bord de l'étang où les attendent Jim et John. Le directeur prend congé en lui précisant que les cours commencent à huit heures trente et qu'il aime la ponctualité, qu'il est à leur disposition pendant le week-end pour refaire le tour des classes s'il en ressent le besoin pour se familiariser avec les lieux.

Le pavillon est joliment meublé et cossu, on y entre par un petit corridor qui dessert le salon, une grande cuisine, la cave et un w.c., le salon communique avec une très vaste véranda qui donne sur l'étang, la cuisine sur une pièce de rangement et le jardin. À l'étage se trouvent cinq chambres et le grenier est aménagé en un vaste dortoir. Le colonel lui attribue la chambre du milieu communiquant avec la chambre de gauche dans laquelle le médecin s'installera et celle de droite servira pour y installer les écrans de surveillance, il prend la chambre en face de celle d'Alex, jenny et Catarina prennent la dernière. Ben, Pedro et Ruben qui seront de garde la première semaine dormiront dans le dortoir.

Il fait le tour de sa chambre et redescend au salon, il se cale dans un fauteuil et continue à bouder. Quand ils ont installé leurs affaires, Jim et John redescendent, le médecin va dans la cuisine et commence à préparer le repas aidé des deux femmes, le colonel observe le petit garçon au visage fermé.

— Tu devrais aller défaire ta valise et pendre ton uniforme pour qu'il ne soit pas chiffonné.

— Je le ferai plus tard, ce soir, en allant me coucher, répond-il, bougon.

— Tu vas bouder encore longtemps ?

— Jusqu'à la fin de l'année, s'il le faut.

— Ben ça promet !

Il se lève et dresse la table, le laissant avec sa mauvaise humeur. Après le repas, il l'autorise à téléphoner à Nanou, son visage s'illumine, enfin, il se saisit du portable et s'installe dans le fauteuil. Alex lui relate son arrivée et son ressenti et elle essaie de le faire changer d'avis. Jim lui fait signe qu'il est temps de lui dire au revoir et d'aller prendre son bain, de se laver les dents et d'aller se coucher. Il soupire et coupe le portable, sachant qu'il sera interdit de téléphone, s'il désobéit. Il remonte à l'étage en râlant.

— N'oublie pas de défaire cette valise et de défroisser ton uniforme, lui crie Jim au moment où il arrive sur le palier.

Il lève les épaules et marmonne.

— M'en fous, je le ferai pas !

Il entre dans sa chambre, en refait le tour en traînant son doigt sur le mur, la table de nuit, la garde-robe, l'autre mur et s'installe sur le rebord de la fenêtre pour contempler le grand parc, il observe un petit écureuil qui semble le regarder également avant de s'enfuir de branche en branche, il le suit du regard, essayant de ne pas le perdre, son petit jeu l'amuse et le temps passe. Après, il colle son nez sur la vitre froide et contemple le reflet de la lune sur la surface du lac, il pense à Nanou, là-bas, sur son île, il déteste être ici, loin d'elle, il soupire, se lève, il regarde sa valise, la saisit et la dépose sur son lit, il en sort son pyjama, Mister Bear et sa trousse de toilette, il jette un œil sur l'uniforme bien plié au fond, lui tire la langue et referme d'un coup sec la valise qu'il cache en dessous de son lit. Puis va à la salle de bain où John le rejoint pour l'ausculter et lui donner ses médicaments. Ils retournent dans la chambre, Jim est assis sur son lit.

— Tu as vidé ta valise ?

— Oui ! répond-il en le toisant d'un regard effronté.

Le militaire se lève et ouvre la garde-robe, vide ! Il se retourne vers l'enfant qui baisse les yeux devant son air courroucé.

— Maintenant, tu mens ?

— Non, je m'excuse, je suis fatigué, je le ferai demain ! répond-il avec des sanglots dans la voix.

— C'est bon pour cette fois, couche-toi ! dit-il en se levant et en rejoignant la porte.

Alex s'exécute, il s'installe dans les draps frais et amidonnés et prend son ours contre lui, John le borde, relève une mèche noire et l'embrasse sur le front.

— Dors bien ! ce n'est pas joli de mentir, Nanou ne serait pas contente.

— Tu vas pas lui dire, hein, John.

— Non, je ne lui dirai rien, dors maintenant.

Le médecin sort et Jim le suit.

— T'es fâché ? lui demande Alex en se rasseyant.

Le militaire revient vers lui et s'assied sur le bord du lit.

— Oui et déçu également, tu as râlé toute la journée et maintenant tu me mens. Je comprends que ce n'est pas facile à accepter, mais voilà c'est comme cela, alors, mets-y un peu de bonne volonté et le temps passera plus vite. Maintenant, couche-toi et dors.

Il lui sourit et relève la mèche rebelle, il plonge son regard dans les grands yeux bleus noyés de larmes de l'enfant qu'il sent bouillir de rage au fond de lui, il soupire et lui caresse la joue.

— John va te donner un relaxant, il faut que tu dormes, bonne nuit !

Le médecin lui administre le médicament puis quitte la chambre en éteignant la lampe. Alex se tourne vers la fenêtre et serre son ours contre lui, il laisse couler les larmes qu'il a retenues pendant toute la journée, mais assommé, il s'endort rapidement.

Il est presque midi quand il se réveille, il se sent un peu vaseux et fiévreux. John l'ausculte, lui trouve vraiment une petite mine, malgré l'absence de fièvre. Lui suggère de se reposer et de garder le lit, il lui apporte un repas léger et quelques livres. Il surveille son état pendant le reste de la journée. Au début de la soirée, le front d'Alex commence à chauffer et ses rouges deviennent rouges, il a un peu de température, le médecin l'examine à nouveau, son petit ventre gargouille beaucoup, c'est certainement une petite gastro liée au stress, il lui fait prendre des médicaments et le laisse se reposer.

Le lendemain, Alex se sent mieux et se lève pour rejoindre les autres dans la salle à manger, il a faim, il s'installe, prend un bol de céréales qu'il avale rapidement, puis bois son verre de lait avec son traitement.

— On dirait que ça va mieux, ce matin ? lui demande Jim en l'observant.

— Oui, j'ai plus mal au ventre !

— Je N'ai plus ! Alors, tu vas pouvoir déballer tes affaires et pendre ton uniforme !

— Oui, tout à l'heure, on va se promener un peu dans le parc, j'ai besoin de prendre un peu l'air avant ? S'il te plaît, Jim ? demande-t-il en lui jetant un regard suppliant.

— Bon d'accord ! Mais après le dîner, ta valise ! lui répond-il en se levant.

— Oui, promis.

Ils s'habillent chaudement et sortent dans le parc qui est immense et magnifique, il est composé de plusieurs sortes de végétaux, des arbres rares, des fougères, une roseraie, des arbustes fleuris et des arbres fruitiers. Chaque espèce est reprise sur une plaquette avec son origine et son nom latin. Alex prend le temps de les lire, de les examiner et les sentir. Ils rentrent tout juste pour le repas de midi. Après une petite digestion, Jim lui indique l'étage pour qu'il aille s'atteler à la tâche promise.

— Est-ce qu'on peut refaire un tour dans l'académie avant, parce que j'ai peur de me perdre, elle est grande et il y a des couloirs partout ? Le directeur a dit qu'on pouvait ?

Jim soupire et accompagne le petit garçon jusqu'aux bâtiments austères, il se remémore ses études dans cette même académie. Lui aussi était plein d'appréhension quand il avait vu ses sombres et tristes murs. Ce n'étaient pas les meilleures années de sa vie, mais il n'en était pas mort et il espère qu'Alex s'y fera. Il le regarde en train de mémoriser les lieux, son planning à la main, l'enfant lève la tête et lui sourit tristement faisant un effort pour ne pas fuir ce lieu glacial et un peu effrayant. Ils reprennent le chemin du pavillon, Alex s'est de nouveau retranché derrière son air maussade. Dès qu'ils rentrent Jim l'envoie dans sa chambre, Alex soupire et grimpe les marches doucement. Il entre dans sa chambre, referme la porte et s'y adosse, il regarde sa valise, comme si un monstre s'y cachait. Il s'approche, se met à genoux et la tire du dessous du lit. Il sent la colère l'envahir, se relève et la jette sur le lit défait. Après un long moment, il l'ouvre et saisit l'uniforme, l'examine. La colère monte en lui, il n'arrive plus à la contenir, il court à la salle de bain et y jette les vêtements qui instantanément s'embrasent, il reste là fasciné par les flammes.

Alertés par l'odeur et l'alarme incendie, Jim et les autres se précipitent à l'étage et entrent en trombe dans la pièce pour constater les dégâts, il le saisit par les épaules et lui lance un regard noir.

— Qu'est-ce que tu as fait ? Que vas-tu mettre demain ? Tu veux déjà être puni ?

— Je voulais pas venir, j'en ai marre qu'on force à faire des choses que j'ai pas envie, hurle-t-il en se dégageant.

Il court vers sa chambre et claque la porte violemment sans la toucher, il passe sa colère sur chaque objet de sa chambre, tout vole dans tous les sens juste par la force de son esprit, même le pauvre Mister Baer. Le militaire le suit, au moment où il franchit le pas de la porte, la valise vole en sa direction, mais il est plus rapide et s'abaisse en faisant un pas de côté pour éviter l'objet, il attrape Alex par les épaules et le lève au niveau de son regard courroucé, ils se jaugent un moment, aucun des adversaires ne lâche le regard de l'autre. Il sent le corps tendu du petit garçon en colère, il resserre sa poigne, le secoue légèrement et attend qu'elle retombe. Au bout d'un moment, Alex plie et baisse les yeux, Jim le redépose au sol et le lâche. Le visage de l'enfant se ferme et prend son air renfrogné.

— Couche-toi !

Il quitte la pièce en soupirant, quand Alex prend son air buté, il n'y a rien à en tirer. Il enfile son pyjama et se couche sur le lit en désordre, toute la chambre est sens dessus-dessous, il pleure de rage, John entre et ramasse la couette pour le couvrir puis ressort immédiatement.

Le lendemain matin, vers sept heures trente, il vient le réveiller avec un nouvel uniforme à la main, il le houspille pour qu'il se lève et le passe, il ne le lâche pas du regard, le temps qu'il s'habille puis ils descendent pour qu'il déjeune et prenne son traitement. Alex ne desserre pas les mâchoires en ne lui adresse pas la parole. Les cours vont bientôt commencer et Jim l'accompagne jusqu'à la porte de sa classe où l'attend le directeur.

— Monsieur Delval, veuillez m'accompagner jusqu'à mon bureau.

Alex le suit en faisant une grimace derrière son dos et en haussant les épaules.

— Entrez !

Il regagne son siège et regarde le petit garçon buté.

— Pour la détérioration de votre uniforme, vous ferez deux heures de retenue. Vous irez à la bibliothèque pour vous documenter et préparer une dissertation sur l'uniforme scolaire, vous me l'apporterez demain en début de journée. Votre comportement est navrant et il serait temps d'en changer si vous ne voulez pas être puni tous les jours. Je vais vous raccompagner à votre classe, essayez de vous comporter comme le garçon intelligent et bien élevé que l'on m'a décrit.

Alex soupire et le suit dans le dédale de couloirs, contrarié d'arriver dernier et en compagnie du directeur, il entre dans la classe, les yeux rivés vers le sol et essaie de se faire discret. Mais, les autres élèves se lèvent à leur entrée pour saluer le directeur.

— Asseyez-vous. Monsieur Delval, allez vous asseoir là-bas.

Alex regarde le banc qui lui est désigné et s'y rend en jetant un coup d'œil sur les autres, se sont de jeunes adultes de plus ou moins 17 ans. Au moment où il s'y installe, le jeune homme assis derrière lui, lui lance.

— Eh tu t'es perdu, la crevette, ce n'est pas ici la maternelle !

Il essaie de l'ignorer mais l'autre le pousse dans le dos.

— Tu m'as entendu, qu'est-ce que tu fous-là ?

— Fous-moi la paix ! lui répond-il entre ses dents.

Le professeur d'anglais le toise par-dessus ses lunettes.

— Monsieur Delval, puisque vous voulez la parole, venez vous présenter à vos camarades.

Il soupire, se lève doucement pour se diriger vers l'estrade en regardant le sol. Une fois arrivé, il jette un œil au professeur qui l'incite à parler, il se tourne vers la classe.

— Je m'appelle Alexandre Delval, j'ai huit ans et on m'a obligé à venir dans votre école pourrie.

Tous les élèves se mettent à rire et à le complimenter sur son audace. Le professeur se lève et les toise du regard en posant ses mains sur ses frêles épaules.

— Ce jeune homme est dans notre académie parce que son quotient intellectuel est plus élevé que celui de toute cette classe réunie. À huit ans, il a déjà son baccalauréat, bande d'ignares. Donc, j'attends de vous que vous le respectiez et que vous vous conduisiez en adulte pour lui montrer le bon exemple et l'aidiez à s'acclimater dans notre établissement. La parenthèse étant faite, revenons à notre cours. Ici, monsieur Delval, c'est le cours d'anglais, donc, vous me refaites votre belle présentation dans cette langue.

Alex le regarde et se mure dans un silence buté.

— Monsieur Delval, nous attendons !

— Je ne parle pas anglais !

Le professeur le regarde en fronçant les sourcils d'un air sceptique.

— Ah bon ! Monsieur Beltramp, puisque vous vouliez parler, également, présentez-vous, en anglais, bien sûr !

Le jeune homme se lève et s'exécute dans un anglais parfait.

— À vous, maintenant, Mister Delval.

— Je ne parle pas anglais ! répond-il en le foudroyant du regard.

Il fait volte-face et retourne s'asseoir.

— Je ne vous ai pas permis de retourner à votre place. Je vais prononcer les phrases et vous les répéterez.

Le professeur ouvre la bouche, mais Alex lui coupe la parole.

— Non, je ne parlerai pas un mot d'anglais, je suis Français et je refuse de parler votre langue !

Il ferme les yeux et se bouche les oreilles. Les autres sont abasourdis par son audace, le professeur s'avance vers lui et le force à se lever en le secouant. Il se dégage de l'étreinte et le toise mais baisse rapidement le regard.

— Donnez-moi votre carnet de notes, vous commencez très bien, deux punitions en une heure.

Alex lui tend le petit cahier bleu en gardant les yeux baissés, l'adulte y décrit l'affrontement et la punition requise et lui rend.

— Allez chez le directeur.

Il ramasse ses affaires et sort de la classe, mais au lieu de se diriger vers le bureau, il jette son cartable au sol et court vers la sortie, plantant là, Pedro, médusé, qui était de garde. Il sort du bâtiment, court jusqu'au lac, se laisse tomber sur les genoux quand il atteint la berge et laisse la colère sortir. Il serre les poings et de grosses larmes inondent ses joues brûlantes.

Prévenu par son homme, Jim le rejoint et le remet sur ses pieds.

— Et alors, que s'est-il encore passé ?

Alex le regarde en s'essuyant les yeux d'un revers de manche.

— Je ne parlerai pas votre foutue langue ! Il m'a obligé à venir dans ce pays, mais moi, je suis Français et je veux rentrer chez moi ou sur l'île. Allez, Jim, ramène-moi, j'aime pas cette école ! Il n'y a pas d'autres enfants, les autres ils sont grands et se moquent de moi ! répond-il, la voix tremblante et les yeux embués de larmes.

Il prend la tête du colonel entre ses petites mains glacées et plonge son regard dans celui de l'adulte.

— Je t'en supplie, Jim, ramène-moi, je ne veux pas rester ici.

— Tu sais que ce n'est pas moi qui décide. Tu dois faire un effort, tu vas t'y habituer. En plus, tu connais l'anglais, tu lis des livres, tu écoutes la télévision et tu nous écoutes quand nous parlons entre nous, ne nie pas, je t'observe tout le temps.

— Oui, mais, je ne veux pas la parler.

— Alex, tu parles d'autres langues, l'espagnol, l'italien, tu commences à apprendre le portugais.

— C'est pas la même chose, c'est les voisins de la France et j'aime bien ! Et je ne suis pas obligé de les apprendre. Tout ça, c'est à cause de lui, je le déteste, un jour, je le tuerai !

— Ne dis pas des choses comme cela, le professeur Smirnoff n'y est pour rien. Dans quelque temps, tu comprendras que c'est pour ton bien ! Tu vas apprendre un tas de nouvelles choses. L'anglais est parlé dans beaucoup de pays, c'est une langue universelle, les astronautes, les chercheurs et même nous les militaires qui allons sur des missions partout dans le monde, nous la parlons comme cela nous nous comprenons. C'est indispensable, dans notre métier.

Le colonel se relève en secouant la tignasse noire.

— T'es vraiment une tête de mule ! Maintenant, tu vas aller te présenter au directeur, tu es déjà puni pour ce soir, tu commences bien !

Il l'accompagne, ramasse le cartable et lui tend son carnet de notes et l'attend derrière la porte du bureau directorial.

— Monsieur Delval, je vous attendais ! En plus de vos devoirs, de vos leçons, de la punition de ce matin, vous me copierez dix fois votre leçon d'anglais et vous la réciterez à votre professeur, devant la classe au prochain cours.

— Non ! répond-il, en serrant les poings et l'œil noir de colère.

— Écoutez, monsieur Delval, j'en ai maté des plus coriaces que vous. Mais vous n'êtes qu'un enfant désorienté par cette situation très particulière. Vous devez comprendre que ces décisions ont été prises pour votre bien. Bon, je vais vous laisser le temps de vous acclimater. Je vais parler à votre professeur, pour qu'il ne vous interroge plus oralement, pendant un mois ou deux. De votre côté, faites un effort pour vous intégrer. Retournez en classe, vous avez cours de mathématique à cette heure.

Alex quitte le bureau et suit Jim dans les couloirs jusqu'à la classe, il garde la tête et les épaules basses, mais soulagé de ne pas devoir parler anglais pendant un moment.

À la fin de la journée, il est complètement épuisé, mais il doit encore se rendre à la bibliothèque. C'est certainement, le plus bel endroit de l'école, avec ses hauts murs lambrissés, ses énormes lustres à pampilles et son immense escalier central qui dessert deux ailes remplies d'étagères de livres. Il furète parmi les hautes rangées, le parquet craque sous ses pas, il lit les titres, regarde les couvertures, elle renferme de très beaux et vieux livres traitant de sujets divers, mais aussi de la littérature classique, Jules Verne, un de ses auteurs préférés, Victor Hugo, Balzac, Hervé Bazin et bien d'autres auteurs internationaux qu'il ne connaît pas. Le jeune bibliothécaire le rappelle à l'ordre, Alex lui explique le sujet de sa dissertation et il l'aide dans ses recherches.

Quand il a pris assez de notes, il est déjà très tard, il bâille et il a faim. Il rejoint Pedro à l'accueil et ils rentrent au bungalow. John lui sert son repas. Il lutte contre la fatigue, il doit encore les synthétiser, écrire son texte, puis copier sa leçon d'anglais. Quand il termine, il n'est pas loin de minuit et il a horriblement mal son poignet gauche.

— Il faudra apprendre à écrire aussi de la main droite, si tu continues à te prendre autant de punitions, lui dit le médecin en le lui massant et en lui remettant son attelle pour la nuit.

Il l'aide à se mettre au lit et le petit garçon s'endort immédiatement terrassé par la fatigue et les évènements de la journée. John est inquiet, à ce régime-là, il sera sur les rotules à la fin de la semaine.

En effet, quand le week-end arrive, le petit garçon est épuisé et les grands cernes autour de ses yeux bleus et son air morose en sont la preuve. Les cours s'enchaînent à un rythme de fou, les élèves n'ont pas beaucoup de temps libre entre les devoirs, les leçons qui débouchent, immanquablement, sur une interrogation écrite et gare à celui qui n'a pas la moyenne, il se retrouve en cours particulier en fin de journée. Heureusement pour Alex, son haut potentiel lui permet de rester en tête des meilleurs. Il se retrouve également à la tête de la fanfare scolaire. C'est son havre de paix, la musique, ses condisciples sont gentils avec lui et admiratifs de son talent. Ils lui demandent toujours à la fin du cours de leur jouer un air au piano ou au violoncelle, il a tous les instruments à sa disposition. Parfois, le directeur et d'autres professeurs viennent l'écouter.

Jim le laisse faire une bonne grâce matinée, le samedi et le dimanche matin. Mais les semaines passent et Alex a de plus en plus de mal à récupérer. John a demandé au professeur Smirnoff d'alléger un peu son planning, mais comme il a de bonnes notes et se maintient en tête de classe, celui-ci a refusé.

Un hiver humide s'est installé, il fait gris à longueur de journée et une pluie fine tombe sans discontinuité. Alex a attrapé un gros rhume et tousse beaucoup. Le médecin, ayant peur des complications, le met au repos pendant une dizaine de jours, ce qui lui fait un grand bien, même s'il est conscient qu'il devra récupérer son retard.

Quand il reprend les cours, les jeunes sont en grande discussion dans le réfectoire, ils commentent le dernier film 3D qu'ils sont allés voir ce week-end au cinéma. Alex les écoute, amusé par leur enthousiasme, quand Sam Beltramp l'interpelle.

— Eh, la crevette, t'es de retour ?

Il le regarde et soulève les épaules.

— De quoi parlez-vous ? Moi, je ne suis jamais allé au cinéma.

— Tu n'as jamais mis les pieds dans un cinéma ? Tes parents ne t'ont jamais emmené voir un film de Walt Disney ?

— Non, répond-il d'une petite voix en regardant la pointe de ses chaussures.

— Tu débarques de quelle planète ? Allez dégage tu me saoules !

Alex s'éloigne, dépité. Pour une fois que Sam lui adresse la parole, il aurait aimé prolonger la conversation, il s'assied un peu plus loin et écoute discrètement leur conversation.

Ce soir-là, c'est le sergent Gomez qui le récupère à la fin des cours et le surveille pendant le repas, pendant que les autres prennent une pause ou font une ronde de nuit. Il joue dans son assiette, il n'a pas grand appétit.

— Allez, mange, tu sais que tu dois au moins avaler la moitié de ton assiette pour prendre tes médocs, allez Alex.

C'est une jeune Mexicaine d'une petite trentaine d'années, petite mais râblée, taciturne, elle ne parle pas beaucoup. Elle avait un petit garçon de 12 ans qui est décédé dans une rixe entre deux gangs de son quartier et a tout quitté, son mari alcoolique, son boulot de serveuse et cet environnement ravagé par les guerres de gangs pour s'engager dans l'armée. Elle s'est donnée à fond pour oublier et a atterri dans l'unité du colonel. Elle n'aime pas trop le garder, mais Kelly lui a suggéré que c'était bien pour eux deux, pour lui, être en contact avec une femme un peu plus âgée qui a été mère et pour elle renouer avec un enfant.

Alex la regarde, il l'aime bien, même si elle a l'air sévère et froide.

— Dis, Catarina, je peux te poser une question ?

— Quand tu auras avalé ton assiette et pris des cachetons.

Il soupire, se dépêche de la finir et de prendre son traitement.

— Voilà ! lui dit-il en lui montrant l'assiette vide.

— OK, pose-la ta question !

— Quand Luca était petit, tu l'emmenais au cinéma ?

Déstabilisée par la question, elle réfléchit et des souvenirs remontent, elle a toujours du mal à parler de lui, mais cela fait partie de la thérapie. Elle déglutit et lui répond :

— Bien sûr, la première fois, il avait 5 ans et on est allé voir *Toy's story*, il adorait ce film, Buzz l'Éclair était son héros. Après on y allait régulièrement, c'était toujours un bon moment. La dernière fois qu'on y est allé, c'était pour son anniversaire, il venait d'avoir douze ans, l'avant-dernier Harry Potter venait de sortir. Il n'aura jamais vu le dernier. Il les avait tous vus.

Elle essuie une larme qui perle et soupire.

— Tu connais ? lui demande-t-elle.

— Les livres oui, je les ai tous lus, mais pas les films.

— Je les ai en DVD, je te les prêterai.

— Merci, Catarina.

— Pourquoi cette question ?

— Moi, j'ai jamais été au cinéma, il n'y en avait pas tout près, là-haut, et Nanou, elle, n'avait pas beaucoup de temps avec la ferme, répond-il d'un air triste.

Il se lève et fait le tour de la table pour déposer un baiser sur la joue de la femme, émue. Le docteur Grant entre sans bruit dans la pièce et sourit en voyant la scène. Elle rougit et lui lance.

— Vous saviez que ce petit bonhomme n'a jamais mis les pieds dans une salle de cinéma ? On devrait organiser une sortie, ça nous ferait du bien à tous, je vais en parler au colonel !

John acquiesce, sourit en secouant la tignasse noire.

— Très bonne idée, mais maintenant c'est l'heure d'aller à la douche et au lit.

La semaine se termine et Alex regarde les dernières minutes de cours s'écouler doucement sur la vieille horloge qui surplombe le tableau noir. Il soupire et rêvasse, il n'entend plus que son lent tic-tac qui étire le temps. Les voix du professeur d'histoire et de ses condisciples deviennent un murmure inaudible, il résiste à l'envie de piquer du nez sur son cahier, il bâille et la cloche de fin du cours retentit enfin. Il ramasse ses affaires et les range dans son sac.

Le lendemain, après une bonne grâce matinée, il rejoint les adultes vers dix heures. Il n'y a que le docteur Grant qui range la vaisselle. Il déjeune et prend son traitement puis fait ses devoirs et étudie pour lundi. Il est midi passé quand il termine, tout le monde se réunit autour de la table pour le repas. Dès qu'ils terminent, Alex va s'asseoir au salon et allume la télévision, Jim réunit son équipe autour de lui et leur parle à voix feutrée.

— Cet après-midi, vers quinze heures, nous allons sortir avec notre petit loustic. Je vous demande de passer des vêtements civils pour ne pas attirer l'attention.

Alex tend l'oreille et se redresse dans son fauteuil.

— On va où ?

— Tu as vraiment l'oreille trop fine ! Surprise ! Tu verras quand on y sera !

Il saute de joie et tape des mains, il adore les surprises, elles sont tellement devenues rares. Il tourne en rond jusqu'au moment du départ.

Les deux gros 4x4 prennent le chemin du centre-ville et s'arrêtent devant le cinéma. Il crie de joie et Jim est obligé de le retenir solidement par le poignet pour l'empêcher de se précipiter vers l'entrée. Il le regarde sévèrement et Alex se calme aussitôt, il le suit sagement jusqu'à la salle. Ils s'y installent, encadrant le petit garçon, puis deux des hommes vont chercher du pop-corn et des sodas. Alex goûte mais préfère une bonne glace. Le film commence, c'est le fameux film 3 D que Beltramp commentait.

Parfois, il sursaute sur son fauteuil, captivé par l'histoire et les effets spéciaux, ce qui fait sourire tout le monde qui passe un bon après-midi. À la fin de la séance, il remercie le colonel, le docteur Grant et tous les membres de l'équipe pour leur surprise et leur patience à son égard.

Pendant tout le trajet du retour, il commente le film et son ressenti. Une fois rentré au bungalow, Jim prend son portable, compose un numéro et lui tend. Nanou apparaît sur l'écran, il se saisit du téléphone et court dans sa chambre. Il lui raconte les évènements de ce bel après-midi. Les adultes sourient de le voir tellement heureux, pendant quelques heures, il a été un petit garçon comme les autres. Ce soir-là, il s'endort avec plein d'images dans la tête et le cœur léger.

Malheureusement, lundi arrive très vite et il va devoir reprendre le cours d'anglais, la trêve aura duré deux mois.

Il se fait tout petit, espérant que le professeur ne l'interrogera pas. Mais c'est sans compter sur Beltramp qui le pousse une bonne fois dans le dos, il se retourne.

— Aie ! Tu m'as fait mal ! dit-il tout bas, mais pas assez.

— Ah, monsieur Delval ! Cela fait deux mois que je vous laisse en paix, comme me l'a demandé le directeur. Je suppose que vous avez mis ce temps à profit pour vous acclimater à notre belle langue ? Donc, je vous écoute, récitez-moi votre leçon.

Alex baisse la tête en fixant son livre, mais ne répond pas. Beltramp le pousse à nouveau.

— Eh ! Le professeur te parle ! T'es devenu muet ?

Alex sent la moutarde lui monter au nez, il serre les poings et fusille du regard son condisciple.

— Monsieur Delval, j'attends ! Vous n'avez pas étudié ?

Il reste le nez baissé vers son pupitre n'osant le regarder en espérant qu'il abandonne et passe à autre chose, mais lui aussi est têtu.

— Monsieur Delval, levez-vous et venez ici, sur l'estrade.

Il hésite, se lève et s'approche très doucement, le professeur lui tend une feuille.

— Lisez ce texte que j'ai préparé pour vous.

Il regarde la feuille, déglutit et lit en français ce qui est écrit en anglais.

— Je ne vous ai pas demandé de le traduire, traduction impeccable entre parenthèses, la preuve que vous connaissez l'anglais à la perfection, lisez ! dit-il en claquant sa règle sur son bureau ce qui fait sursauter l'enfant et toute la classe.

— Non ! lui répond-il en relevant le menton et en toisant de défi.

Ils se défient, le temps semble suspendu.

— Lisez ! lui crie-t-il en se penchant vers lui et en claquant de nouveau la règle de métal contre le bureau.

Alex sursaute de nouveau et se met à trembler, s'en est trop, la température monte rapidement dans la classe. Beltramp se moque de lui en le montrant du doigt. Le professeur l'attrape par le bras et le secoue.

— Lisez ! Delval !

Alex se dégage violemment en fronçant les sourcils et envoie valser le professeur à l'autre bout de la pièce par la force de sa pensée. Beltramp reste un moment coi puis se remet à rire de plus belle. Alors il lui projette l'énorme bureau à la tête, tout le mobilier vole dans tous les sens. Les élèves et le professeur qui se remet debout péniblement, essaient de les éviter. La température n'arrête pas de monter, les vitres se mettent à vibrer et volent en éclats. L'enseignant ne peut en éviter un gros qui s'enfonce dans sa cuisse. Voyant le sang qui se met à couler, tout le monde se met à hurler et se rue vers la porte. Ils se bousculent, se poussent, se tirent par les vêtements ou les cheveux. Alex se bouche les oreilles et ferme les yeux. Ben, affecté à sa garde, essaie vainement de se frayer un passage pour pénétrer dans la classe. L'enfant rouvre les yeux et l'aperçoit. Il bloque l'entrée avec tous les pupitres et le lourd bureau métallique. Il se dirige vers une des fenêtres brisées, saute dans l'allée et court jusqu'à la grille qu'il ouvre avant de l'atteindre. Ben saisit son talkie-walkie. Donne l'alerte et se lance à sa poursuite. Alex se dirige vers l'entrée de la ville et se cache derrière des poubelles pour reprendre son souffle. Il tremble de tous ses membres et son cœur bat à la chamade. Il ferme les yeux et essaie de remettre de l'ordre dans ses pensées. Tout a dégénéré tellement vite qu'il ne comprend pas lui-même ce qui l'a mis dans cet état.

Dès qu'il reçoit l'appel de Ben, Jim saisit son portable et active le récepteur GPS espérant localiser rapidement l'enfant grâce aux transmetteurs implantés dans son corps. Mais il ne reçoit aucun signal, les autres essaient avec le leur qui reste également silencieux. Ils sautent dans les véhicules et sillonnent la ville. Pas de trace d'Alex ! Il n'a pas le choix, il informe le général et le professeur Smirnoff de la fugue du petit garçon.

— Que s'est-il passé ? Où peut-il aller ? Il va essayer de rentrer en France pour rejoindre son père.

— J'ai envoyé une équipe à l'aéroport militaire ! Mais pour l'instant aucune trace d'Alex. Il n'a pas beaucoup le choix, c'est une ville militaire.

— Oui, mais il peut imposer sa volonté à n'importe qu'elle personne qui en sort !

— Il n'y a que deux routes qui sortent de la ville, nous y avons installé des contrôles, ils inspectent chaque véhicule.

— Y a-t-il un autre moyen de quitter ce territoire ?

— Le train de marchandises qui alimente la ville et qui la traverse. Le reste ce sont des hectares et des hectares de forêt qui l'entoure.

— Faites venir du renfort et fouiller le moindre millimètre de cette ville et de ses alentours. Il faut retrouver ce gamin. Nom de Dieu ! Comment a-t-il fait pour deviner qu'on lui avait implanté des transmetteurs et pour les désactiver ? Il dormait, hurle le professeur hors de lui.

Les heures passent, toujours aucune trace d'Alex. C'est comme s'il s'était évaporé et la nuit vient de tomber. Les recherches vont devenir compliquées. Ils commencent tous à penser au pire. Ce n'est pas la première fois qu'il essaierait de mettre fin à sa vie ! Il peut le faire n'importe où, de plusieurs façons, se noyer dans la rivière ou dans un des nombreux lacs qui entourent la ville, se jeter d'un toit ou en dessous d'un camion ou du train.

Jim contemple les écrans silencieux où s'illumine la carte de la ville et de ses alentours. Espérant deviner où il peut se cacher. Quand tout à coup, un bip se fait entendre et un point s'allume en plein centre-ville. Il regarde fixement l'écran, le signal est fixe, il agrandit la zone et ébahi, regarde les autres.

— C'est le cinéma, il est resté en ville, il est dans le cinéma !

— Mais nous l'avons fouillé !

Ils sautent dans leurs jeeps et foncent. Ils y entrent, Jim pénètre seul dans la salle, les autres bloquent le passage. En effet, Alex est assis au milieu de la salle. Il le rejoint et s'assied sur le siège d'à côté. L'enfant le regarde et sort un révolver de sa poche. Il le dépose sur ses genoux. Jim n'ose pas le prendre pour ne pas lui faire peur.

— Où as-tu pris cette arme, Alex ? Il lève la tête et regarde Ben près de la porte d'entrée qui soulève sa veste et constate qu'en effet c'est la sienne. Il ne s'était pas aperçu pendant qu'il essayait de se frayer un passage dans la cohue que l'enfant lui avait subtilisé son arme. Il devenait vraiment très doué en télékinésie. Le colonel soupire et reporte son attention sur le petit garçon qui n'a pas bougé et continue de fixer l'écran vide.

— Donne-la-moi, Alex, lui demande-t-il doucement, tout bas.

— J'aurais pu m'en servir, pendant tout ce temps ! répond-il d'une toute petite voix tremblante en prenant l'arme.

— Mais ce n'est pas ce que tu veux, alors s'il te plaît, donne-la-moi. Pourquoi t'es-tu enfui ?

Il hausse les épaules, regardant l'arme puis le militaire, il élude la question.

— Je sais que je ne peux pas fuir toute ma vie, ne plus voir mon père ou Nanou. Qu'il me traquera jusqu'à la fin. Qu'il ne me laissera jamais rentré en France, je ne suis pas idiot !

Il soupire et repose la lourde arme sur ses genoux sans la lâcher.

— Que veux-tu faire, alors ? lui demande le militaire en faisant signe à ses hommes d'approcher tout doucement.

Ils se faufilent très calmement entre les sièges, se rapprochant de rangée en rangée. Alex se crispe, il regarde Jim droit dans les yeux et soutenant son regard, lève l'arme pour la poser contre sa tempe. Il leur fait signe de s'arrêter et tend la main vers l'enfant qui ne lâche pas son regard. Ils restent un moment, accrochés, puis lentement, Alex y dépose l'arme.

— Ramène-moi sur l'île ! Si tu ne le fais pas, je recommencerai et cette fois, j'appuierai sur la détente, lui demande-t-il en le regardant toujours droit dans les yeux sans ciller, seul son petit menton tremble.

Jim se lève et le prend doucement dans ses bras. Alex enfuit son visage dans l'épaule réconfortante et éclate en sanglots. Il tremble de tout son corps, il le serre un peu plus fort contre lui et Ben dépose sa veste sur les frêles épaules. Il saisit sa radio et avertit son supérieur qu'il est sain et sauf et qu'il le ramène sur l'île. Le général ne répond pas, il a compris au ton de sa voix que cette décision était sans appel.

Pendant une bonne partie du voyage, Alex reste silencieux et tendu, John a bien essayé de lui parler, mais il s'est tourné vers le hublot. Maintenant, terrassé par la fatigue et la tension nerveuse, il dort, la tête posée contre l'épaule de Jim. Il ne se réveille qu'au moment où ils se posent sur l'île. Le général et le professeur Smirnoff sont déjà sur place et relâchent la tension quand ils voient le petit garçon descendre de l'engin. Sans les regarder, il se dirige vers sa chambre, accompagné du docteur Grant.

Les autres se dirigent vers la salle de contrôle où Jim leur fait son rapport. En l'écoutant, ils contemplent les écrans sur lesquels, ils voient le médecin ausculter, puis mettre l'enfant en pyjama pour qu'il se couche. Ils les rejoignent et dès qu'ils entrent dans la pièce, en ignorant le professeur qui allait certainement le sermonner, Alex s'adresse au général en venant se placer juste devant lui pour le regarder droit dans les yeux.

— Il y a peu de temps, vous m'avez dit qu'à ma majorité, je devrai signer un contrat qui nous liera. Je n'ai peut-être pas dix-huit ans physiquement, mais certainement, plus mentalement. Ce contrat, nous allons le signer maintenant et à mes conditions ! Pour cela, je vous demande de faire venir rapidement mon père et Nanou qui est en voyage avec Max.

Le général reste muet, pris de court par cette décision et par la requête du petit garçon, il le regarde, étonné. Attendant une réponse qui ne vient pas, Alex soulève le lit sans le quitter des yeux et le laisse retomber bruyamment, tout le monde sursaute.

— Vous avez ouvert la boîte de Pandore. Vous m'avez obligé à vous suivre, à utiliser mes capacités, mais maintenant ça suffit ! J'ai bien appris les leçons et à me servir de mes armes. Je peux mettre cette île à feu et à sang ou mettre fin à ma vie en quelques secondes. Alors, je vous propose un marché, j'ai conscience que je ne peux plus m'intégrer dans ce monde sans vous, que j'ai besoin de votre protection. D'un autre côté, je peux vous être utile, me servir de mes capacités pour sauver des personnes. Mais, je refuse qu'il décide encore pour moi, crie-t-il en désignant le professeur Smirnoff.

Cette fois, voyant la détermination de l'enfant, le général acquiesce de la tête et accepte la proposition.

— Je vais faire le nécessaire pour que ton père et ta mère adoptive viennent rapidement.

Il quitte la pièce en relâchant la pression, Jim l'attend derrière la porte, leur regard se croise et ils partent ensemble sans dire un mot.

Le professeur Smirnoff dirige son fauteuil vers le lit d'Alex qui le stoppe d'un regard menaçant.

— Je n'ai rien à vous dire, professeur ! Nous discuterons quand tout sera prêt et que mon père sera là. Pour l'instant, je veux juste me coucher et être seul !

Sans dire un mot, l'homme fait demi-tour et sort de la pièce. Alex vacille et se raccroche au lit, John se précipite pour l'aider, mais il lève la main en lui adressant un maigre sourire triste. Il se sent extrêmement fatigué, vidé et terriblement seul. Il se couche et serre Mister Bear contre lui. Il aimerait tellement que

Nanou soit là pour le réconforter. Il trouve qu'il est trop petit, trop jeune pour endurer tout ça. Il s'endort rapidement, John attend que sa respiration soit redevenue calme et profonde pour quitter la pièce.

En attendant que son père le rejoigne et que Nanou revienne de son séjour en Grèce avec Max. Alex erre comme une âme en peine dans la salle de repos ou dans sa chambre. John a beaucoup de mal à le faire manger ou le faire parler et s'inquiète pour son moral. Kelly est venue le voir le lendemain, mais il a refusé de se confier à elle. Seul, Jim arrive à le dérider, il redevient souriant dès qu'il le voit. Alors, pour lui changer les idées, il l'emmène avec lui dans leurs divers entraînements et sports. Il lui apprend à tirer à l'arc et à escalader la falaise.

Ce matin-là, après le déjeuner, Alex retourne et passe devant la salle de réunion pour regagner sa chambre, le colonel l'interpelle.

— Alex, viens ici, un instant.

Il hésite, mais il insiste en lui faisant signe de le rejoindre, quand il le rejoint, il le prend par les épaules et s'abaisse à son niveau.

— Le contrat va devoir attendre un peu, nous devons partir en mission, tu veux bien nous aider ?

Directement, il acquiesce toujours prêt à aider et attend l'arrivée du général pour de plus amples informations. Il arrive rapidement et après les avoir salués, leur explique la situation.

— Une dizaine de jeunes, en sortie scolaire, se sont fait piéger par des pluies diluviennes dans un dédale de mines dans les Rocheuses. Nous ne savons pas où ils se situent exactement, mais l'eau continue à monter et ils ne peuvent ressortir par où ils y sont rentrés, l'eau a déjà envahi tout ce niveau. Il va falloir les localiser et leur trouver une sortie beaucoup plus haut. Alex, je peux compter sur ton aide, que ce soit pour entrer en communication avec eux ou pour trouver une sortie, il faudra peut-être que tu utilises la télékinésie pour déplacer des pierres, il y a eu de nombreux éboulis et aucun engin ne peut accéder à ces mines ou que sais-je, mais j'ai totalement confiance en toi pour trouver la solution.

Il s'abaisse au niveau de l'enfant et plonge son regard dans ses grands yeux bleus profonds en déposant ses mains sur ses épaules, conscient de lui donner beaucoup de responsabilités. Alex soutient son regard et lui sourit sentant un poids disparaître et le libérer, un large sourire illumine son visage.

— Jim et moi, on va les retrouver et les libérer, général comptez sur nous.

Après avoir préparé leur équipement et s'être habillés en prévision de l'épreuve, ils montent dans les hélicoptères et filent vers les lieux. Jim le briefe sur le profil des élèves et de leur professeur, ainsi que sur les particularités des lieux. Ce sont d'anciennes mines aurifères qui se trouvent juste un peu au-dessus du lit de la rivière dans une ancienne réserve indienne. La vallée est très encaissée, la montagne est entièrement parcourue de haut en bas par un véritable labyrinthe de cavités creusées qui se sont en partie écroulées au fil des années. L'entrée principale descend un peu plus bas que le lit de la rivière pour qu'à l'époque, l'eau alimente la mine, puis forme un coude pour aboutir dans une autre salle d'où partent de nombreux boyaux qui se ramifient en nombreuses petites galeries qui débouchaient sur deux cheminées au sommet de la montagne. Mais, depuis quelques années, les pluies sont devenues plus torrentielles avec le réchauffement climatique et ont provoqué de gros éboulis qui les ont bouchées. Il est impossible d'y amener des engins pour les dégager.

Normalement, la mine est interdite au public, mais certains professeurs d'histoire, poussés par leurs élèves, les y emmènent pour leur faire revivre la fameuse ruée vers l'or.

Alex écoute attentif. Quand ils arrivent sur les lieux, ils font plusieurs fois le tour de la montagne pour les examiner. Il regarde chaque détail, formant dans son esprit un état des lieux le plus complet entre ce qu'il a vu sur les cartes et la topographie du terrain. Jim le harnache et l'accroche à son harnais, ils vont devoir descendre en rappel car il est impossible de poser les lourds hélicoptères militaires. Il lui sourit et lui lance un clin d'œil. John est prêt également, depuis qu'il est sur l'île, il a suivi plusieurs entraînements pour ce genre de mission.

— Alors, vous êtes prêts ? leur demande le colonel.

Alex n'est pas trop rassuré, mais il a pleinement confiance en cet homme. Il hoche la tête et s'accroche aux sangles. Jim s'avance sur le bord et quelques secondes plus tard, ils se retrouvent au sommet caillouteux de la montagne. Le cœur d'Alex bat à tout rompre, il respire calmement pour le calmer. Ils descendent de deux ou trois mètres pour trouver la première cheminée qui est encombrée par plusieurs gros rochers. Il est impossible de pénétrer sans la dégager. Jim demande à l'enfant de se servir de la télékinésie, mais il n'arrive pas attirer les rochers vers lui. Quand il voit que ses efforts sont vains et qu'il s'épuise. Jim lui demande d'arrêter et ils se dirigent vers la deuxième. Ils marchent un bon kilomètre sur le sommet de la montagne. Le paysage est magnifique, mais le ciel très menaçant, il ne faut pas traîner. Ils trouvent l'entrée de la deuxième cheminée, mais elle est trop étroite pour laisser passer les hommes et leur équipement, mais assez pour Catarina, la plus petite et mince fille de l'équipe, et Alex.

— Alex, penses-tu pouvoir dégager les rochers de la première en les poussant de l'intérieur ?

— L'effort est plus facile, je peux essayer.

— Tu es un chef, j'ai confiance en toi, tu vas y arriver.

Jim hésite, mais il n'a pas le choix et il a pleinement confiance en ses hommes, Catarina protégera le petit du moindre danger et seul Alex est capable de dégager le passage pour aller chercher et sortir les jeunes et leur professeur.

Catarina s'engage tête la première dans l'étroit passage qui heureusement s'élargit rapidement. Une fois redressée, elle s'agenouille et aide Alex à la rejoindre. Il n'est pas très rassuré, il fait noir et ça grouille de bestioles, lui qui a horreur des araignées. Il s'accroche fermement à la veste de Catarina qui allume leurs lampes frontales et une énorme torche électrique qui éclaire toute la galerie. Elle jette quelques bâtons luminescents autour d'eux pour éclairer un maximum. Ils avancent lentement dans le dédale rocheux pour rejoindre la première cheminée, prenant bien soin d'indiquer leur chemin sur la paroi humide avec une bombe de couleur fluorescente. Deux galeries se présentent à eux, Alex réfléchit rapidement à la topographie géographique et opte pour la deuxième, Catarina marque l'entrée, en cas de rebroussement de chemin. Si Alex ne parvient pas à dégager les lourds rochers, son esprit cogite, comment un si petit garçon pourrait-il soulever des rochers pesant plus d'une tonne chacun ?

Bonne pioche, ils voient l'entrée bouchée, Alex examine les énormes pierres qui l'obstrue, Catarina pose ses mains sur les frêles épaules et lui sourit.

— À toi de jouer, mon bonhomme, je ne sais pas comment tu vas faire mais si on veut sauver ces gosses…

— Tu restes tout prêt de moi, hein, Catarina ?

— Oui, je vais me mettre juste derrière toi et je vais éclairer les rochers, OK, ça te va, je ne gênerai pas ?

— Non, comme ça c'est bien.

Il prend une grande inspiration et ferme les yeux pour se concentrer. Puis les rouvre et se concentre sur un des plus gros au sommet de l'entrée. La pierre se met à vibrer, les plus petits roulent au bas de l'éboulis. Il augmente sa concentration, des gouttes de sueur perle sur son front, il respire un grand coup et pousse mentalement le rocher qui bouge de quelques centimètres. Il tangue et commence à rouler doucement vers le bas de la pente à l'extérieur. Alex en profite pour lui donner une nouvelle pensée qui l'envoie valser. Les hommes à l'extérieur voient l'énorme rocher se soulever, voler un moment pour aller s'écraser en bas de la montagne.

— Eh bien ! J'espère qu'il n'y a personne en bas ! C'est incroyable, vous avez vu la taille du rocher ? demande Ben en écarquillant les yeux.

— Ouais ! Gigantesque, je vais me méfier quand notre petit garnement se mettra encore en colère, je ne voudrais pas être à la place de ce rocher, répond Pedro.

Une autre pierre vole en dehors de la cavité et les autres plus petites roulent, l'entrée est suffisamment dégagée pour les laisser entrer. Ben allait se précipiter mais Jim le retient, une autre pierre passe en trombe devant leur nez. Le colonel décroche son talkie-walkie.

— Catarina ?

— Oui chef.

— Ça suffit, le passage est assez dégagé, nous allons entrer, mais on ne tient pas à se prendre un de ces rochers en pleine tronche.

— OK chef.

Elle reprend l'enfant qui tremble comme une feuille par les épaules.

— Alex ?

L'enfant ne réagit pas, toujours extrêmement concentré sur sa tâche, elle le secoue légèrement.

— Alex, c'est bon, ils vont entrer.

Elle sent les épaules se détendre, il vacille, elle l'aide à s'asseoir, il dépose son front sur ses genoux et essaie de reprendre son souffle, son cœur bat à la chamade. Elle actionne sa radio.

— C'est OK, vous pouvez entrer.

John se précipite et ausculte rapidement le petit garçon, il lui donne un peu d'eau et attend que les battements cardiaques reprennent un rythme normal.

— Ça va ? Tu as été formidable ! Il ne faut pas que tu prennes froid ! Lui dit-il en essuyant son front humide et en fermant sa veste. Il rassure l'équipe d'un hochement de tête. Ils attendent qu'il reprenne totalement ses esprits et de force pour continuer. Il faut maintenant retrouver les jeunes et leur professeur.

Ils avancent en balisant le plus possible leur chemin, Alex les guide dans le labyrinthe froid et humide. Après plus de deux heures de recherches, ils les trouvent, enfin. Ils sont épuisés, mais tous vivants et indemnes. Tout le monde rejoint facilement l'entrée de la cheminée. Il ne reste plus qu'à rappeler les hélicoptères qui arrivent rapidement. Mais le temps s'est fortement dégradé, le vent est violent et la pluie recommence à tomber.

Ne voulant pas qu'Alex prenne plus de risque. Jim décide de le ramener à bord en premier. Il ordonne à Ben de le remonter. Le jeune homme passe son harnais et celui de l'enfant et l'accroche au sien, puis il attrape le treuil et commence à remonter. Le pilote a beaucoup de mal à stabiliser le lourd engin et ils sont ballottés dans tous les sens. Alex s'accroche fermement à Ben et ils arrivent en fin à bord. Le temps ne permet pas de remonter les autres. Ils vont devoir descendre les parois escarpées pour rejoindre la terre ferme. Ben rejoint l'équipe et l'hélicoptère s'éloigne un peu du sommet. Il prend de la hauteur, mais Alex, inquiet pour ses amis, demande au pilote de rester à vue.

Les jeunes sont fatigués, affamés et transis de froid, la descente va être compliquée. Au début, la pente n'est pas trop abrupte, ils progressent rapidement en s'aidant de la végétation.

Après une bonne heure de descente, ils arrivent à une paroi à pic qu'il va falloir descendre en rappel. La pluie tombe à grosses gouttes rendant le terrain boueux et glissant et le vent a doublé de violence. Les hommes préparent le matériel et deux d'entre eux glissent rapidement en bas, les autres aident les jeunes à s'équiper. Quelques-uns ont déjà pratiqué l'escalade. Jim commence par ceux-là, puis John et le professeur d'histoire et puis les jeunes qui n'ont jamais fait ce genre d'exercice. Ils descendent en duo accroché à un des militaires. Il n'en reste plus que deux, Ben et Jim.

Au moment où Jim veut accrocher son harnais, le plus jeune des deux prend peur et le pousse violemment. Il trébuche sur une pierre, lutte un moment pour rétablir son équilibre en battant des bras et en essayant de s'accrocher au jeune homme qui le repousse brutalement. Alors il bascule dans le vide. Ben se précipite et essaie vainement de lui attraper la main, mais son supérieur et ami est trop loin.

Dans l'hélicoptère, Alex se redresse d'un bon et s'accroche à la vitre. Les larmes lui brouillent la vue, mais il se concentre sur son ami. Il y met toute son énergie, sa concentration. Le temps semble suspendu. Mais il ralentit suffisamment la chute pour qu'il atterrisse sans se blesser. Ses hommes se précipitent et l'aident à se redresser. John l'examine sur toutes les coutures. Il est entier, pas une seule fracture, ils regardent tous vers l'hélicoptère et voient le visage tendu du petit garçon. Jim lève son pouce pour le rassurer. Alex se rassied et reprend son souffle, le pilote et son collègue, lui passe un casque pour recevoir un appel du colonel.

— Merci, Alex, c'est la deuxième fois que tu me sauves la vie.

— Ça va, t'as rien ?

— Non pas une égratignure, mais une trouille d'enfer. Bon, il faut que je m'occupe de Ben et des deux jeunes qui sont là-haut.

— OK.

Les deux jeunes sont complètement paniqués et Ben a bien du mal à les calmer. Ils ont même retiré leur harnais. Il n'arrive pas à les calmer et ils le repoussent sans cesse dès qu'il essaie de leur faire le remettre. Par deux fois, il glisse dans la boue et manque, lui aussi, de tomber dans le vide.

Alex sursaute à chaque fois et craint de plus en plus qu'il ne lui arrive un accident. Alors n'ayant pas le choix, il pousse mentalement, l'un d'eux à se jeter dans le vide. Ben n'a pas le temps de le rattraper. Le jeune s'avance au bord de la falaise et saute. En bas, les autres hurlent de terreur, même Jim ne comprend pas immédiatement le geste du malheureux, mais il jette un œil vers l'hélicoptère et comprend.

Alex est concentré derrière la vitre, il ralentit la chute au maximum et le dépose au pied de la falaise. Il fait de même avec le deuxième, la poussée mentale est tellement fulgurante que l'autre n'a pas un geste d'hésitation. Il se lève et se jette dans le vide.

Ben, lui-même est scotché. Il faut une sacrée force mentale pour pousser quelqu'un à mettre sa vie en danger. Les facultés d'Alex sont de plus en plus puissantes. Il lui faut un moment pour reprendre ses esprits. Jim l'appelle.

— Ben ?

— Oui, chef, attendez, j'arrive, j'ai les jambes en coton, j'ai cru qu'ils se suicidaient ces cons. Pfff, quelle trouille !

— Euh, nous aussi ! Allez, ressaisis-toi, ou Alex va devoir te faire la même chose.

— J'aime mieux pas, chef, je descendrai bien tout seul !

— OK, on t'attend.

Jim rejoint les autres pour s'occuper des jeunes qui ne se souviennent plus de rien, encore un petit tour d'Alex, certainement. Dès que Ben les rejoint, ils ramènent les enfants au camp de base où les attendent leurs parents angoissés. Le petit garçon leur a suggéré une autre histoire à leur raconter. Ils rejoignent rapidement les deux hélicoptères qui se sont posés un peu plus loin et le co-pilote en profite pour faire le plein du réservoir.

Alex est resté assis, il ne se sent pas très bien. Il a la nausée et tout tourne un peu, puis une violente douleur à la tête le submerge et il saigne abondamment du nez. Au moment où les autres arrivent en vue des engins, il s'écroule sur la banquette et commence à convulser. Le pilote passe à l'arrière et essaie de le maintenir. Il hurle à son coéquipier de prévenir le médecin. Mais John est impuissant devant l'intensité de la crise et ils prennent la direction de l'hôpital le plus proche. Jim avertit directement le général et le professeur Smirnoff.

L'état d'Alex se dégrade très rapidement. Les médecins lui font passer une IRM et un scanner, l'excroissance est revenue et a même doublé de volume ce qui comprime fortement le cerveau dans sa boîte crânienne. Il a fourni beaucoup trop d'effort.

Le professeur Smirnoff et le général les ont rejoints très rapidement et ils discutent du traitement approprié.

— Il faut opérer, il faut ouvrir pour voir si on peut éliminer cette excroissance ! crie le professeur en tourant comme un lion en cage.

— Vous risquez de faire des dégâts irrémédiables, il peut en résulter des lésions, lui rétorque le docteur Grant.

Alex est juste à côté, il n'est plus totalement inconscient et il les entend, il fait un effort pour ouvrir les yeux. Jim est assis à côté de lui et lui tient la main. Directement, il appelle John qui les rejoint et ausculte son petit patient. Il essaie de parler, mais doit fournir un gros effort pour y arriver.

— Pas question de m'ouvrir le crâne, professeur !

— Nous devons le faire, pour ton bien ! lui répond-il en s'approchant du lit.

Alex s'enfonce dans son oreiller.

— Jim, John, il ne faut pas le laisser faire ! Je vais me soigner tout seul, Général Belmont, s'il vous plaît, dit-il d'une petite voix tremblante.

Le général hésite, il retient le professeur par le poignet. Alex insiste, la douleur revient et de grosses gouttes de sueur inondent son front.

— Général, j'ai fait beaucoup trop d'effort, du coup mon cerveau s'est adapté à mes facultés mais pas ma boîte crânienne, il faut juste que je me repose, que je dorme, ça va se résorber et tout va se remettre en place, s'il vous plaît !

— Tu en es sûr, Alexandre ?

— Oui ! laisse-t-il échapper dans un souffle.

— Professeur, je vous demande de sortir, il n'est pas question de triturer le cerveau de cet enfant et vous l'affolez inutilement.

Alex demande pour rester seul avec Jim qui le surveillera et empêchera le professeur de revenir l'embêter. John vérifie les écrans de contrôle et le général pousse tout le monde vers la sortie de la chambre. Ne pouvant rien refuser à son petit ange gardien, Jim se rassied sur la chaise. Une fois, seuls, Alex soupire, la douleur qui lui vrille la tête est intense et il a du mal à retenir ses larmes et le cri douleur qui lui monte de la poitrine, mais il sait que s'il se laisse aller, le professeur s'hésitera plus à passer à l'acte.

— Jim, je vais avoir besoin de ton aide, dit-il dans un souffle.

L'homme regarde le petit visage crispé, il se demande si Alex a pris la bonne décision.

— Bien sûr, Alex, qu'est-ce que je peux faire pour t'aider ? John te sera peut-être plus utile ?

— Non, parce qu'il est médecin, alors, il ne me laisserait pas faire ce que je vais devoir faire.

— De quoi parles-tu ?

— Je vais devoir me soigner tout seul, comme je l'ai fait quand on t'a tiré dessus, je ne veux pas que le professeur Dingo vienne farfouiller dans ma tête, dit-il en souriant pour rassurer son ami.

Jim le regarde intensément, il ne sait pas quelle décision prendre. Il a tellement peur pour la vie de ce petit garçon, il n'a jamais eu plus peur qu'en ce moment.

— Jim, je suis épuisé, je n'y arriverai pas tout seul, le supplie-t-il en lui serrant la main.

Le colonel prend une bonne inspiration et hoche la tête, lui non plus n'a pas envie que ce professeur l'opère et fasse de son jeune ami, un légume.

— Alors, allons-y, comment je peux t'aider ?

— Tu vas maintenir mes mains sur ma tête, à l'endroit de l'excroissance. Ça va chauffer, je vais avoir mal, très mal. Je vais me débattre pour les enlever, mais elles ne doivent pas bouger tant que ce n'est pas terminé.

— Tu es sûr que ça va marcher ? Je ne sais pas si…

— Jim, j'ai besoin de toi ! le supplie-t-il.

Alex se cale sur l'oreiller, lève les bras et positionne ses mains sur sa tête douloureuse, il respire profondément et fait signe à Jim qu'il est prêt. Celui-ci souffle un bon coup. Leur regard se croise. Alex l'encourage d'un petit sourire. Il emprisonne les petits poignets et la tête dans ses énormes paluches. Ses muscles sont tendus. Il plonge, de nouveau, son regard dans celui de l'enfant qui lui sourit avant de les fermer. Il sent une chaleur intense se dégager des petites mains.

Alex se concentre sur l'excroissance. La chaleur irradie l'intérieur de son crâne. Il la concentre et l'augmente. Il gémit sous la douleur qui s'intensifie. Il sent Jim qui lutte pour lui maintenir les mains et qui resserre son étreinte sur ses poignets. Il augmente encore la chaleur et l'excroissance diminue enfin, mais la douleur est intenable. Des larmes coulent sur ses joues, il gémit et râle, essayant de toutes ses forces de se libérer de cet étau qui lui vrille sa pauvre tête.

Le militaire commence à douter et se sent impuissant devant la douleur que le petit garçon s'inflige. Il se demande si c'était la bonne solution, peut-être que lui aussi va provoquer des dégâts irrémédiables à son cerveau. Il regrette de l'avoir retrouvé et arracher à ses montagnes, depuis, sa vie n'est que chaos et douleurs. Il tremble sous l'effort pour maintenir les petites mains, pour qu'elles ne bougent pas d'un millimètre. La chaleur est tellement intense qu'elle lui brûle la paume des siennes. Il sent même le poignet fragilisé se rompre de nouveau sous l'étau de sa force. Alex en a tressailli. Mais il ne lâche pas, il lui fait confiance.

L'enfant continue jusqu'à ce que tout soit bien remis en place, la douleur diminue rapidement et son corps se détend. Jim relâche les petites mains devenues glacées. Il ne sait pas s'il doit appeler John, il scrute le petit visage devenu impassible. Il allait se diriger vers la porte quand Alex le retient par la main, il le regarde et lui sourit, soulagé.

— Ça va ?

— Oui, merci, ça va aller maintenant, tu peux aller leur dire que la douleur est partie et que je me repose, je vais dormir un bon moment et quand je me réveillerai, je devrai repasser un scanner, puis nous pourrons rentrer chez nous.

Il bâille et s'endort immédiatement. Jim le borde et dépose un baiser sur le front redevenu frais, il relève la petite mèche rebelle pour le dégager. Il a encore les jambes qui tremblent, le petit poignet est légèrement gonflé. Il regarde par la porte vitrée de la chambre et aperçoit John qui est assis juste à côté. Le professeur Smirnoff et le général discutent devant la machine à café. Il l'ouvre très lentement et fait signe au médecin de venir discrètement. John se lève et entre doucement dans la chambre. Jim a repris sa place sur la chaise, les deux autres adultes se rapprochent, John leur fait signe que ça va, qu'il contrôle juste ses écrans. Ils retournent s'installer auprès des distributeurs.

Jim lui montre le petit poignet bleui et gonflé. Tout bas, pour ne pas réveiller Alex, il lui résume ce qui s'est passé. John lui lance un regard noir, mais retient la colère qui monte. Jim lui assure qu'Alex va bien et que la seule autre solution était de laisser faire le professeur. Le médecin, n'ayant jamais approuvé les manières du scientifique, n'avait pas, lui non plus, envie de le voir triturer le cerveau de son jeune patient. Il soupire et va chercher l'attelle dans sa trousse restée auprès du lit. Jim se rassied sur la chaise et se masse les tempes. Il est exténué et a du mal à récupérer des toutes ses émotions. Il a vraiment eu très peur que ça ne fonctionne pas et que le petit garçon perde complètement et irrémédiablement la raison. Le professeur Smirnoff n'a pas encore approfondi ses recherches sur cette capacité de guérison. John lui suggère d'aller se reposer dans la pièce d'à côté, il va rester près d'Alex.

Avant d'aller se reposer, il va expliquer au professeur et à son supérieur ce qu'il vient de se passer. Le scientifique lance son fauteuil vers la porte de la chambre et veut immédiatement faire passer des examens et des tests à Alex, mais Jim le retient fermement par sa chemise.

— Il dort, laissez-le se reposer comme il l'a demandé. Il va dormir un bon moment. Je vais poster mes hommes devant sa porte jusqu'à son réveil et là il passera vos examens !

— Général retenez votre chien de garde, Alexandre est mon patient, il appartient au projet « Mnémos », il m'appartient, hurle-t-il en essayant de se dégager.

Le haut militaire se lève et regarde le scientifique dédaigneusement.

— Vous me dégoûtez, professeur, c'est d'un enfant que vous parlez, pas d'un résultat de vos expériences. Colonel, postez deux de vos hommes pour empêcher cet individu abject d'entrer dans cette chambre et allez vous reposer. Je vais en avertir le président, il est temps de prendre certaines décisions.

Au moment, où Jim allait repartir en empoignant son talkie-walkie, il le retient par la manche.

— Jim, tu es sûr qu'il va bien ? lui demande-t-il tout bas.

— Oui, Robert, il va bien, il a hâte de rentrer sur l'île.

Il part en appelant deux de ses hommes qui se postent devant la porte. Il entre et jette un œil sur le petit visage endormi. John lui fait signe qu'il va bien, il dort calmement, ses signes vitaux sont plus que rassurants. Jim soupire et relâche enfin la tension, il entre dans la chambre d'à côté, prends une bonne douche et s'écroule sur le lit.

Alex dort pendant vingt heures d'affilée, John et Jim se relaient pour surveiller ses constantes qui sont très bonnes. Quand il se réveille, il sourit au médecin qui l'ausculte immédiatement.

— Alors, la belle au bois-dormant, comment te sens-tu ? On commençait à s'inquiéter, tu as dormi toute une journée, vingt heures pour être précis.

— Très bien, je n'ai plus mal à la tête, mais je ne dois faire aucun effort pendant quelque temps, j'ai soif et j'ai un peu faim.

— OK, mais avant, tu vas passer les examens prescrits par le professeur Smirnoff parce qu'il va finir par péter un plomb. Jim lui a interdit de venir te voir.

Alex rit, John lui verse un verre d'eau, qu'il avale d'un trait.

L'infirmière vient lui faire une prise de sang et même faire pipi dans un petit pot, puis on l'emmène passer un scanner, une IRM. Mais quand on l'installe pour une ponction lombaire, il refuse et dit que ça suffit, qu'il est en pleine forme et qu'on doit le ramener dans sa chambre. Le professeur veut s'interposer mais Jim, qui n'a pas quitté le lit de l'enfant d'une semelle, lui lance un regard noir. Il saisit le lit et le pousse vers la chambre où John les attend avec un bon repas. Dès la dernière bouchée avalée, il demande à Jim.

— Nanou et papa sont arrivés sur l'île ?

— Oui, ils sont inquiets et ont hâte de te voir.

— Alors, rentrons, je me reposerai mieux.

— Tu es sûr que ça va ?

L'enfant acquiesce et n'ayant aucune raison de lui refuser ce plaisir. Il donne l'ordre de venir aux pilotes des hélicoptères et prépare leur départ. Le professeur est furibond, mais, pour l'instant, ce n'est plus lui qui décide, le général s'en est chargé.

Dès qu'ils arrivent, Alex se précipite au-devant de Nanou, elle le serre très fort dans ses bras, il l'embrasse sur les deux joues et se serre contre elle.

— Ça va mon loupiot ? Tu es très pâle, lui demande-t-elle en caressant sa joue translucide.

— Ça va Nanou, fatigué mais ça va aller, je suis tellement content de te voir.

— Toi aussi, tu m'as énormément manqué, répond-elle en serrant le petit garçon contre son cœur.

Il s'écarte et court se jeter dans ceux de son père qui les regarde, attendri.

— Papa ! lance-t-il en se serrant contre son épaule.

— Salut champion, tu as l'air en petite forme ? demande-t-il en secouant la tignasse noire de son fils.

— Oui, je suis encore un peu fatigué, mais ça va beaucoup mieux, maintenant que je suis rentré, ça va aller, répond-il en baillant à se décrocher la mâchoire et en vacillant légèrement.

Franck le prend dans ses bras et l'emmène dans sa chambre, il l'aide à se mettre au lit.

— Repose-toi, fiston, on aura tout le temps de discuter quand tu auras repris des forces.

Il serre la main de John qui vient de rentrer dans la chambre pour ausculter son jeune patient, embrasse la petite joue pâle et ressort. Après un examen rapide, le médecin lui donne un léger relaxant et Alex s'endort directement. Quand il entend sa respiration calme et détendue, il sourit et quitte la pièce, en faisant signe à la chienne de le suivre, Misslady qui elle aussi est contente de retrouver son petit maître hésite, John insiste, elle se lève, donne un petit coup de langue rugueuse sur la petite main et suit le médecin.

Il rejoint les autres dans la salle de repos, Jim est en train de leur raconter les derniers évènements. Sa fugue de l'académie militaire, sa requête, le sauvetage des jeunes dans la vieille mine et son accident cérébral. Il leur explique avec beaucoup d'émotion comment Alex s'est soigné, tout seul, la chaleur dégagée par les petites mains, son impuissance face à la douleur, cette capacité incroyable de soigner, de guérir.

Tout le monde écoute en silence, l'émotion dans la pièce est palpable, le professeur Smirnoff se lève et allait parler, mais Jim bondit de sa chaise, lui barre le chemin et lui lance un regard noir. Le général s'interpose et pose sa main sur la manche de son subalterne.

— Colonel.

— Oui, excusez-moi, mon général, répond-il en retournant s'asseoir.

— Professeur, votre place n'est pas ici, le conseil n'aura pas lieu avant une bonne semaine, le temps qu'Alexandre reprenne des forces et soit complètement rétabli. Il ne subira aucun examen, aucun test…

Le professeur, furibond, allait répondre mais le général lève la main.

— Les ordres viennent de plus haut. Ce jour-là, le président en personne sera présent et il vous demande de vous faire discret en attendant. Votre présence pourrait ralentir sa guérison. Il n'est pas dans votre intérêt de passer outre des ordres du président, le projet « Mnémos » pourrait en pâtir ou être mené par d'autres scientifiques, votre collaboratrice en est très capable, lui dit-il, en fronçant les sourcils.

Le professeur Smirnoff tourne comme un lion en cage, il regarde toutes les personnes présentes qui soutiennent son regard. La tension est palpable. Il donne un coup de poing sur l'accoudoir de son fauteuil et quitte la pièce. Quelques minutes plus tard, ils entendent un des hélicoptères, décollé. Tout le monde souffle en cœur et se regarde en souriant.

Après une bonne semaine de repos, câliné par Nanou, Alex se sent beaucoup mieux, il n'a plus du tout de migraine. Il a repris un peu de poids, ses joues sont redevenues bien roses et il repend petit à petit ses promenades avec Max et son père. Ce matin, il a repassé une IRM et un scanner, Jessica lui a fait une prise de sang et après analyse des résultats, tout est en ordre dans sa petite tête. Il a accepté de passer quelques tests de routine pour mesurer ses aptitudes, après un tel accident cérébral. Mais là aussi, tout est en ordre, ses capacités se sont même encore accrues. Il est plus rapide, il n'a plus besoin d'autant se concentrer pour utiliser la télékinésie ou la pyrokinésie, en un seul petit rétrécissement de ses paupières, l'objet vole dans la pièce ou l'eau de la baignoire se met à bouillir. Il commence même à y arriver les yeux fermés ou en étant dans une autre pièce, ce qui l'amuse énormément. Hier, il avait caché la manette de la console de jeux et la déplaçait avant que Ben ne la trouve, sans être dans la salle de détente. Il faisait tourner le pauvre militaire en bourrique et riait aux éclats, seul dans sa chambre. Jim et Catarina, collés aux écrans de surveillance, étaient également pliés de rire de voir la manette se déplacer toute seule dans la pièce, leur collègue courir d'un coin à l'autre pour la retrouver et le petit garçon rire à se tenir les côtes. Après quelques minutes, Alex dépose la manette, bien en vue sur la table et Ben la récupère enfin. Comprenant qui est en train de lui jouer ce petit tour de passe-passe, il se rend dans la chambre de l'enfant et se lance dans une bataille de chatouilles qu'il est certain de gagner, tellement Alex est sensible, surtout en bas des côtes. Jim intervient et envoie son subalterne au stand de tir, il doit bientôt partir en mission et doit se concentrer et reprendre les exercices.

— Il va partir où, Ben ? demande-t-il en retenant Jim par la manche.

— En mission, Alex, il doit partir avec son groupe. Nous avons tous notre spécialité et ils sont tous chefs d'un groupe. Toi, tu es notre mission spéciale, mais parfois, un groupe doit partir pour une autre et cette fois, c'est celui de Ben.

— Elle est dangereuse, cette mission ? demande-t-il, inquiet pour son ami.

— Il y a toujours des risques, sinon on ne nous enverrait pas nous ! Lui répond-il en relevant la mèche rebelle et en soutenant le regard bleu glacial.

Alex soupire et baisse les yeux, son cerveau se met rapidement en branle.

— Je peux l'aider, moi ?

— Non, pas cette fois, tu ne dois surtout pas faire d'efforts, tu dois encore reposer tes méninges et dans deux jours, tout le monde se réunit pour le contrat, même le président va débarquer, tu as oublié ?

— Non, mais…

— Alex, c'est comme cela, point, il n'y a pas à discuter ! Bon, je crois que Max t'attend en salle de cours.

Le petit garçon se lève et quitte la pièce en traînant les pieds, il lève la tête et ouvre la bouche pour répliquer, mais Jim dépose ses doigts sur ses lèvres et fronce les sourcils, puis il lui met un léger coup de pied aux fesses pour le faire avancer, ce qui le fait sourire et déguerpir en courant.

Le lendemain, à l'aube, Ben et une partie de son équipe sont prêts, ils attendent les hélicoptères, Alex les entendant approcher, saute de son lit et court en pyjama et pieds nus vers la piste. Jim le voyant débouler, essaie de l'attraper par le poignet, mais il l'évite de justesse, il se jette dans les bras du militaire.

— T'allais pas partir sans me dire au revoir, tu fais attention à toi, hein Ben ? Tu reviens vite ? Elle dure combien de temps ta mission ? lui demande-t-il en retenant les larmes qui lui monte aux yeux.

Jim lui attrape le poignet et le tient fermement, Ben s'accroupit à sa hauteur et dépose ses mains sur les frêles épaules.

— Ben, j'aime pas trop les aurevoirs mon bonhomme, je ne sais pas, elle durera le temps qu'il faudra pour régler le problème. Toi en attendant, tu es sage, tu fais pas de conneries et tu te reposes, lui répond-il en plongeant son regard dans celui, pleins de larmes, d'Alex.

Jim sourit et le reprend sur ses erreurs de français devant le petit garçon, il lui fait un signe de tête et Ben, relevant la mèche rebelle, dépose un baiser sur son front. Il grimpe dans l'engin qui décolle. Sentant le bras de l'enfant se tendre, Jim raffermit sa poigne.

— Rentrons, tu vas prendre froid, en plus, tu es pieds nus !

Il attrape le gamin par la taille et le coinçant sous son bras, le ramène à sa chambre. Alex s'écroule sur son oreiller et éclate en sanglots. Jim soupire, quitte la chambre et va demander à Nanou de s'en occuper après lui avoir expliqué. Elle le console du mieux qu'elle peut, elle aussi est inquiète pour les jeunes militaires, mais c'est leur travail.

Toute la journée, il erre comme une âme en peine avec un air renfrogné en regardant régulièrement l'horloge ou son réveil. Il est allongé sur son lit et regarde le plafond de sa chambre. Kelly entre et prend un air sévère.

— Et Alors, ça fait un quart d'heure que je t'attends dans la salle de cours, nous avons une séance, tu as oublié ?

— Non, j'ai pas trop envie de parler, répond-il boudeur.

— Oui, mais tu n'as pas le choix, tu le sais, en plus, nous devons parler de ce qui te chagrine et de ce qui va se passer demain.

De mauvaise grâce, il se lève et suit la jeune femme. Arrivés dans la pièce, il s'assied sur la chaise en face du bureau, pendant qu'elle s'y installe.

— J'aurais peut-être pu l'aider dans sa mission, Jim n'a pas voulu ! Je vais mieux maintenant, lui dit-il, d'une petite voix en déposant son menton sur ses mains croisées sur le bureau de métal.

— Il y a des missions où tu peux être utile et d'autres pas ! Ils ne sont pas tous partis, parce qu'ils ne sont pas tous utiles pour cette mission. Ils ont chacun leurs spécialités et Ben fait très bien son travail. Il ne prendra que les risques nécessaires, chaque mission est préparée en calculant au maximum les risques encourus. Ils n'ont pas envie de mettre leur vie en péril. C'est un fait que tu dois accepter, Alex et je suis là pour t'y aider. Ils partiront tous en mission, même Jim, parfois toute l'équipe en même temps.

— Non, pas Jim, c'est moi, sa mission. Il ne peut pas me laisser, il me l'a promis ! répond-il en éclatant en sanglots.

— Je ne crois pas que Jim t'ait fait ce genre de promesse. Il ne le peut pas !

— Pourquoi ? demande-t-il en relevant la tête et prenant un air de défi.

— Parce que, du jour au lendemain, lui et son équipe peuvent être envoyés sur une autre mission prioritaire, qui peut prendre des mois et une autre équipe viendra la remplacée, ici, sur l'île pour te protéger.

— T'es méchante ! pourquoi tu dis ça ! Je suis pas qu'une mission, je suis un petit garçon !

La température monte immédiatement dans la pièce et tous les dossiers et livres posés sur le bureau sont projetés à l'autre bout de la pièce. Kelly a juste le temps de s'accroupir en dessous du meuble. Alex se lève d'un bond et détale, il sort en trombe du bâtiment et court à perdre haleine, les yeux embués de larmes. Franck, revenant du petit village avec Max, le voit de loin et se lance à sa poursuite. Jim, le voyant partir en courant, retourne dans le bureau, il était dans la pièce de contrôle, surveillant les réactions de l'enfant.

— Ça va Kelly, ça ne s'est pas très bien passé !

— Non, c'est une situation tellement complexe et unique que je ne sais pas toujours comment m'y prendre. Comment expliquer à un enfant, même si c'est le plus grand génie de cette planète qu'il n'est qu'une mission, que nous sommes là, juste pour le protéger et le retenir prisonnier, répond-elle en ramassant les dossiers qu'elle rejette de rage en travers de la pièce.

Jim dépose sa main sur son bras.

— Oui, moi aussi, parfois, cette mission me dépasse ! Ce n'est pas possible de ne pas s'attacher à ce gosse ! Il m'a sauvé la vie par deux fois. Je lui ai fait cette promesse, je lui ai dit que je serai toujours là, je sais que je n'en ai pas le droit et que du jour au lendemain, le général peut nous mettre sur une autre mission, mais j'espère qu'après, quand elle sera terminée, nous reviendrons sur l'île auprès de lui, dit-il en remettant de l'ordre dans la pièce.

Ils se regardent en soupirant, c'est une bien drôle de mission et elle est loin d'être terminée.

Franck voit que son fils file vers la falaise, il accélère sa course et l'attrape par le revers de son t-shirt, juste à quelques mètres du bord. Il l'attire à lui et l'encercle de ses bras pour l'éloigner du bord. Alex se tortille de tous les sens pour se dégager. Quand ils sont assez éloignés du danger, il le dépose au sol et le force à se retourner.

— Mais, bon dieu, Alex, qu'est-ce que tu fous ? T'allais quand même pas te jeter dans le vide ?

Mais l'enfant est incapable de lui répondre, il est en pleine crise de nerfs et n'arrive pas à reprendre son souffle et se débat pour se dégager de la poigne de son père qui le saisit dans ses bras. Alex colle sa tête dans son cou et redouble de larmes. Franck le ramène au bâtiment, John n'a pas d'autre choix que de lui administrer le puissant somnifère. Franck entre dans la salle de réunion en trombe.

— Bon dieu, qu'est-ce qui s'est passé pour le mettre dans cet état, je l'ai rattrapé in extremis au bord de la falaise ?

Jim et Kelly, blêmes, le mettent au courant du déroulement de la séance. Il s'écroule sur une chaise, le cœur battant à la chamade. D'un revers de manche, il essuie la larme qui coule, il a eu la peur de sa vie.

Le lendemain, quand Alex se réveille, il veut sortir de sa chambre, mais la porte est verrouillée, il se rassied sur son lit et attend en repensant à la journée d'hier. Jim entre quelques minutes plus tard, il bondit sur ses pieds et se jette dans ses bras.

— Pardon, pour hier, j'ai pas réfléchi, Jim. Je ne veux pas être qu'une mission.

— Tu ne l’es pas ! Mais la situation est très compliquée pour toi mais aussi pour nous. C’est un drôle de job, nous ne sommes aussi que des hommes et des femmes normaux. On nous a affectés à ta garde et ta protection. Nous sommes H24 avec toi, tu pars en mission avec nous, c’est normal qu’on s’attache les uns aux autres. Mais nous sommes des adultes et des militaires, nous devons être aptes à séparer notre boulot et nos sentiments et malheureusement, toi aussi, tu vas devoir t’y faire. Je sais qu’on t’en demande beaucoup, que tu es encore petit, mais tu es aussi très intelligent et mature pour ton âge. Alors, contrôle-toi et apprends à gérer tes émotions, c’est primordial, Alex, et Kelly est là pour t’y aider, ce n’est pas ton ennemie.

— Tu as raison, je dois apprendre à me contrôler, mais c’est pas facile, il y a parfois tellement de rage en moi à cause de tout ça, répond-il en levant les deux bras en l’air.

— Je sais, cette situation est injuste ! Mais, c’est trop tard, tu ne peux plus revenir en arrière et nous non plus, nous devons tous nous y adapter.

Alex hoche la tête et essuie ses larmes d’un revers de manche, il renifle et Jim lui tend un mouchoir en souriant.

— Tu vas aller voir ton père, il a eu la peur de sa vie, nous on commence à y être habitué ! Puis tu t’habilleras et tu iras déjeuner, ils ne devraient plus tarder à arriver, lui dit-il en le chatouillant les côtes.

— Qui ? Ah oui, le président.

Alex court jusqu’à la chambre de son père, il frappe à la porte et entre pour se jeter sur le lit.

— Eh mon bonhomme, ça va mieux ?

— Oui, j’ai réfléchi et j’en ai discuté avec Jim. Pardon de t’avoir fait peur. Il faut vraiment que j’arrive à gérer mes émotions, mais c’est difficile, il y a tellement de colère et de rage que j'ai l'impression de bouillir comme une cocotte-minute et il faut que ça sorte.

— Je te comprends, moi aussi, cette situation me met parfois hors de moi. Notre vie aurait été vraiment différente si ta mère et moi n'étions pas entrés dans ce programme, répond-il en serrant son fils contre lui.

— Maintenant, c'est trop tard et je dois faire avec, c'est ma vie, à moi de faire le nécessaire pour qu'elle ne soit pas trop pourrie, dit-il en se redressant pour s'asseoir, déterminé à changer et à améliorer son triste sort.

Il embrasse son père.

— Tu piques, rase-toi et allons déjeuner, Jim a dit qu'ils allaient bientôt arriver. Je vais aller m'habiller, on se rejoint au réfectoire.

Il se serre une dernière fois contre son père et court dans sa chambre, joue un moment avec sa chienne et passe les habits que Nanou a préparés sur le bord du lit. Puis il va faire un rapide petit tour, dehors pour que Misslady puisse faire ses besoins et rejoint Nanou, Jim et John pour le déjeuner. Au moment où il allait rentrer dans le mess, il pense à la pauvre Kelly, elle doit être dans le bâtiment affecté aux femmes, il ressort et y court. Dès qu'il franchit la porte, il l'appelle. Catarina, passe la tête par la porte de sa chambre.

— Et, il y a des gens qui dorment, j'étais de garde cette nuit.

— Oh, désolé, Catarina, t'as pas vu Kelly ?

— Ben, elle était très remuée hier, je crois qu'elle est allée à la piscine, elle aime bien faire des longueurs quand elle est dans cet état, ça l'aide à réfléchir.

Alex la remercie et lui envoie un baiser du bout des doigts, elle lui sourit et retourne dans son lit. Il court voir à la piscine et en effet, Kelly est là, elle enchaîne les longueurs pour se calmer.

Il s'assied et la regarde, calculant mentalement le temps qu'elle met pour boucler un aller-retour.

Jim, inquiet de ne pas le voir arriver, va voir Franck qui lui assure que le petit garçon allait très bien qu'il lui avait dit qu'ils se rejoignaient au réfectoire. Il sort et examine les alentours avec ses jumelles, le bâtiment surplombant les autres, il l'aperçoit assis au bord du grand bassin, il sait que Kelly va à la piscine, le matin. Rassuré, il retourne auprès des autres pour leur dire que tout va bien.

Kelly apercevant son ombre dans l'eau, s'arrête en s'appuyant contre le rebord et le regarde Alex lui sourit et s'avance timidement.

— Je m'excuse, pour hier.

— Moi aussi, j'aurais dû être plus délicate, je n'ai pas l'habitude avec les enfants, je travaille avec des militaires, des durs à cuire… Pour certaines situations, je devrais d'abord en parler avec Steve… ou lui demander de venir t'en parler.

— Oui, peut-être, je l'aime bien, il est très… diplomate… avec moi.

— En effet, plus diplomate ! répond-elle en souriant.

Elle sort de la piscine en l'éclaboussant.

— Eh, tu me mouilles, je vais devoir me changer, Monsieur le Président va arriver, dit-il.

Au son de sa voix, elle comprend que ça le contrarie, cette venue.

— Nous n'avons pas eu le temps d'en parler, tu n'as pas l'air content qu'il vienne, pourtant au-dessus du général Belmont, c'est lui qui donne les ordres en ce qui te concerne, depuis qu'il est au courant de ton existence et celle du projet « Mnémos » ?

— Oui, je le sais, mais ça va déjà pas être facile avec le professeur Dingo, alors si le président s'en mêle !

— Ça ne va pas, Alex, c'est de pis en pis, qu'est-ce qu'il t'apprend, Max ?

Alex soupire et répète.

— OK, ça ne va pas être facile, voilà, mais c'est pas ça le problème… euh… ce n'est pas ça le problème. Le professeur Dingo, il ne va pas être content, je Ne veux plus le voir et le président, il va tenir avec lui et me le laisser dans les pattes.

— Dis donc, en voilà un de langage, il s'appelle professeur Smirnoff et c'est son projet.

— Oui, peut-être, mais moi, j'l'aime pas ! répond-il avec de la colère dans la voix.

Une vague de chaleur passe, Kelly croise les bras et lève un sourcil, Alex respire un bon coup et ferme les yeux pour reprendre le contrôle.

— Tu devrais aller déjeuner, je vais demander à Steve d'être présent. Il est à la base principale, je l'avais appelé, hier soir et te préparer, je ne crois pas que tu pourras évincer le professeur de ce projet, il faut que tu t'y prépares, Alex, lui dit-elle en le prenant par les épaules.

Déçu, il baisse la tête et retourne lentement vers le bâtiment principal, elle le suit du regard, prête à courir après s'il lui reprenait la même idée, qu'hier. Mais il y rentre, Jim l'ayant aperçu derrière la vitre, l'attend.

Ben, t'en fais une de tête ? Allez, viens déjeuner et prendre ton traitement.

Alex le suit sans un mot, s'assied et mord dans sa tartine couverte de pâte chocolatée, il n'en a pas souvent et sourit à John qui lui rend son sourire.

— Ça n'a pas l'air d'aller très fort ?

Alex lui répond d'un haussement d'épaules, termine de manger et prend ses médicaments. Il demande à sa mère adoptive de l'accompagner à la salle de loisirs, c'est son refuge. Ils s'y rendent en silence, elle respecte toujours ses silences, elle sait qu'il en a besoin, elle n'a pas besoin qu'il parle pour savoir ce qui le contrarie, elle a bien remarqué son petit pincement de lèvres quand le général a annoncé la venue du président, son animosité envers le professeur, elle aussi le déteste lui et ses manières.

Il s'assied derrière le piano, ferme les yeux et caresse le clavier noir et blanc. Il fait des allers-retours puis s'arrête sur une note, la fait tinter, attend, puis commence à jouer une nouvelle mélodie qui naît au fil des notes. Il est tellement doué, merveilleux, Nanou s'assied dans le grand rocking-chair et se berce lentement en le regardant. Franck est entré silencieusement dans la pièce et la rejoint. Il s'assied à même le sol et lui prend la main, elle la serre pour le rassurer, lui aussi est anxieux. On ne lui a même pas laissé le temps de vraiment connaître son fils.

Sur la piste, les gros hélicoptères atterrissent, Alex les a entendus s'approcher, mais il continue à faire courir ses doigts sur le clavier. De la sueur perle sur son front et son cœur s'accélère, il se concentre pour respirer calmement, garder le contrôle à tout prix.

Après que le général lui a détaillé les évènements d'hier, le président décide d'aller le chercher lui-même et seul, cette île est bien surveillée, il ne craint rien.

Il se dirige vers le petit bâtiment, il entend la mélodie et s'arrête pour l'écouter, admiratif de la virtuosité de l'enfant. Il ouvre délicatement la porte et regarde la scène, les regards d'amour de ses parents et leur fierté. Puis il se concentre sur le visage du petit garçon, il ressent sa contrariété, ses angoisses et sa détermination. Nanou est la première à le voir et tressaille,

Franck tourne la tête et se relève, Alex le regarde en continuant de faire courir ses doigts, un peu plus nerveusement, mais le son en reste mélodieux. Il entre et se dirige vers les deux adultes qui ne savent pas trop bien comment le saluer. Devant leur embarras, il leur sourit pour les mettre à l'aise. Il leur demande, s'ils veulent bien le laisser seul avec leur fils.

Ils regardent le petit garçon qui hoche légèrement la tête, alors ils s'éclipsent en silence. Le président s'installe à la place de Nanou et Alex change de mélodie, celle-ci est un peu plus triste, plus écorchée. L'homme ne le quitte pas des yeux, alors, les notes montent crescendo, plus rapides, puis Alex tape ses deux poings sur le clavier et claque le couvercle. Il appuie son front contre le bois et tente de reprendre le contrôle de son cœur qui s'emballe.

— Bonjour Alexandre, lui dit-il en anglais en se relevant et en s'approchant du magnifique instrument.

— Monsieur le Président, lui répond-il en français, en relevant la tête et en accrochant des deux mains le rebord du petit fauteuil de velours rouge.

— Je suis très content de te revoir, j'ai souvent pensé à toi, tu sais. Le général me dit que ça n'allait pas très fort hier et que ma venue ne te faisait pas vraiment plaisir, continue-t-il dans un français correct.

— Si, je suis content de vous revoir, c'est pas ça… qui me contrarie.

— Ce n'est pas !

— Oui, ce n'est pas…

— Alors, explique-moi, tant que nous sommes que nous deux.

Le président retire sa veste et va s'asseoir autour de la table de travail, il regarde les dessins en le surveillant du coin de l'œil en attendant qu'Alex le rejoigne. L'enfant se lève, mais ses jambes flageolent d'émotions et il vacille, il se rassied directement, attend un moment, l'homme n'a pas bougé, laissant au petit garçon le temps nécessaire pour reprendre le contrôle. Au bout d'un court instant, Alex se glisse sur la chaise d'à côté.

— Allez, Alexandre, je t'écoute, je te promets de tenir compte de ce qui te tracasse, lui dit-il en le regardant et en croisant les mains sur la table.

— C'est au sujet du professeur Dingo... Euh... Smirnoff, répond-il en triturant la fermeture éclair de sa veste, la tête toujours baissée.

— Alexandre, regarde-moi, je ne vais pas te manger, je suis ton ami et je suis venu en personne pour te parler et en français, lui dit-il en prenant sa petite main dans la sienne.

L'enfant se redresse et lève la tête, il plonge son regard bleu glacial dans celui plus chaleureux du président qui lui sourit. Il souffle une longue expiration et essaie de respirer plus calmement.

— Bon, voilà qui est mieux, qu'est-ce qu'il a encore fait, le professeur Smirnoff, pour te mettre dans cet état ?

— Il veut m'ouvrir le crâne et triturer mon cerveau, il le veut toujours, ça lui ferait plaisir de le disséquer, il faut toujours que je passe des tests, les mêmes tests, à longueur de journée. J'en peux plus. Je ne veux plus qu'il prenne les décisions me concernant, je ne suis pas son rat de laboratoire, dit-il se prenant la tête dans les mains.

La température a monté dans la pièce, il y fait très chaud et le président dessert légèrement son nœud de cravate. Tout à coup, les dessins volent en travers de la pièce. Le général l'avait prévenu, mais il ne peut s'empêcher de sursauter, il l'avait également mis au courant de sa rage contre le scientifique qui ne s'arrangeait pas, au contraire, elle ne faisait qu'augmenter au fil des mois.

— Alexandre ! Tu te calmes et tu gardes le contrôle ! lui dit-il en haussant légèrement le ton, prenant une voix autoritaire.

— Oui, pardon, monsieur, lui répond-il en fermant les yeux et en respirant comme Kelly lui a appris.

L'homme lui laisse le temps, il regarde le petit garçon, son visage tendu et crispé, les petites mains livides accrochées à l'extrême au rebord de la table le corps tremblant comme une feuille. Il n'avait pas imaginé que c'était arrivé à ce point-là, le gamin ne va pas bien du tout et risque de perdre la raison, il va devoir prendre une décision. Il se lève et pose sa main sur la frêle épaule, l'enfant tressaille à son contact.

— Ça va aller, Alexandre, regarde-moi. Je vais te laisser reprendre le contrôle de tes émotions, j'ai pris note de ta demande et j'en tiendrai compte. Je vais aller discuter avec tes parents, le docteur Grant, puis avec le général, ta psychologue et le colonel, avec Mademoiselle Jessica Brandt l'assistante et en dernier avec le professeur. Je dois connaître tous les avis pour prendre la meilleure décision. Le docteur Thomas est là, je vais lui demander de venir te voir, tu dois parler avec lui.

Il serre légèrement l'épaule se demandant s'il l'avait entendu, Alex hoche légèrement la tête et le regarde, le visage baigné de larmes, il lui donne une légère tape sur la joue, reprend sa veste et laisse le petit garçon qui se rassied derrière son instrument et laisse de nouveau courir ses doigts sur le clavier. Le président referme doucement la porte, soupire en écoutant la mélodie, quel enfant extraordinaire, quel gâchis, ne peut-il s'empêcher de penser. Il part vers le bâtiment principal, le colonel l'attend un peu plus loin, il lui demande d'envoyer le pédopsychiatre auprès d'Alex et qu'on fasse venir son père et sa mère adoptive dans la salle de réunion.

Il s'y installe, un des militaires lui sert une tasse de café et sort, il prend l'énorme dossier d'Alex et celui plus petit du projet « Mnémos » et les feuillette à nouveau, il les connaît par cœur.

Les deux adultes entrent dans la pièce, il les invite à s'asseoir pour parler de l'enfant, il leur pose des questions sur son enfance, son caractère et son comportement envers eux, les hommes de cette base, envers Max Mac Gryver qui lui donne cours, sa psychologue et envers le scientifique, le professeur Smirnoff. À l'évocation de ce nom, il voit la crispation de la bouche de Nanou et son regard courroucé, mais elle lui répond. Franck, lui ne dit rien, il a le même regard que celui de son fils, un regard de haine, le même visage tendu et les mains qui se serrent à blanchir les jointures. Il leur sourit et les remercie, puis ils sortent. Il appelle le médecin du petit garçon et s'entretient une bonne demi-heure avec lui, lui posant des questions sur sa santé physique et mentale. Puis c'est le tour du général et son subalterne, il leur demande le comportement d'Alex pendant les différentes missions, mais aussi à l'académie, puis il fait venir Kelly et la discussion dure un peu plus longtemps, il relit ses rapports en lui posant des questions. Depuis le début des entretiens, il prend des notes. Puis il fait venir Jessica, ils parlent du projet « Mnémos », des capacités d'Alex, de ses progrès, de cette fameuse capacité de guérison, de la façon dont il s'est soigné et a sauvé le colonel d'une mort certaine. Le président ressent son enthousiasme, ce besoin d'en savoir toujours un peu plus sur ses capacités extraordinaires, mais il ressent également sa compassion pour l'enfant, une légère tristesse envahit son visage. Il la remercie et Jessica se lève pour sortir, elle prend la poignée, mais se ravise, elle se tourne vers l'homme qui la regarde d'un air interrogateur.

— Monsieur, nous avons principalement parlé d'Alexandre, mais pas de mon supérieur et de son comportement envers lui, dit-elle timidement.

Il la réinvite à s'asseoir.

— Je vous écoute, vous avez raison, je ne vous ai pas demandé d'en parler pour ne pas vous mettre mal à l'aise, dit-il en croisant les mains sur la table.

— Je ne suis pas d'accord avec sa façon de le traiter, il est presque cruel avec le petit, j'ai l'impression qu'il prend plaisir à le torturer, à le pousser dans ses retranchements. Depuis le début, il le pousse méchamment à bout, mais depuis qu'Alexandre l'a cloué dans ce fauteuil roulant, c'est pire. Il n'aurait pas dû s'en occuper après… Après l'accident.

— On ne peut pas vraiment appeler ça un accident, Alexandre était conscient de ce qu'il faisait au professeur ! lui dit-il en la regardant droit dans les yeux.

— Oui !

— Il a clairement dit qu'il voulait le tuer et qu'il le ferait un jour, insiste-t-il en élevant légèrement la voix.

— Oui, Monsieur le Président, il l'a clairement crié, répond-elle d'une voix tremblante.

— Je vous remercie, mademoiselle Brandt.

Cette fois, Jessica quitte la pièce en tremblant. Il est plus que midi et il commence à avoir très faim. Il appelle le colonel et demande qu'on lui prépare une table pour ses hommes et lui dans le réfectoire. Au moment où il allait sortir, il lui demande des nouvelles de l'enfant.

— Le docteur Thomas est toujours avec lui, mais il faut qu'Alex mange et se repose, je vais aller les chercher.

— Après le repas, je m'entretiendrai avec le professeur, est-il arrivé ?

— Non, il devrait arriver vers quatorze heures.

— Ah ! Alors, je prendrai ma décision vers seize heures trente et nous rédigerons ce fameux contrat.

— Bien, Monsieur le Président.

Jim le salue et sort prévenir l'intendant du mess, puis file vers l'atelier d'Alex. Il entre sans bruit, la pièce est en désordre, le mobilier est renversé, le piano a atterri contre le mur. Steve est assis par terre, appuyé contre le mur et il tient le petit garçon endormi sur ses jambes. Jim s'approche doucement, Steve lui sourit, il est débraillé et en sueur.

— Je vois que ça n'a pas été sans mal ? lui demande-t-il en montrant le bazar.

— Malheureusement, non, il a encore beaucoup trop de mal à gérer ses émotions. Je vais devoir le mettre dans mon rapport, le président veut le moindre détail de cet entretien, j'en suis désolé.

— Ne le sois pas, c'est ton job, tu as quand même réussi à le calmer ou tu as dû utiliser le tranquillisant ?

— Non, j'y suis arrivé sans en avoir besoin, répond-il, fier de lui en regardant le visage paisible du petit garçon.

Jim s'installe à côté de lui et il lui raconte.

— Quand je suis arrivé, Alex était déjà très tendu, j'ai eu beaucoup de mal à le faire parler. Il y avait pas mal chose qui le bloquait, l'académie et le cours d'anglais, sa fugue et son geste, son accident cérébral, le départ de ton homme, Ben, c'est ça ?

Jim acquiesce.

— L'arrivée du président, Alex arrive à manipuler le général, il sait qu'il l'a dans sa poche depuis ses vacances chez son père, mais le président, c'est autre chose. Et bien sûr, toujours la même rengaine, le professeur Dingo. Il a beaucoup crié, tout a volé, mais jamais vers moi, c'est toujours impressionnant, mais on s'y habitue. J'ai dû le pousser dans ses retranchements, pour que ça sorte, il doit évacuer toute cette rage. Puis il a craqué et à tout sorti, il ne s'arrêtait plus de parler, mais plus calmement, puis il s'est jeté dans mes bras et a pleuré tout son soûl comme j'étais debout contre ce mur pour l'écouter, je me suis laissé glisser pour le prendre dans mes bras, ça a duré un bon moment, puis tout doucement, il s'est calmé et s'est endormi, je n'ai pas osé bouger, il a grandement besoin de repos, il est à bout de nerfs.

Jim se relève et prend délicatement le petit garçon dans ses bras, Alex dit son nom et se serre un peu contre lui.

— Chut, rendors-toi, ça va aller, tu seras mieux dans ton lit.

Il sent le petit corps se détendre contre lui, il s'est déjà rendormi. Ils le ramènent dans sa chambre et Jim le couche. Le président le regarde faire. Du regard, il interroge le docteur Thomas qui lui répond d'un hochement de tête, il sort de la pièce et résume l'entretien.

Une fois que Jim ressort de la chambre, le président lui demande.

— J'aimerais tenter une petite expérience, ne vous inquiétez pas, y a-t-il un endroit sur la base qu'Alex ne connaît pas ?

— Oui, l'ancienne infirmerie, elle est désaffectée, elle devenait trop vétuste.

— Y a-t-il moyen de préparer très rapidement une chambre, l'équiper de caméra, pendant qu'il dort ?

Jim acquiesce.

— Parfait, préparez-la et installez-le. Noha ? dit-il en se tournant vers le chef de ses gardes du corps.

— Oui monsieur.

— Vous allez vous en occuper, pendant cet après-midi, pendant que je m'entretiens avec le professeur.

— Bien monsieur.

La pièce est préparée dans un temps record et Jim y emmène le petit garçon qui dort toujours à poings fermés.

— Docteur Thomas, vous surveillerez les écrans avec le colonel, s'il y a un problème, vous seul, docteur vous entrerez dans la pièce pour le calmer.

— Noha, vous ne lui dites que le strict nécessaire, que c'est mon ordre, qu'il doit attendre là jusqu'à ce que j'aie pris ma décision, rien d'autre, vous lui donnez à manger, à boire et vous l'occupez, il y a la télévision, une console et des livres.

— Bien monsieur.

Le garde du corps entre dans la petite chambre et s'installe avec un livre sur une des deux chaises en attendant son réveil. Le docteur Thomas et Jim se mettent devant les écrans et le président retourne à la salle de réunion. Quand il y entre, le professeur Smirnoff l'attend.

— Monsieur le Président.

— Professeur.

— Votre présence n'était pas nécessaire, le général n'aurait pas dû vous déranger pour ça. Le projet « Mnémos » n'est pas entièrement gouvernemental, il résulte de mes recherches sur la mnémosine, sur la mémoire et les capacités du cerveau humain. Alexandre n'est que le fruit de ces recherches, donc il est normal que je prenne les décisions sur son avenir.

— C'est là que vous vous trompez. Le projet « Mnémos » est entièrement financé par le gouvernement et l'armée des États-Unis et c'est un enfant que vous appelez le fruit de vos recherches pas un vulgaire rat de laboratoire. Vous ne l'avez plus vu depuis son accident cérébral et vous n'avez même pas demandé de nouvelles sur son état de santé ?

— Je reçois les rapports de mon assistante.

— Oui, moi aussi ! répond-il d'une vois brève et cassante.

— Je n'ai passé qu'une journée sur cette île et seulement quelques heures avec cet enfant, mais j'ai pu constater les dégâts psychiques que vos méthodes ont provoqués.

— On obtient toujours de meilleurs résultats quand le sujet est poussé au maximum.

— Le sujet est un enfant de huit ans ! dit-il d'une voix sourde.

L'entretien dure encore une bonne demi-heure, puis le président congédie le professeur.

Pendant ce temps, dans la petite chambre, Alex se réveille et s'étire. Il regarde autour de lui, surpris de ne pas se trouver dans sa chambre. Il a la vague impression que Jim l'y avait ramené. Il s'assied sur le lit et voit Noha.

— Bonjour, t'es un des gardes du président ?

— Oui, je m'appelle Noha et on dit « un des gardes de Monsieur le Président ».

— Oups, désolé. On fait quoi ici ?

— C'est un ordre de Monsieur le Président, tu attends sagement jusqu'à ce qu'il prenne sa décision.

— Ah, d'accord ! répond-il en haussant les épaules.

Il regarde autour de lui, puis le visage de Noha, il n'ose pas lui demander, mais son estomac se met à gronder.

— Je peux de demander quelle heure il est ?

— Oui, treize heures trente, pourquoi ?

— Ben, j'ai faim, je dois manger pour prendre mes médicaments.

— Oui, je suis au courant.

Il se lève et actionne le micro-ondes pour réchauffer le plat, puis pose l'assiette sur la petite table où se trouve déjà la boîte avec son traitement. Il invite Alex à le rejoindre.

— Ben, t'as pas pris mes pantoufles, je vais avoir froid mes pieds.

— Je constate que ton professeur de français a encore du travail !

Il se lève et prend le petit garçon dans ses bras pour le déposer sur la chaise.

Alex rougit et pique du nez dans son assiette, il avale quelques bouchées et cale rapidement à cause du stress de la journée.

— Tu dois avaler la moitié, allez hop ! lui dit-il en poussant la fourchette vers sa bouche.

— Ah, t'es au courant de ça aussi.

Noha hausse les épaules et lui sourit. Jim et Steve sont pliés de rire derrière leurs écrans. Il termine son assiette, prend son traitement en buvant la moitié de sa petite bouteille d'eau.

— On fait quoi maintenant ?

— On peut regarder la télé ? répond Noha en le redéposant sur le lit.

— Ben non, j'ai pas le droit !

— Je N'ai pas, Alexandre ! Pourquoi ? lui demande-t-il, interloqué.

— Le professeur Dingo… euh… Smirnoff, il ne veut pas, il dit qu'il n'y a que des conneries à la télé, que c'est abrutissant et pas bon pour mes hautes capacités intellectuelles, répond-il en imitant le professeur.

— Bon, mais aujourd'hui, c'est une journée spéciale, alors, je t'y autorise.

— Merci, mais, je préférerais jouer un peu à la console, pour ne pas trop cogiter, j'ai un peu peur pour tout à l'heure, dit-il en baissant la tête.

— Oui, pas de souci.

— Tu joues avec moi ?

— Si tu veux, quel jeu choisis-tu ?

— Mario-cars ?

Alex installe le jeu dans la console.

— Tu n'as rien dit sur le fait de te retrouver, ici avec moi ?

— Ben non, si c'est un ordre du président, j'ai confiance !

— De Monsieur le Président !

Il joue une bonne heure dans la bonne humeur. Quand le président congédie le professeur, il rejoint Jim et Steve, derrière les écrans, il observe le petit garçon qui a l'air détendu. Il demande au militaire de sortir et lit les notes du pédopsychiatre en souriant car chaque parole de l'enfant y est transcrite.

— Il a l'air calme ?

— Oui, on voit bien quelques signes de nervosité et d'anxiété, mais il gère.

Le président se lève et entre dans la chambre, ils arrêtent de jouer.

— Ça va, Alexandre ?

— Oui monsieur, répond-il timidement.

— Noha, veux-tu bien le ramener dans sa chambre pour qu'il puisse s'habiller et mettre des chaussures ? Nous vous attendrons dans la salle de réunion.

— Bien, monsieur.

Il prend l'enfant sous son bras comme un petit paquet et sort, suivi par le président, amusé des protestations du petit garçon.

Quand Alex pénètre dans la grande salle, ils y sont déjà tous installés, le président en bout de table et d'un côté, son papa,

Nanou, John, Steve, Kelly et de l'autre Le professeur Smirnoff, Jessica, le général et Jim.

— Alexandre, assieds-toi en face de moi, dit-il en lui montrant la chaise à l'autre bout de la table.

Il se lève, regarde tous les visages et soupire.

— Nous sommes là pour prendre une décision sur le sort, l'avenir de ce petit garçon, certes extraordinaire, mais un enfant, de chair et de sang, avec un cœur, des sentiments et d'incroyables capacités. Je tiens d'abord à présenter des excuses à ses parents, pour les méthodes utilisées pour le traquer, l'enlever et pour ce qu'il a subi. Il y avait possibilité d'agir autrement. Je n'ai passé qu'une seule journée sur cette île et que quelques heures, mais j'ai pu constater les dégâts psychologiques provoqués par ces méthodes et j'en suis outré. C'est pour cela que le projet « Mnémos » sera totalement arrêté, la mnémosine sera totalement détruite et les dossiers classés top-secret, la base scientifique sera démantelée et le professeur démis de son autorité et rayé de l'ordre des médecins. Il ne pourra plus l'approcher ou il sera emprisonné. Professeur Smirnoff, je vais vous demander de quitter cette assemblée, le reste ne vous regarde plus, dit-il en lui montrant la porte.

— Non, non, il n'en est pas question, c'est mon projet, mes recherches, Alexandre est à moi, crie-t-il en dirigeant son fauteuil vers l'enfant terrorisé.

— Colonel, sortez-le et qu'il décampe de cette île le plus rapidement possible, demande-t-il d'une ferme et sans appel.

Une fois que le colonel et ses hommes ont sorti le scientifique et qu'Alex, tremblant, a repris son calme. Le président reprend la parole.

— Cependant, tu dois rester sous l'autorité de l'armée et par conséquent la mienne. Pour ta sécurité et la nôtre. Comme tu vas grandir, ton cerveau va se développer et tes capacités évolueront également, les études sur celles-ci et les tests qui en découlent seront continués par Mademoiselle Brandt, avec un protocole strict, que nous établirons, ensemble. Vu, ton état psychologique et nerveux, tu auras, chaque jour, en fin de journée, une séance avec le docteur Thomas. Tu devras lui décrire ta journée, tes frustrations, ce qui t'a mis en colère ou en joie. Au fil du temps et selon le résultat, nous les espacerons, tu vas arriver à l'adolescence et c'est une période difficile pour tous les enfants normaux, alors pour un petit garçon tel que toi, avec ton caractère nous risquons d'avoir de gros orages, dit-il en lui faisant un clin d'œil.

Tout le monde sourit, sauf Alex qui baisse la tête en rougissant.

— Cette île sera toujours ton refuge et tu pourras y venir régulièrement, mais, tu as besoin de t'intégrer dans le monde, de suivre une scolarité, d'aller au cinéma, au restaurant, au théâtre et à la bibliothèque, je sais que tu les adores. Nous avons le même genre de base militaire à Richemont, mais avec une petite ville comme celle près de l'académie, et il y en a une également.

Il s'arrête de parler et guette une réaction du petit garçon qui vient de blêmir, leurs regards se croisent et il y voit un brin de colère dans celui de l'enfant. Mais Alex ne dit rien.

— Nous établirons ensemble le programme de tes cours, tant que tu ne te sens pas prêt, il n'y aura pas de cours d'anglais, je sais que tu le maîtrises parfaitement, je laisse le soin au docteur Thomas de débloquer ce verrou en douceur.

Il se relève et attend quelques secondes, le temps de reprendre le fil de ses idées.

— Pour moi, il manque deux personnes autour de cette table, mais il n'était pas possible de les faire venir, trop de civils connaissent déjà l'existence de cette île qui est une de nos bases top secrètes. Ta grand-mère et ta tante doivent faire partie de ta vie et c'est chez elle que tu résideras quand tu n'es pas à l'académie puisque ton père a refusé, pour l'instant, de revenir vivre aux États-Unis.

Alex bondit de sa chaise en la renversant, mais le président lui lance un regard sévère et lui fait signe de se rasseoir, il hésite, regarde tour à tour son père et le chef d'État.

— Alexandre, rassieds-toi, tu en discuteras tout à l'heure avec lui, je n'ai pas fini de parler.

Il relève la chaise et se rassied en soupirant.

— Je n'les connais pas ! Bougonne-t-il, furieux.

— Justement, elles ont le droit de te connaître et toi aussi, c'est la famille de ta maman. Donc, tu passeras la moitié de chaque vacance scolaire au ranch et l'autre chez ton père, en France ou sur l'île et c'est ton père qui se déplacera tant que Carl Delval est en liberté… Je constate que ça aussi, ça te frustre et il faudra aussi en discuter avec le docteur Thomas. On m'a également mis au courant pour ton attachement au colonel et à ses hommes, je le comprends.

Alex lui lance un regard suppliant, son petit menton tremble légèrement.

— Non, rassure-toi, tu resteras leur « mission » prioritaire, je ne vais pas changer une équipe qui gagne, mais ça à un prix, tu vas devoir là aussi, gérer tes émotions, car c'est inévitable, ils devront parfois partir pour d'autres missions, moi aussi, j'ai besoin du colonel à mes côtés. C'est mon meilleur homme, il faudra que l'on se le partage ! dit-il en souriant.

— Oui, mais vous, vous avez déjà Noha et les autres, répond-il d'un air boudeur.

— Bon, je vois que tu n'es pas prêteur et que ça ne te fait pas sourire. Alors, continuons. Cet été, tu passeras donc, le mois de juillet chez ta grand-mère et le mois d'août, ici, avec ton père. Tu rejoindras la base de Richemont pour septembre, ta mère adoptive et monsieur Mac Gryver, t'y accompagneront, une villa leur sera allouée, à l'entrée de la petite ville, mais toi tu vivras sur la base, je ne peux pas prendre de risque pour ta sécurité. Tu intégreras l'académie pour y suivre ta scolarité. Si le général a besoin de toi pour une mission, monsieur Mac Gryver te fera rattraper les cours manqués. Le week-end, c'est quartier libre, mais toujours sous haute protection. À chaque fin d'année scolaire, nous nous verrons pour faire le point, aménager ton emploi du temps et ton programme scolaire et affiner ce contrat qui nous lie. Cela te convient ?

— J'ai pas vraiment le choix ! répond-il maussade.

— Mes oreilles sifflent, je ne t'ai pas compris, dit-il en se levant et en regardant le petit garçon dans les yeux.

— Je N'ai pas vraiment le choix, monsieur ! répond Alex en se levant également et soutenant le regard d'un air effronté.

La température monte légèrement dans la pièce, Alex serre les poings et respire de plus en plus vite.

— Nous allons laisser Alexandre se calmer et digérer cette décision avec le docteur Thomas, une tasse de café nous attend au réfectoire et ma secrétaire va terminer de tout transcrire sur le contrat.

Il empoigne la poignée de la porte qui refuse de s'ouvrir, il insiste mais elle résiste, la chaleur devient intenable.

— Alexandre, ça suffit ! dit-il d'une voix autoritaire en le fixant du regard.

La porte cède tout à coup et s'ouvre à la volée, le président, déstabilisé par le choc, manque de tomber mais le colonel le rattrape in extremis. Il foudroie Alex du regard et sort. Dès que tout le monde est sorti, l'enfant claque la porte violemment par une simple poussée mentale et tout le mobilier vole dans tous les sens, Steve s'accroupit au niveau de l'enfant en le tenant par les épaules.

— Explique-moi, Alex, qu'est-ce qui te met en colère ? Tu as obtenu ce que tu voulais, le projet « Mnémos » est mis au placard et le professeur expulsé de ta vie.

— Je voulais rentrer en France, hurle-t-il fou de rage.

Une table vole en éclat en s'écrasant contre le mur.

— Tu sais pertinemment que c'est impossible.

— Alors, je veux rester ici, répond-il d'une petite voix.

— Et vivre comme Robinson Crusoé ? Plus de cours, une petite mission avec tes amis de temps en temps, ne pas voir de monde, pas d'amis de ton âge, de cinéma, de resto ?

L'enfant secoue négativement la tête.

— Alors, quelle est ta solution ? Dis-la-moi, j'en parlerai à Monsieur le Président, il sait écouter.

Les larmes commencent à couler sur le petit visage tendu, le mobilier en suspens dans les airs retombe au sol.

— C'est pas juste ! j'ai rien demandé, moi ! dit-il en baissant les bras et en se jetant contre l'épaule de l'adulte.

— Je le sais, mon bonhomme, mais il va falloir avancer avec et je suis là pour t'y aider, ainsi que Jim, John, Nanou, Max et les autres, t'es pas tout seul, mon petit gars dans cette galère. Mais au moins, tu ne subiras plus les tourments du professeur Dingo et c'est déjà une belle avancée, tu ne crois pas ? lui dit-il en prenant le petit visage dans ses mains pour le regarder dans les yeux.

Alex acquiesce et essuie ses larmes d'un revers de manche, Steve sort un mouchoir de sa poche et lui tend en se relevant.

— Ben dis donc, tu as encore foutu le bazar. J'ai du boulot, il va falloir apprendre à gérer tes colères avant de tout casser.

— J'en peux rien, ça sort tout seul.

— Ah non, mon petit gars, pas ce genre d'excuse, moi si je me mets en colère, le mobilier reste au sol ! Tu dois apprendre à contrôler ce débordement d'énergie car tu risques de blesser quelqu'un.

Alex hausse les épaules, relève sa chaise et s'y installe en croisant les bras d'un air boudeur. Steve sent que sa colère est toujours là et il risque de nouveau d'exploser.

— Et pas de ça non plus. Tu vas faire tes exercices respiratoires pour reprendre complètement le contrôle, tu vas vider tout ton sac de colère et quand, moi, je serai certain que tout va bien, j'ouvrirai cette porte et tu iras présenter tes excuses, lui dit-il en le remettant sur ses pieds, bien en face de lui.

— Des excuses ! Mais j'ai rien fait moi ? crie-t-il à quelques centimètres du visage impassible de l'adulte.

Ils s'affrontent du regard, celui chargé de colère et de frustration contre celui, calme et doux. Alex intensifie le sien, Steve sourit légèrement et levant les sourcils. Après quelques secondes d'affrontement, Alex craque et baisse la tête, il ferme les yeux et commence ses exercices, il sent son corps se détendre, mais son cerveau est encore en ébullition, il doit vraiment se concentrer sur sa respiration pour reprendre entièrement le contrôle.

— Bien, maintenant, tu vides ton sac calmement, je t'écoute.

— Pourquoi mon père… Alex déglutit et son menton se remet à trembler.

— Il va falloir en discuter avec lui, il a certainement de très bonnes raisons. C'est tout ?

— Oui, je crois.

— Tu crois ou t'es sûr ?

— C'est bon ! Je suis calmé, répond-il en reniflant.

— Oui, en effet, mouche-toi et refais-moi une série d'exercices.

Il prend le pouls du petit garçon et attend jusqu'à ce que le léger battement ralentisse, il le regarde, de grands cernes sont apparus.

— Tu es de nouveau exténué. Ce n'est pas possible de te mettre dans cet état à chaque fois, ton cœur ne tiendra pas ! John ne va pas être content.

Il ouvre la porte et lui tend la main, Alex y glisse la sienne, elle est glacée.

Le président a regardé l'affrontement sur les écrans de contrôle, inquiet pour le petit garçon, mais à la fin, il est satisfait par les résultats du pédopsychiatre. Il a pris la bonne décision, Alex s'en rendra compte, il faut juste lui laisser du temps. Il regagne rapidement le réfectoire pour l'y attendre, dès qu'il en franchit la porte, Alex le rejoint et présente ses excuses d'une petite voix, le président s'accroupit et le regarde droit dans les yeux.

— Je sais que j'ai pris la meilleure décision compte tenu des circonstances, avec du temps et tes séances avec le docteur Thomas, tu arriveras à la même conclusion. Nous allons signer ce contrat puis je partirai, toi, il faut que tu discutes avec ton papa. Nous nous reverrons de l'été pour la rentrée. Il se relève et ébouriffe la tignasse noire.

Après la signature, il prend congé et les hélicoptères décollent rapidement. John a ramené l'enfant dans sa chambre et l'ausculte minutieusement, inquiet de son état de fatigue extrême, il lui fait mettre son pyjama et prépare une seringue avec le puissant somnifère.

— Il faut que je parle avec papa.

— Non, Alex pas aujourd'hui, il est déjà très tard, tu es exténué et à bout de nerfs, ça attendra demain ou après-demain.

Il l'oblige à se glisser dans les draps, prend fermement le petit bras et lui injecte le produit, il attend, Alex lutte un peu, mais vaincu, il ferme les yeux et se détend, il lui glisse Mister Bear dans ses bras et sort. Franck attend derrière la porte.

— Vous parlerez demain, ça ne vient pas à un jour, j'ai dû lui administrer une bonne dose de calmant et il va dormir une partie de la journée. Il faut absolument qu'il se repose, il a subi énormément de stress ces derniers temps et son état général s'en ressent.

— OK, bonne nuit, alors.

— Oui, bonne nuit, je vais le surveiller un moment.

Le médecin passe une partie de la nuit à le surveiller, au début son sommeil est agité, il remue beaucoup, marmonne et soupire puis au fil des heures, il se détend et sombre, enfin, dans un sommeil profond et réparateur.

Le lendemain, Il est tard dans l'après-midi quand Alex émerge, il essaie de se lever, mais tout son corps est courbaturé et douloureux, John l'ausculte et l'oblige à rester au lit.

— Il faut que j'aille parler à papa.

— Oh non, tu vas rester sagement au lit, ta tension est beaucoup trop basse, tu es toujours extrêmement fatigué et trop tendu, je vais te poser une perfusion et t'administrer un léger calmant.

Alex tente de se lever à chaque fois que John essaie d'attraper la seringue et lutte contre lui dès qu'il essaie de le remettre sous les draps, Jim entre et aide le médecin en foudroyant le petit garçon d'un regard noir, il le tient fermement coucher pendant qu'il lui administre le médicament et pose la perfusion. Alex se détend et replonge dans un sommeil réparateur. Il le maintient dans cet état pendant deux jours pour le laisser récupérer un maximum.

Au milieu de la matinée, Alex se réveille, il sourit au médecin qui entre directement dans la pièce.

— Bonjour, alors, ça va mieux ?

— Oui, bonjour John, j'ai faim, dit-il en entendant son estomac grogner.

Le médecin lui montre un plateau avec un petit bol de porridge et deux biscottes.

— Beurk, j'ai vraiment faim, tu sais ! insiste-t-il.

John lui sourit.

— OK, je te fais une prise de sang, je t'ausculte minutieusement et nous irons voir Nanou au réfectoire pour qu'elle te prépare un déjeuner digne de ce nom.

Il prépare son matériel et Alex se laisse faire sans rechigner, John écoute longuement les battements du petit cœur quand un long grondement sourd monte des entrailles du petit garçon.

— John, j'ai vraiment très faim.

— Ben oui, j'entends ça, allez, habille-toi on y va.

Il se dépêche d'enfiler ses vêtements, au moment de se lever, la pièce tourbillonne et John le rattrape de justesse.

— Doucement, mon bonhomme.

Il l'aide à mettre ses chaussures et le prend par la main pour rejoindre le grand mess que Nanou est en train de ranger. Dès qu'il la voit, il se jette dans ses bras, se serre très fort contre elle puis l'embrasse tendrement sur la joue. John s'approche, dépose le plateau sur le comptoir et dépose un baiser sur sa joue.

— Bonjour, tu peux lui préparer un déjeuner digne de ce nom, jus d'orange, un petit bol de café sucré, une tartine de fromage, deux petites de choco, un yaourt nature et un fruit, ça devrait être suffisant pour caler ce petit morfalou. Je vais aller chercher son traitement à l'infirmerie. Il leur sourit, lance un clin d'œil à Alex qui s'installe à une table et sort. Nanou prépare le plateau qu'elle dépose devant lui et s'assied sur la chaise en face pour le regarder. Il boit d'un trait son verre de jus d'orange, puis dévore la tartine de fromage.

— Doucement, Alex, ne t'étouffe pas avec.

Il rit et mange plus calmement en discutant de tout et de rien avec sa mère adoptive.

— Il est où papa ?

— Ils sont tous dans la salle de repos, une surprise t'attend.

Il allait décamper, mais elle le retient en déposer sa main sur la sienne.

— Attends, John est parti chercher tes médicaments, il va revenir.

Il se rassied et attend cinq minutes.

— Ben quoi, il arrive, il traîne ! dit-il d'un petit air boudeur.

— Tu peux attendre cinq minutes, elle ne va pas s'envoler la surprise.

Il la regarde en soupirant et attend en pianotant des doigts sur la table, il commence à s'impatienter quand le médecin arrive enfin. Il avale rapidement son traitement et se lève.

— J'y vais, Nanou m'a dit qu'il y avait une surprise pour moi, tu sais c'est quoi ?

— Sais-tu ce que c'est ? en français, Alex, oui, mais comme c'est une surprise, je ne te le dirai pas, allez, je t'accompagne.

Pendant le trajet, il essaie de deviner ce qui fait rire le médecin qui lui répond toujours par une négation.

Ils y arrivent et Alex rentre précipitamment dans la pièce et saute de joie.

— Ben, tu es rentré ! dit-il en se jetant dans les bras du jeune militaire.

— Ça va ? t'es pas blessé ? lui demande-t-il, inquiet.

— Non, ça va, à part cet œil au beurre noir et la lèvre fendue, je n'ai rien.

Alex le regarde.

— T'es sûr tu n'as pas trop mal ? lui demande-t-il en levant sa main.

Ben la prend dans la sienne.

— Ça va, Alex, ce n'est pas nécessaire, dans deux ou trois jours, il n'y aura plus rien et toi tu ne dois pas faire d'efforts.

— T'as été où ?

Jim intervient.

— Tu sais que l'on ne peut pas en parler, on ne parle pas des missions top secrètes.

Alex acquiesce et soupire, il se tourne vers son père et vient se blottir dans ses bras, il l'embrasse sur la joue.

— Tu piques ! Tu sais papa, on n'a plus besoin d'en parler, j'y ai pensé pendant ces deux jours, j'ai bien réfléchi.

— Tu ne dormais pas ?

— Si mais mon cerveau, il turbine toujours, même quand John me donne un léger calmant, il n'y a que quand il m'administre son puissant somnifère qu'il se met sur pause.

John et Jim se regardent et il lui dit tout bas.

— Bon à savoir.

Ils reportent leur attention sur le petit garçon qui se lève et se place face à son père et leurs regards se croisent, Alex reprend la parole, d'une petite voix chargée de tristesse.

— Je sais pourquoi, tu ne veux pas rester aux États-Unis !

Son père allait rétorquer, mais Alex dépose sa petite main glacée sur ses lèvres.

— Ce n'est pas à cause de moi, mais de toute cette… m… toute cette histoire. Tu crois qu'ils l'ont appelé comment, mon dossier top-secret qu'il garde précieusement au Pentagone ?

— Il n'y a pas de dossier, pourquoi veux-tu qu'il y en ait un ? demande son père, interloqué par la question de son fils.

— Si, il y a toujours un dossier, le président, il ne sera pas toujours président et le général il est vieux, il y aura un jour un autre général, alors, forcément, il faut un dossier. Ils ne vont pas juste se dire « ah oui, j'ai oublié te dire, sur une de nos bases secrètes, il y a un drôle de petit garçon avec de grandes capacités intellectuelles qu'il faut qu'on surveille ».

Tout le monde sourit, mais jaune, de la blague pas drôle du petit garçon.

— J'ai vu, dans la tête du président comment il s'appelle mon dossier top-secret qu'il garde au Pentagone.

Jim pense qu'il devrait mettre en garde le président quand il est avec Alex. Il devra s'entraîner à garder ses pensées pour lui.

— C'est déjà un gros dossier et sur la couverture il est écrit : sujet : Delval Alexandre et en dessous en grosses lettres : enfant de sexe masculin né du projet « Mnémos », recherches sur la mnémosine et ses effets sur la mémoire et le cerveau humain. Tu vois, papa, je suis qu'une mission top secrète et le professeur Smirnoff, même s'il était méchant, il avait raison ! Je ne suis que le fruit d'une expérience scientifique, je ne retournerai jamais, librement en France, on ne vivra jamais ensemble, même si tu viens habiter aux États-Unis, continue-t-il d'une voix tremblante.

Nanou laisse échapper un petit cri de douleur et ne pouvant retenir plus longtemps ses larmes, sort précipitamment de la pièce. Ben lance rageusement sa manette et la suit. Jim sent un lourd poids s'abattre sur ses épaules. Alex continue de parler sa voix est plus rocailleuse chargée de colère et de chagrin.

— Je n'ai que deux choix, ou j'accepte la situation et j'essaie de vivre avec, je ne sais pas si j'en suis capable, ou je mets fin à ma vie, maintenant.

Catarina sent ses jambes se dérober sous elle, elle s'assied, elle sait au fond elle qu'ils ne pourront pas l'en empêcher, s'il prend cette décision il sera mort avant la fin de la journée. Dans le couloir, Nanou pousse un long cri de désespoir, Jim sort pour la soutenir. Les larmes coulent sur le visage de Franck mais pas sur celui de l'enfant qui lève la main et la dépose sur la joue hirsute pour essuyer une larme.

— Mais, ne pleure pas, je vais essayer, pour Nanou et pour toi, je vais essayer de vivre avec. Aussi pour Grand-mère et tante Betty. Le président a raison, maman aurait aimé que je fasse l'effort de les connaître. Mais aussi pour mes amis, Jim, Ben, John et les autres. Je sais que je n'suis pas tout seul mais je ne sais pas si j'y arriverai. Ça me met tellement en rage et en colère que ça me brûle à l'intérieur, c'est tellement puissant que ça me dévore à l'intérieur. Maintenant, je vais aller dans la pièce d'eau, tu peux demander à Steve de…

Son père le serre dans ses bras, mais Alex se dégage et sort, les épaules et la tête basse. Il entre dans la pièce et essaie de contenir la vague qui lui monte des entrailles, qui le brûle et lui enserre la poitrine. Elle monte de plus en plus, il n'arrive pas à contrôler sa respiration et la laisse sortir, d'un coup, la lourde baignoire solidement fixée au sol, tremble et s'en détache pour traverser la pièce et s'écraser sur le mur en face, l'eau se lève en trombe et tourbillonne en montant en température. Alex se concentre sur elle et essaie de contrôler son souffle, l'eau retombe, il compte mentalement entre chaque respiration, Steve entre enfin dans la pièce.

— Voilà, comme ça doucement.

— J'y arriverai pas, c'est trop difficile, ça m'écrase la poitrine et me brûle à l'intérieur, dit-il d'une voix saccadée, le front en sueur tremblant de tous ses membres.

Il tombe à quatre pattes et arque le dos, une deuxième déferlante le submerge, la baignoire se lève dans les airs et va s'écraser un peu plus en défonçant une partie du mur, l'eau bouillante tourbillonne au-dessus. Jim entre dans la pièce et serre le petit garçon contre lui.

— Je suis là, Alex, je serai toujours là tant que tu auras besoin de moi, même si je dois désobéir aux ordres, je serai là.

Steve pose sa main sur la frêle épaule.

— Respire avec moi, Alex concentre toi sur ma voix et ma respiration, allez vas-y, là doucement, t'es pas tout seul, on est là.

Et ils entrent tous dans la pièce. Franck, Nanou, John, Ben et les autres. Ils déposent chacun une main sur les épaules du petit garçon et respirent en chœur avec lui.

Tout à coup, sentant leur présence et leur amour, le poids qui lui comprimait la poitrine disparaît et avec lui sa colère, il se sent léger et serein, il n'est pas tout seul ! Il y arrivera ! Il leur sourit et les larmes coulent lentement sur ses joues.

— Elle est partie, je vais y arriver, maintenant, je sais que j'y arriverai. Le chemin est encore long mais je suis plus tout seul pour le faire.

Il se jette dans les bras de Nanou et l'embrasse, puis ceux de son père, de Jim, de John et de Steve, et sourit aux autres d'un sourire d'enfant, heureux et confiant.

Remerciements

Je remercie mon compagnon Philippe, mes deux filles, Jessica et Audrey, mes deux beaux-fils Geoffrey et François ainsi que tous mes collègues de la Cellule Prodocs qui me soutiennent dans mes différents projets.

Imprimé en France
Achevé d'imprimer en février 2022
Dépôt légal : février 2022

Pour

Le Lys Bleu Éditions
40, rue du Louvre
75001 Paris